*Las*
# BRUJAS
*de*
# EL PASO

*Las*
# BRUJAS
*de*
# EL PASO

# Luis Jaramillo

## Traducción de Mercedes Guhl

**PRIMERO
SUEÑO PRESS**

**ATRIA**

Nueva York   Ámsterdam/Amberes   Londres
Toronto   Sídney/Melbourne   Nueva Delhi

PRIMERO
SUEÑO PRESS

ATRIA

Un sello de Simon & Schuster, LLC
1230 Avenida de las Américas
Nueva York, NY 10020

Primera edición en rústica de Primero Sueño Press/Atria Paperback, noviembre 2025

Publicado originalmente por Simon & Schuster, Inc., en inglés bajo el título *The Witches of El Paso*

**PRIMERO SUEÑO PRESS / ATRIA** PAPERBACK y su colofón son sellos editoriales de Simon & Schuster, LLC

Diseño interior por Jill Putorti

Impreso en los Estados Unidos de América

1   3   5   7   9   10   8   6   4   2

Datos del Catálogo de la Biblioteca del Congreso: [[LCCN]]

ISBN 978-1-6682-0136-7 (pbk)
ISBN 978-1-6682-0137-4 (ebook)

*A las hermanas González*

# 1

Es culpa suya —le espeta Sofía a Marta, que está sentada detrás del escritorio, frente a ella—. Mi marido me dejó. Mis hijos no me dirigen la palabra.

—Los casos como este se tardan bastante tiempo —le dice Marta, tratando de ser paciente. Sofía tiene más o menos la misma edad que ella, cuarenta y tantos. Están hablando en español. Marta toma aire—. Sé que ha sido difícil para usted.

—Usted qué va a saber de mi vida. Usted sí es ciudadana estadounidense. Su esposo es médico. Es una abogada rica —se queja Sofía, estrujando su bolsa contra el pecho.

Marta se inclina, y el filo del escritorio se le clava en los antebrazos. Nadie puede pensar que su trabajo la hace rica o que cualquier otro empleado del despacho está allí por dinero.

—¿Por qué vino hoy al despacho? —le pregunta Marta, tratando de sonar amable.

—Ojalá jamás las hubiera conocido, ni a usted ni a Linda.

—Ya es un poco tarde para decir eso —contesta Marta. Calma… calma.

—Son brujas. Me echaron el mal de ojo.

A Marta ningún cliente la había tratado de bruja antes, ni la habían acusado de desearle el mal a nadie. Y Linda Camacho, la trabajadora social, es la persona más religiosa que Marta conoce, genuinamente religiosa.

—Lo único que hemos hecho es tratar de ayudar —afirma Marta, y el tono de mártir de su voz le parece odioso. Comienza a oír un zumbido en su oído izquierdo, y menea la cabeza.

Sofía la mira, y sus ojos saltones parecen aún más protuberantes en su cara redonda.

—Voy a decirles a los investigadores que me equivoqué.

—¿Qué se equivocó con respecto a qué?

—A Soto. Les voy a decir que nunca me puso un dedo encima.

Marta siente que se le hiela el cuerpo, y el zumbido se hace más fuerte. Se frota las sienes. —Si cambia su testimonio, sería como admitir que cometió perjurio.

—No sé qué es eso ni me importa.

—No sea idiota —revira Marta.

Sofía retrocede como si la hubieran abofeteado, y parece que quisiera hundirse y desaparecer en el asiento. Marta siente que hubiera podido contestarle de manera menos brusca, pero no se arrepiente de haber dicho la verdad. Sofía no tiene idea de lo que está haciendo ni del trabajo que está deshaciendo.

Sofía se levanta torpemente, y la bolsa se le cae al piso. Se abre, desparramando su contenido. Marta rodea el escritorio, agachándose para recoger un cepillo de pelo, un estuche de polvos faciales, un tubo de brillo labial, un espejito, un paquete de chicles de canela y una estampita laminada de la Santa Muerte. Le entrega todo a Sofía, que lo embute de nuevo en la bolsa. Marta divisa una cuenta de vidrio azul que rodó hacia la pata del escritorio. La levanta, sosteniéndola en la palma de la mano. Sofía se la arrebata de un manotazo.

—Voy a contarles a las otras cómo me ha tratado usted. Ellas tampoco están contentas con cómo va el caso —dice Sofía, de camino hacia la puerta.

Marta se alegra de verla irse. Sofía siempre ha sido un problema, incluso al principio, cuando se quejó del monto de los honorarios del despacho, convencida de que Marta pretendía quedarse con una porción de la indemnización, como si fuera una de las socias de una firma de abogados comerciales en lugar de la subdirectora de un bufete jurídico sin fines de lucro al borde de la quiebra.

Marta se voltea para contemplar la sierra de los Mansos. El viento del oeste forma tolvaneras de polvo amarillo sobre el cielo azul. Abajo, los carros se deslizan por las calles del centro de El Paso. Los senderos de la plaza San Jacinto brillan con la luz del sol poniente.

Cuando el despacho presentó la demanda por acoso sexual en contra de la compañía Soto Pecans y de su dueño, Marta les advirtió a sus clientas que las cosas se podían poner feas. Durante el proceso, las mujeres y todos sus allegados habían recibido citaciones y habían tenido que acudir a declarar, sacando a la luz sus secretos. Con la revelación de cada desagradable detalle, el equipo jurídico de Soto Pecans había atacado con más fuerza a las demandantes. Mientras tanto, Marta siente que con cada nuevo ataque pierde una parte de su ser.

A veces se pregunta si en realidad todo esto está sirviendo de algo, si no habría sido mejor que se esforzara por llegar a convertirse en jueza, como lo esperaba su abuela Olga y todos los demás. En días como este, le parece que el caso de Soto Pecans ha sido perjudicial para sus clientas, que nunca tenían tiempo para nada fuera de su trabajo.

Clientas como Sofía.

Siente una oleada de calor incómodo a medida que el arrepentimiento se apodera de ella.

Odia salirse de sus casillas. A pesar de la gloriosa sensación del momento. No puede permitirse perder clientas en este caso. Sabe que no se requiere mucho para que toda la demanda se venga abajo. Si Sofía logra convencer a unas cuantas mujeres de retractarse, la esperanza de llegar a un arreglo o de ganar un juicio se habrá perdido. A Marta le preocupa que, por andar haciendo demasiadas cosas a la vez, haya dejado de ser la abogada que siempre había sido.

El despacho necesita que este caso llegue a un arreglo y les den la indemnización para poder seguir funcionando. Ella lo sabe muy bien, pues está a cargo del presupuesto. El director general, Jerome, apodado "El tiburón" por su esposa, Patricia, debido al mito de que los tiburones deben nadar constantemente porque solo así pueden respirar, está cerca de los ochenta años y sigue litigando. Es un excelente abogado y un buen amigo, padrino de Rafa, pero Marta no logra que él se preocupe por el hecho de que solo les quede dinero suficiente para pagar los sueldos de un par de meses. Si no ganan este caso, será por culpa de Marta, y el despacho estará un paso más cerca del cierre. Si eso llegara a suceder, ¿qué sería de ella?

Una mariquita se posa en su mano, en el nudillo del pulgar, y le hace cosquillas. Marta se pregunta cómo llegó allí el insecto. No hay ninguna ventana abierta en el edificio. El caparazón del bicho es de un rojo subido. Su compañera de cuarto en la universidad tenía una teoría al respecto: que las marcas más importantes del mundo utilizaban ese tono de rojo para atraer a los jóvenes por su parecido con la sangre. Marta siempre pensó que se refería a una fijación de los jóvenes con la sangre. Pero la sangre tiene muchos significados: es también un término relacionado con la familia.

La sangre es vida, y ella va ya a medio camino de la suya. Durante los últimos veinte años, el despacho ha sido su vida, y Jerome y los demás abogados y el resto del personal se han convertido en sus mejores amigos, su otra familia. Pero hay un lado oculto de Marta que añora algo diferente de ese mundo en el cual habita. Ese lado oculto quisiera tomar el control, aunque fuera solo para descontrolarse, para hacer locuras, para ser irresponsable, para dejarse llevar y ser libre. Si esa parte oculta fuera la que estuviera al timón de su vida, tendría una aventura, aunque solo fuera para saber qué se sentía. Perdería el caso contra Soto Pecans intencionalmente. Actuaría con tal incompetencia que la despedirían y jamás volvería a conseguir trabajo como abogada. Volvería a empezar de nuevo, dejando a los niños en El Paso, con Alejandro, para irse de viaje con su amante, un hombre más joven, y nadarían en las albercas más fabulosas del mundo y se entregarían al desenfreno sexual en habitaciones de hoteles de lujo.

La mariquita se desplaza hasta el centro de la palma de su mano y trata de meterse en su piel, como si tuviera pequeños garfios en el extremo de sus patas. Marta la retira de su mano, molesta.

Tiene que recomponerse y tomar el control. No está haciendo más que perderse en ensoñaciones.

Lo que necesita es concentrarse para ganar el caso de Soto Pecans de manera incuestionable. Un arreglo que les conceda una indemnización de un par de millones de dólares serviría para mantener el despacho a flote y hasta alcanzaría para convencer a Jerome de retirarse, para que ella finalmente se quedara a cargo. Está cansada de esperar. Si Jerome necesita un empujoncito para irse, ella estaría dispuesta a dárselo.

Por lo pronto, Marta se toma dos tabletas de ibuprofeno y va a la cocina en busca de una taza de café requemado, que es lo único que sabe preparar la vieja cafetera que tienen allí. Se dirige a la oficina de Jerome para contarle lo de Sofía. Jerome sigue siendo el jefe, y Marta siempre le ha pedido consejo, aunque no necesariamente lo siga. La oficina se ve igual que el día que ella llegó a trabajar por primera vez en el despacho, desprovista de muebles y, al mismo tiempo, atiborrada de cosas. Los polvorientos códigos legales se amontonan en libreros vencidos por el peso, las cajas con expedientes se apilan sobre maltrechos archiveros. Las lámparas fluorescentes emiten un zumbido, alumbrando el desgaste general de la oficina, la raída alfombra del reglamentario color café, manchada por bebidas derramadas. En el espacio que hay frente a la oficina de Jerome se encuentra Linda, estacionada en el escritorio de Cristina, la asistente legal.

Linda menea la cabeza, y sus aretes se mecen con su risa contagiosa. A Marta la asalta el cariño que les tiene a estas mujeres. No va a permitir que pierdan sus puestos por un error suyo.

Golpea insistentemente en la puerta abierta de la oficina de Jerome, y el ruido lo sobresalta.

El abogado suelta la pluma y se levanta.

—Metí la pata con Sofía Hernández, del caso de Soto Pecans —dice Marta, bebiendo un sorbito de su taza de café—. Le dije que no fuera idiota.

—¡Qué problema, Marta! ¡Ay, qué problema! —contesta Jerome, meneando la cabeza, pero las comisuras de su boca se estremecen.

Marta no cree que sea asunto de risa.

—No podemos permitirnos perder este caso. ¿Has visto el balance de gastos e ingresos de este trimestre?

—Eso también es un problema —comenta Jerome—. Y por eso mismo vas a ganarlo. Vas a aprovechar toda esa energía chingona, y lo conseguirás.

A Marta no le gusta esa palabra. Los hombres no deben ser insistentes.

—Nena está en el teléfono —dice Cristina desde la puerta.

—Después le devuelvo la llamada —contesta Marta. No suele suceder que su tía abuela la llame durante el día.

—Hubo un incendio en su casa —explica Cristina, mientras Marta se levanta preocupada—. No te angusties. Dice que vinieron los bomberos y que todo está bien. Pero quiere que pases por allá.

—Más vale que vaya a ver qué pasó —le dice Marta a Jerome.

—¿Esa es tu tía, la bruja? —pregunta Jerome.

—No digas eso.

2

Durante buena parte del mes de mayo y todo junio, Nena había estado oyendo un zumbido, un ruido que le hacía vibrar la piel. No había querido preguntarles a sus hermanas si ellas también lo percibían por miedo a que le contestaran de mala gana por hablar de cosas que nadie más veía ni oía, como cuando vislumbraba algo por el rabillo del ojo o escuchaba los susurros de los difuntos. Era 1943, y en esos tiempos ya nadie hablaba de sustos y corazonadas. Pero sus hermanas definitivamente veían las mariquitas que seguían a Nena para acá y para allá. Cada vez que iba a alguna parte, de la cocina al baño, a la tienda de abarrotes de Obregón, a la oficina de correos, las mariquitas iban tras ella, una multitud de puntitos rojos que se posaban en su ropa como bordados vivientes. Cuando se le acercaban demasiado a Olga, ella las espantaba diciendo "¡Qué bonita!", con una vocecilla chillona que quería dar a entender justo lo contrario. Luna aplastaba a todas las que estuvieran a su alcance.

Tras la muerte de sus padres, Nena y sus hermanas habían vivido juntas en West Overland Avenue, tan cerca del río Bravo que desde la esquina de su casa alcanzaban a divisar México. Olga era cuatro años mayor que Nena, y Luna, tres. De niña, Nena las observaba sin saber bien si terminaría pareciéndose más a la una o a la otra. Olga era inteligente, Luna era bella. Olga brillaba sus zapatos sin que se lo recordaran, mantenía sus lápices bien afilados y no se comía las uñas. Acababa sus tareas mucho antes de tener que entregarlas y rezaba todas las noches con el rosario que su papá le había regalado por su primera comunión. Había recibido una beca completa para estudiar en la Universidad Metodista del Sur, y Nena se enojó muchísimo, en apoyo a su hermana, porque no pudo inscribirse ya que no había dinero para pagar el viaje o los libros.

Y por otro lado estaba Luna. A los seis años había agarrado un cuchillo para decapitar a seis pollos. Cuando su mamá le preguntó qué estaba haciendo, le dijo que jugaba a ser carnicera. En el bachillerato, Luna quería tener un novio gánster, y se vestía con ese propósito, con faldas a las que les cosía el ruedo para dejarlas cortísimas. Era porrista de la secundaria Bowie High School, y era tal la fama de su belleza que había muchachos de otras escuelas que la invitaban a bailes.

Ahora que Nena ya no era una niña, se daba cuenta de que nunca sería como ninguna de sus hermanas, cosa que le parecía bien. En la primavera, se había enamorado de una película: *Por quién doblan las campanas*. Fina, la hija del señor Obregón, trabajaba de taquillera del cine Palace, y le había dicho que podía entrar gratis todas las veces que quisiera. Luego de la novena vez que vio la película, el jefe de Fina determinó que Nena no podría volver a ese teatro.

No importaba porque, para entonces, Nena se había aprendido todos los parlamentos de la película. Nunca había visto a una mujer tan bella como Ingrid Bergman, que hacía de María, una huérfana y combatiente con el pelo cortado casi al rape y vestida con unos pantalones demasiado grandes. Sin embargo, ninguna de estas dos cosas le impidieron tomar parte en un increíble romance. Pero el personaje que más le fascinaba a Nena era Pilar, la aguerrida comandante de un grupo de partisanos antifascistas, capaz de cabalgar y disparar un arma mejor que cualquiera de sus hombres. Y, al igual que Nena, Pilar era capaz de ver cosas que los demás no podían ver.

Además, Pilar era muy fea, con la cara y la ropa sucias, completamente opuesta a Ingrid Bergman, que resplandecía. Nena tenía el pelo chino y pensaba que, si se lo cortaba, podría conseguir que se viera como el de Ingrid Bergman en la película, aunque negro en lugar de güero, pero con la misma apariencia suave y glamurosa. Utilizó las tijeras de coser de Olga, y fue cortando con cuidado, emparejando los lados, uno primero y el otro después, mirándose en el espejo, cortando aquí y allá una y otra vez hasta que casi no le quedó nada que cortar.

Cuando Luna la vio, se persignó con ademanes exagerados.

—¡Sí serás tonta! ¿No sabes por qué María tiene el pelo tan corto en la película? —le preguntó.

Claro que Nena lo sabía. Pilar le cuenta a Robert Jordan, el héroe de la historia, que a María "le sucedió lo peor que le puede suceder a una mujer, ¿me entiendes?". Nena sospechaba a qué se refería Pilar, a lo que los hombres podían hacerles a las mujeres.

Reuniendo todos sus ahorros, Nena se compró unos pantalones en The Popular, y justificó semejante compra usándolos a diario. Eso puso como locas a Olga y a Luna, pues ninguna de ellas consideraba que fuera adecuado que una dama usara pantalones, a pesar de que muchas mujeres lo hacían ahora que había una guerra.

A fin de cuentas, a Nena no le importaba lo que pudieran decir sus hermanas; ella se estaba preparando para los problemas futuros. Corrían los rumores de que alemanes y japoneses invadirían a los Estados Unidos a través de México y, cuando lo hicieran, Nena estaría lista para recibirlos. En el desierto, casi todas las plantas se protegen con espinas puntiagudas, y Nena había crecido en el desierto. Aún no sabía disparar un rifle, pero era algo que muy pronto aprendería. Ya sabía que tenía el coraje necesario para hacer lo que hiciera falta. Una mañana, Olga encontró una serpiente cascabel enrollada sobre los escalones de la puerta trasera. Salió corriendo a la calle en busca de algún hombre, mientras que Luna levantó las manos, gritando como si la fueran a asesinar. Pero Nena, ni corta ni perezosa, buscó una pala y con el filo de esta descabezó a la serpiente.

Luna trabajaba de mesera en el club de oficiales en el Fuerte Bliss, y Olga era la encargada del conmutador en el Hotel Cortez, un alto edificio frente a la plaza San Jacinto, en cuyo estanque vivían caimanes de verdad. Los maridos de ambas se habían ido a combatir en la guerra, el de Olga en Europa y el de Luna en el Pacífico. Nena se quedaba en casa, al cuidado de los bebés, la hijita de Olga, y el hijito de Luna, ambos de nueve meses, mientras esperaba pacientemente a que los alemanes atacaran.

Les cantaba a los bebés, jugaba con ellos, los cargaba en las caderas, uno a cada lado. Lavaba pañales y toda la ropa de la casa con agua que calentaba en ollas en la estufa. Preparaba todas las comidas, menos el desayuno, barría y trapeaba los pisos, sacudía el polvo y alimentaba a los pollos. Pero a pesar de que se levantaba a las cinco de la mañana y trabajaba todo el día, la casa nunca estaba ordenada, nunca terminaba de lavar toda la ropa sucia y los bebés rara vez estaban limpios, saciados y felices al mismo tiempo.

Un día, los bebés pasaron la mañana llorando, se negaron a dormir la siesta de la tarde y después pareció que se hubieran puesto de acuerdo para ver quién lloraba y berreaba más hasta bien entrada la noche. Para cuando Olga llegó a la casa, Nena se sentía como si llevara tres días sin dormir, con la piel grasienta y los ojos resecos por el calor del verano.

—¿Por qué siempre insistes en dejar el agua sucia en la tina de lavar? —le preguntó Olga.

"Siempre" era una palabra muy fuerte, y ni siquiera se ajustaba a la realidad. Solo habían sido unas cuantas veces las que Nena había olvidado tirar el agua, pero sabía que más le valía guardarse sus pensamientos para sí misma.

Esa noche, más tarde, Luna abrió la puerta principal y se quitó los zapatos, arrojándolos a un rincón, mientras cantaba "Gloria, gloria, aleluya". Bailó por toda la casa, dejando tras de sí un olor rancio a cerveza al levantar en brazos a Chuy, que dormía en su cuna. El bebé se despertó llorando, y eso sacó del sueño a Valentina, la hijita de Olga, y ambos bebés berrearon otro rato. Se demoraron bastante en volverse a dormir.

Cuando Nena finalmente logró irse a la cama, suplicó: "Por favor, por favor, que se acabe esta guerra y que regresen los hombres. Por favor, quiero poder tener algo mío de verdad".

Cuando aún vivía, la madre de Nena les decía a las niñas que podrían ser lo que quisieran, menos sirvientas. Pero ¿acaso Nena no era una muchacha para sus hermanas al hacer de niñera y cocinera? Ya no podía soportar más las largas jornadas. No aguantaba el zumbido de las mariquitas que pululaban y le llevaban mensajes que no comprendía, pero que ellas se empeñaban en transmitir. "Que alguien o algo me ayude", suplicaba Nena en sus oraciones.

A los doce años había tenido su primera visión de verdad, cuando aún vivían en la antigua casa. Desde que Nena tenía memoria, su padre solo podía hablar en susurros muy roncos, ya que sus pulmones estaban tan destrozados a causa del gas que había respirado en los combates en Francia durante la Primera Guerra Mundial, que no podía trabajar con sus hermanos en la compañía de acarreos de la familia.

La madre de Nena trabajaba de cocinera en un restaurante. No ganaba lo suficiente como para sostener a la familia con su sueldo, así que los domingos vendía pozole en la placita que había frente a la iglesia. Durante la semana, las niñas Montoya preparaban el platillo, remojando los granos de maíz en agua con cal para que reventaran, matando y desplumando a los pollos, poniendo a hacer el caldo, y luego, los domingos, Nena y sus hermanas ayudaban a su mamá a cargar la pesada olla envuelta en cobijas, junto con caballetes y tablas para armar una mesa.

El pozole era picante y sabroso, calentito en invierno y, en verano, daba gusto comer algo todavía más caliente que el aire. Los domingos por la tarde, Nena se la pasaba corriendo entre la plaza y su casa, llevando a lavar los platos de barro y buscando más cebolla picada, chile y cilantro para acompañar la sopa. La gente daba vueltas en la plaza en sus mejores ropas de domingo, entre pláticas, chismes y coqueteos. En el centro de la plaza, un grupo de perros se rascaban, tratando de sacarse las pulgas con los dientes. Siempre había fila frente al pozole. Cuando alguien no podía pagar su plato, la mamá de Nena se lo regalaba.

Durante la semana, en las mañanas, la mamá de Nena ayudaba a su marido a levantarse de la cama, y le permitía apoyarse en ella para que caminara dificultosamente a través de la casa hasta el pedacito de piso de concreto que él llamaba su patio, pero que no era más que un rincón del pequeño solar polvoriento. Cuando se sentía bien, en un buen día, cargaba a Nena para sentarla sobre sus piernas, y le contaba historias de su infancia en Nuevo México.

Allá, la casa de la familia era una construcción baja y achaparrada, de adobe recubierto con estuco, cuatro habitaciones y una estufa de leña, con losas de barro en el piso y en el tejado. Era oscura en las mañanas por el lugar donde se encontraba, en el lado poniente de las montañas Tularosa, bien arriba de una meseta para quedar a salvo de los apaches que asolaban la zona cuando se construyó. Para cuando su papá nació, solo quedaban la casa, el corral y un trozo de huerto de las tierras que se le habían entregado a sus antepasados en el siglo XVIII. Siglos antes, la familia había estado entre quienes acompañaban al explorador Cristóbal de Oñate cuando reclamó las tierras al norte del río Grande para el rey Felipe II de España, en lo que el papá de Nena llamaba la Toma.

—¿Y de quién eran esas tierras que tomaron? —le había preguntado Nena alguna vez.

—De tus primos, los indios, claro —explicó el padre de Nena, riendo.

Una noche, una jauría de perros hizo un túnel para meterse al gallinero, y devoró a todos los pollos. En cuestión de unos instantes, la familia ya no tenía huevos que comer ni carne o huesos para hacer el caldo del pozole. Tampoco tenía dinero adicional para alcanzar a reunir lo de la renta.

A fin de mes, el casero, el señor Echeverría, pasó por la casa, tal como lo hacía todos los meses para cobrar la renta. La mamá de Nena le explicó que tendría la suma completa muy pronto. El señor Echeverría gruñó, sentado a la mesa de la cocina, sopeando el pan dulce en el chocolate que la mamá de Nena le había preparado, y embutiéndose el pan con desagradables ruidos y sorbidos. Cuando terminó, se limpió las manos en los pantalones en lugar de usar la servilleta que se le había puesto en la mesa.

Se levantó con rapidez, empujando la silla hacia atrás, y recostó a la mamá de Nena contra el mesón de la cocina, apretando primero su cuerpo contra el de ella y luego sus labios sobre los suyos. Las manos de la señora volaron al pecho de él, para quitárselo de encima, pero era demasiado grande y su panza la inmovilizaba. Le abrió el vestido por delante, arrancando los botones, que fueron a caer al piso. Metió una mano por entre el vestido, para tocarle los pechos, y con la otra mano le tapó la boca para acallar sus gritos. El papá de Nena estaba en la recámara, demasiado débil para acudir, a pesar de que debía estar oyéndolo todo. Nena supo que ella era la única que podía ayudar a su madre. El cuchillo grande que usaban para despescuezar pollos estaba ahí, en el cajón. Podía sacarlo y clavárselo al señor Echeverría en el espacio entre las costillas.

Antes de que llegara a alcanzar el cajón, empezó a oír un zumbido y la habitación entera pareció sacudirse. Lo siguiente que supo fue que se encontraba en una calle llena de gente. Nena estaba dentro del pecho del señor Echeverría, y había algo mal, algo roto, y luego se vio en una misa de difunto. Cuando su mente regresó a la cocina, estaba tendida en el piso con la cabeza sobre el regazo de su madre. El señor Echevarría, de pie, las miraba desde arriba.

Nena se enderezó, sentándose, y lo miró a los ojos endurecidos.

—Le quedan tres semanas de vida —le dijo.

Y su visión se cumpliría, pero de nada le serviría a Nena ni al resto de la familia Montoya porque, antes de morir, el señor Echevarría los sacó de la casa, y en los años siguientes, Nena no haría sino empeorar las cosas al tratar de usar sus capacidades para arreglar la situación.

"Por favor", rezó Nena en el calor que reinaba en su cuarto. "Por favor, que yo pueda ser otra y no la que soy ahora. Por favor, Dios mío, permite que sea valiente y viva muchas aventuras".

Las tres hermanas compartían un único ventilador, y esa noche era el turno de Luna de usarlo. Nena había dejado un recipiente con agua al lado de su catre para así poder remojar un trapito y ponérselo en la frente. Pero el trapito mojado se calentaba tan rápido que casi no valía la pena el esfuerzo. Nena se quitó la sábana de encima, extendió las piernas, bajó un pie al piso y se levantó el camisón para hacer aletear el ruedo y así crear una leve brisa.

Un rayo de luna alumbró la habitación. El zumbido atronaba en los oídos de Nena más fuerte que nunca, en horrible armonía con el ruido de las chicharras afuera. Miró las manecillas del reloj, el minutero moviéndose lentamente, llevándola a cada instante más cerca de la mañana, en que tendría que despertarse de nuevo y levantarse a trabajar como mula. A las cuatro en punto de la mañana, oyó que uno de los bebés se despertaba, soltando un berrido agudo, para luego lloriquear hasta callarse. Nena se tocó la frente húmeda, retirando el pelo adherido a ella. Le preocupaba la larga jornada que le esperaba, aunque no sería la primera vez que tenía que hacer algo así tras dormir tan poco.

—Elena —susurró una voz de mujer.

Nadie la llamaba por su nombre. Todos le decían Nena, desde pequeña.

Se levantó de la cama y abrió la puerta que daba al patio de atrás. No la recibió ninguna brisa, solo el aire caliente, seco e inmóvil. Las chicharras correteaban por el suelo, numerosas bajo la luz de la luna.

—Elena.

Miró alrededor. No podía ver a nadie en el patio, pero la voz era tan clara que la persona que la llamaba tenía que hallarse muy cerca. Tal vez detrás del nogal. Las chicharras crujían bajo sus pies descalzos. Apoyó las manos sobre el tronco del árbol, sintiendo la corteza lisa bajo sus dedos.

—Elena —oyó que la llamaban de nuevo, desde más cerca esta vez.

Se volteó, y vio a una mujer que se aproximaba. Llevaba un vestido oscuro, que parecía negro a la luz de la luna. En la cabeza tenía una peineta alta, tapada por una mantilla de encaje negro que le caía sobre la cara. La tela del vestido susurraba con cada movimiento. Mientras más se acercaba, más fuerte era el ruido de las chicharras. Las ranas croaban en la acequia, y las lechuzas, ululaban.

La mujer se plantó frente a Nena y se levantó la mantilla. Tenía la cara larga y ovalada, y la piel clara y los ojos oscuros. Sus cejas formaban dos arcos altos y delgados. El encaje que se asomaba por la parte superior del vestido le cubría el cuello, y un camafeo lo sujetaba alrededor de su garganta. Un rebozo negro le envolvía los hombros y, a pesar del calor, temblaba y se arrebujaba en él.

—¿Te llamas Elena Eduviges Montoya?

—Sí.

—He venido a llevarte a casa.

—Aquí es donde vivo —contestó Nena, haciendo un ademán con la mano para señalar la casita detrás.

—La madre Inocenta me envió para que te llevara al convento.

—¿Quién?

—Nuestra abadesa. La que dirige el aquelarre.

¿Un aquelarre? Pero esta mujer había dicho que esa tal madre Inocenta era la abadesa de un convento. ¿De cuál sería? El convento era algo relacionado con Dios. El aquelarre tenía que ver con la oscuridad. Nena lo sabía, y sintió miedo de una oscuridad de la cual no pudiera escapar. La sangre le latía apresuradamente en los oídos, lo que indicaba que estaba teniendo una visión, solo que esa visión no parecía estar en su mente sino en el patio. Nena siempre había tenido la esperanza de que hubiera otras personas como ella en el mundo... otras que hubieran oído ese zumbido y que comprendieran el lenguaje de las mariquitas. Rezaba para pedir auxilio y, hasta donde sabía, la ayuda podía haber llegado encarnada en esta señora.

—¿Cómo es posible que las monjas sean brujas?

—Psst. Brujas. Esa es una palabra que no utilizamos. Nos consideramos siervas de Dios.

Las cosas empezaban a rayar en la herejía. Nena se persignó. ¿Acaso esa mujer era la Llorona, el espíritu que raptaba a los niños de noche? En las leyendas, la Llorona iba vestida de blanco, pero eso no quería decir que no pudiera disfrazarse o que esta mujer no pudiera hacerle daño. Nena sintió un escalofrío de terror.

—¿Y por qué la madre Inocenta quiere que yo vaya? —preguntó.

—Si eres como nosotras, tus visiones se harán más fuertes. No será solo cosa de un desmayo, sino que tendrás ataques, episodios que durarán varios días. Ningún médico ni cura será capaz de aliviar tus sufrimientos. Tienes suerte de que te hayamos encontrado. Con nuestra ayuda, aprenderás a controlar *la vista*, en lugar de dejar que te destruya.

La mirada de Nena se fijó en el bordado con cuentas del vestido de la mujer, negro y brillante bajo la pálida luz del sol naciente.

—¿Y por qué no va vestida de monja? —preguntó, con sospecha.

—Somos una comunidad de clausura. Para salir del convento tenía que vestirme como una mujer normal.

—No me ha dicho su nombre.

—Puedes llamarme sor Benedicta de la Cruz.

Nena hizo una reverencia, sin saber bien por qué, a lo mejor porque era un nombre majestuoso que parecía irle bien a semejante dama.

—Bueno, ¿y qué estás esperando, niña? Ven conmigo al río —dijo sor Benedicta. Era una orden, no una petición. Nena no se atrevió a desafiar a la hermana. ¿Acaso quería hacerlo?

Pensó si debía volver a la casa para buscar unos zapatos y ponerse pantalones, pero podría despertar a sus hermanas, que la regañarían y le impedirían ver lo que esta mujer quería mostrarle. El río estaba tan cerca, pensó. Alcanzaría a ir y volver mucho antes de que alguien se diera cuenta de que había salido.

El vecindario estaba en su hora más silenciosa, ese momento de la noche en que incluso las luces de la gran mansión de ladrillo en la que vivían y trabajaban las prostitutas estaban apagadas. Se dio cuenta de que las luces de la calle tampoco estaban encendidas. ¡Qué raro!

Siguió a sor Benedicta por el patio, y en el lugar en donde debían haber encontrado una cerca no vio más que suelo arenoso y las plantas del desierto. El sol iba asomando, y la luz del amanecer dibujaba aureolas alrededor de las cimas de las montañas en el aire frío. Durante el verano, la temperatura bajaba bastante durante la noche, pero nunca llegaba a ser tan gélida. Todavía más extraño fue que Nena no viera más que desierto a su alrededor, los bultos que formaban los arbustos de creosota y sotol que se extendían hasta la sierra de los Mansos. Las casas, las tiendas y los carros de El Paso habían desaparecido. Las vías del tren, las fundidoras, el Fuerte Bliss, todo se había desvanecido, al igual que las bardas y las garitas de la frontera. No se veía alambre de púas, solo matorrales escuálidos y arboledas de chopos entre potreros cultivados, con acequias que los bordeaban. La tierra parecía extenderse sin fin, abierta, de una forma que Nena jamás había experimentado.

La curiosidad la mantenía al borde del miedo. Pero en el fondo de su corazón era como un soldado, y sabía ser valiente. Al llegar al río, la aguardaba otra sorpresa. El río Bravo corría raudo, crecido y rumoroso.

Nena nunca lo había visto así, y debió sentir temor, pero el rugido de las aguas la calmaba. Cualquier fuerza capaz de arrastrar el agua de Nuevo México con tal potencia merecía respeto. Nena había suplicado que algo la sacara de la vida que llevaba, y eso había sucedido.

Se estremeció de frío en su camisón, y se envolvió con sus propios brazos. Debía haberse tomado el tiempo de ponerse ropa adecuada. Su camisón inservible, manchado de mugre. Olga y Luna se enojarían de verdad con ella. Ya habían usado sus cupones de racionamiento en ropa para ir a trabajar y para los bebés.

—No podemos permitir que atravieses el pueblo vestida así. Quien te vea pensará que eres una puta. Toma. —Sor Benedicta se quitó el rebozo negro que le envolvía los hombros y se lo entregó a Nena—. Póntelo sobre la cabeza y tápate la cara.

Nena se arrebujó en el rebozo y se quedaron en la orilla del río, mirando a un hombre en un chalán, que atravesaba la ancha y torrentosa corriente empujando la embarcación con una pértiga para llegar hasta ellas. Mientras esperaban, Nena tuvo la frustrante sensación de estar soñando, aunque jamás había tenido un sueño tan vívido. No había otra manera de explicar lo que estaba sucediendo. Por lo general, se despertaba si se ponía a pensar dentro de un sueño, pero ahora no le pasaba eso, y seguía en ese extraño lugar, despierta.

Sor Benedicta le entregó una moneda al hombre, que las cruzó al otro lado, ayudándolas a desembarcar en el barro de la orilla. Por un camino de tierra llegaron a un pueblito, con calles estrechas bordeadas de casas de adobe sin pintar. Algunas de las calles estaban empedradas, y todas estaban cubiertas de caca de caballo, tepalcates y tiestos rotos, cabos de zanahoria y cebollas podridas. El hedor a caño la golpeó como si alguien le hubiera aventado un bulto de basura. Se cubrió mejor la boca y la nariz con el rebozo.

Habían partido de noche, pero Nena vio que este pueblo estaba despertándose a la luz del día. Había sirvientes corriendo de prisa por las calles, con pan de la panadería y verduras del mercado. Siguió a sor

Benedicta a través de las chozas de los pobres. Esas viviendas, construidas con palos entretejidos y techos de paja, eran todavía más humildes que la casa en la que Nena y su familia habían vivido después de que ella perdiera todo el dinero de su familia en las carreras de caballos.

Sor Benedicta caminaba de prisa, con la cabeza en alto, mientras el velo le cubría la cara. No parecía que le molestara que su vestido se ensuciara con el polvo y todo lo demás. El ruedo estaba lleno de barro, paja y pelo, como si desde siempre hubiera estado barriendo el suelo. Un olor a falta de limpieza emanaba de la monja, una mezcla de humedad, humo y lana vieja, estiércol y cosas peores. Un caballo tirando de un carruaje pasó junto a ellas. No había carros por ningún lado ni bicicletas.

—¿En dónde estamos? —preguntó Nena.

—El Paso del Norte.

—¿Y cuándo? O sea, ¿en qué año? —preguntó.

—1792, año del Señor —dijo sor Benedicta—. ¿Por qué preguntas esas tonterías?

—Lo siento, hermana —contestó Nena, sin saber bien qué decir. Se pellizcó, pero siguió sin despertarse. 1792. Si esa era la fecha, se encontraba en la Nueva España y no en el México moderno. Se daba cuenta de que había conseguido lo imposible: ya no estaba en su época sino muy lejos en el pasado. Sor Benedicta pertenecía a ese momento, y no sabía que Nena provenía del futuro. ¿Cuándo habría dado el salto? ¿Al andar hacia el nogal? Supuso que, de haberse vuelto a mirar atrás por última vez, su casa habría desaparecido junto con todo lo demás en El Paso.

Nena y sor Benedicta pasaron frente a la iglesia de adobe encalado, Nuestra Señora de Guadalupe del Paso, la misma iglesia que Nena reconocía de Ciudad Juárez en su propia época. Atravesaron la plaza, con un mercado al aire libre de un lado y una hilera de tienditas del otro. En el extremo más alejado de la plaza, voltearon para meterse por una callejuela estrecha que corría entre altos muros de adobe y portones de madera, sombreada por gráciles chopos.

Se acercó un jinete, en un caballo lustroso, tan negro que casi se veía azul. El hombre vestía una camisa de lino y una casaca de gamuza marrón, pantalones ajustados con botones dorados y un fajo rojo en la cintura. Tenía un bigote espeso y ojos negros. Sor Benedicta se estremeció, ajustándose el velo para cubrirse la cara. Tiró de Nena para que ambas quedaran a un lado de la calle, contra uno de los muros. Nena miró al hombre, pero él no le devolvió la mirada. Alzó el látigo y chasqueó la lengua, con lo cual el caballo caracoleó y resopló para luego perderse al trote en la distancia.

—¿Y ese quién era? —preguntó Nena.

—Don Emiliano. Mi hermano. Se habría sorprendido al verme fuera del convento.

Al final de la calle, sor Benedicta tiró de una cuerda que pendía de una pared e hizo sonar una campana. Un gran portón de madera se abrió. Una mujer pequeña y morena, con un tosco vestido de confección casera y una larga trenza, se inclinó ante sor Benedicta. Nena siguió a la monja cuando entró a una habitación dividida en dos por una celosía que llegaba hasta el techo. Sor Benedicta la atravesó por un torno, y desde el otro lado le lanzó una mirada fulminante a Nena, que seguía aún en la entrada.

En El Paso de la época de Nena, ella no tenía con quien hablar de ese mundo que veía y oía y olía. Sor Benedicta le había prometido que podría aprender a no desmayarse cuando tuviera una visión. Y si era posible saltar en el tiempo hacia el pasado, debía ser igual de fácil volver al presente. Nena regresaría pronto a casa. Olga y Luna seguramente podían hacerse cargo de sus bebés por un día. A lo mejor era hora de que supieran lo que era la vida sin ella. A lo mejor así la apreciarían más a su regreso. Nena empujó el torno y entró.

Las mujeres recorrieron un pasillo corto y oscuro hasta llegar a un patio de tierra endurecida. A la derecha estaba la huerta, donde no se veía nada más que unas cuantas coles muy altas, con tallos largos y delgaduchos. A la izquierda había una construcción pequeña con una chimenea de la cual salía humo y un gallinero. En la pared al otro lado del patio había una puerta, y al cruzarla, Nena fue acogida por los cantos de las monjas en una capilla. Percibió el olor de las velas de sebo, que dejaban rastros grasientos en las paredes. Al final del corredor, sor Benedicta abrió una puerta con una de las llaves que pendían de un aro metálico que guardaba bajo su vestido.

—Quédate aquí —dijo, poniendo la mano en el hombro de Nena y llevándola a una habitación pequeña.

Sor Benedicta se dio vuelta y cerró la puerta tras de sí. Nena oyó el crujir del cerrojo al encerrarla.

# 3

La casa de Nena apesta a comida quemada y plástico fundido. La pared detrás de la estufa está tiznada de hollín. La cazuela que se prendió está en el fregadero, y la agarradera parece un muñón retorcido e hinchado. Un ventilador cuadrado mueve el aire caliente por la cocina. Marta mira el jardín reseco, la hilera de yucas contra la barda trasera. Deposita su bolsa sobre la mesa de formica descascarada, se quita el saco de su traje y lo pone en el respaldo de una de las sillas de vinilo. El dolor de cabeza ha empeorado desde que dejó la oficina, y el zumbido se ha hecho imposible de ignorar.

—Se me olvidó apagar el arroz y se prendió —explica Nena. Lleva labial de un rojo brillante y jeans comprados en el departamento de niños de Walmart, además de tenis neón. Los ojos cafés le brillan como si estuviera emocionada.

A pesar de la frustración y la preocupación, Marta no puede evitar que la inunde un torrente de cariño hacia Nena.

—Se hubiera podido quemar la casa —le dice, no para regañarla, sino porque la expresión alegre de Nena le preocupa. Su tía abuela no parece darse cuenta del peligro que corrió.

—Sé que se ve terrible. Había mucho humo, pero el fuego ya se había apagado cuando llegaron los bomberos. Claro, no es que me importara tenerlos aquí. ¡Son tan guapos!

—¿Dónde está tu cubeta? —pregunta Marta.

—Debajo del fregadero, pero no te vayas a poner a limpiar. Todavía puedo treparme a un banquito y utilizar una esponja. No soy como esas otras viejitas que arman un recital de órganos cada vez que pueden.

—¿Recital de órganos? —pregunta Marta.

—Ya sabes… mi vejiga esto, mi corazón lo otro, ay chihuahua. El medicamento que me tengo que tomar me obliga a ir al baño en las noches, por Dios. La cadera… el colon… y la caca, y los ojos y el hígado. Eso es lo peor de los viejos, ¿sabes? La quejadera.

Nena no suele quejarse. A los noventa y tantos sigue viviendo sola. No tiene hijos ni nietos. Sus amigas ya murieron. Olga y Luna, sus hermanas, ya no están.

En su lecho de muerte, Olga le hizo prometer a Marta que se ocuparía de Nena. Ella aceptó de inmediato pues no quería que su abuela se angustiara por Nena en sus últimos momentos, pero no era necesario hacer la promesa. Marta y Nena son las únicas de la familia que siguen en El Paso, tía abuela y sobrina nieta, un vínculo particular que para la mayoría de la gente no quiere decir mucho pero que para Marta sí tiene significado. Nena no se parece a nadie de la familia. De hecho, no se parece a nadie más que ella conozca. Nunca le ha temido a llamar la atención y ser diferente, y Marta la adora por eso mismo.

Llena la cubeta de plástico con agua tibia, y le agrega un chorro de lavatrastes. Se arremanga la blusa y acerca la cubeta a la pared, para luego restregar con el lado áspero de la esponja el hollín que ensució la pintura amarilla. Bajo el tizne negro, una grieta cruza del piso al techo. La casa está en muy malas condiciones, el linóleo de la cocina está pelado, el antejardín, descuidado. En los últimos tiempos, ha sido evidente que Nena no debería estar viviendo sola, y Marta se arrepiente de no haber llegado a esa decisión con anterioridad, aunque lo cierto es que su tía abuela no ha facilitado las cosas al rehusarse a tocar el tema de conseguir a alguien que la ayude o de mudarse a un hogar geriátrico. Nena se irá a vivir con Marta por ahora, y luego le encontrarán un lugar decente para vivir, como "Los Piñones", donde Luna pasó sus últimos años.

—Voy a prepararte un té. ¿Manzanilla? —pregunta Nena, mientras llena la tetera con agua de la llave.

—No puedes usar la estufa. Los bomberos cerraron el gas —contesta Marta—. En todo caso, hace demasiado calor para tomar un té.

Marta no tiene tiempo de sentarse a platicar como quisiera. Nena siempre ha sido buena para la plática, pero ahora tiene que ajustarse a su horario. Debe terminar de limpiar el desastre y después empacar las cosas de Nena. Hay que recoger a los muchachos en el campamento de ciencia, y luego, pasar por el minisúper, preparar la cena y alistar a los niños para irse a la cama. Una vez que se acuesten, tendrá que trabajar un par de horas más. Soto aún no ha acudido a hacer su declaración, y sus abogados han planteado todos los obstáculos posibles. Marta está preparando otro recurso para ver si con eso lo obliga a comparecer.

—A Luna le gustaba mucho vivir en "Los Piñones" —dice Marta—. Arregló su casita y quedó tan bonita.

—¿Te acuerdas de cuando me ayudabas con mis clientes? —pregunta Nena.

—¿No ibas a veces a la clase de baile con Luna?

—Siempre fuiste una asistenta excelente.

—No fue sino una vez, Nena, solo te ayudé una vez —contesta Marta, restregando la pared. Se acuerda de lo que sucedió, incluso si Nena lo ha olvidado o no lo quiere recordar.

En el verano cuando Marta tenía ocho años y habían ido a visitar a su abuela Olga a El Paso, Nena le preguntó si quería ayudarla con uno de sus trabajos. Marta aceptó, sintiendo unos deliciosos escalofríos de emoción que le bajaban por los brazos. La habían llevado a pasar la tarde en casa de Nena, junto con su hermano Juan. Ella sabía que su abuela no debía enterarse de su participación en las cosas de Nena.

En la oficina, Marta corregía a Jerome cuando usaba la palabra "bruja" al referirse a Nena, porque su tía abuela siempre había sido bastante particular en cuanto a la manera de denominarse. No le gustaba que la describieran con palabras en español como bruja, curandera, hechicera o clarividente. En lugar de eso, Nena se definía como "guía", y estaba convencida de que podía conseguir que los vivos se comunicaran con los muertos. Marta tenía ocho años en ese entonces, y también lo creía posible.

Antes de que llegara la clienta, Nena le mostró a Marta cómo fundir piedra blanca en el comal, y vio los cristales que se extendían hasta los bordes del utensilio. Poniéndose los lentes, Nena señaló la sal fundida, que delineaba en el aire algo que ella denominaba dibujos, que Marta no podía ver.

Nena dijo que los dibujos formaban una historia sobre el futuro de Marta: cuando fuera grande, viviría en El Paso, en una casa con alberca, y sería abogada. Su esposo sería médico y tendrían tres hijos. En ese momento, a Marta la predicción le pareció extraña, en buena parte porque tenía intenciones de ser médica, como sus padres, en California, donde vivían. Pero cuando la predicción de Nena se hizo casi toda realidad, hasta el detalle de la alberca, Marta pensó que su tía abuela tal vez no estaba tan loca como la habían hecho parecer sus hermanas.

Cuando la señora Hurtado llegó, se sentó en el sofá de la diminuta sala de Nena, sujetando su bolsa y mirando alrededor, con una mueca en la nariz como si algo oliera mal. La habitación se veía entonces casi igual que ahora, abigarrada, con pilas de periódicos viejos en un rincón y platos desiguales comprados en ventas de cochera guardados en muebles con puertas de vidrio. De los travesaños de una escalera recostada contra una pared, colgaban manojos de hierbas. Una palangana grande de bronce contenía trozos de piedra blanca del tamaño de un puño.

La señora Hurtado iba vestida con una falda azul marino y una blusa blanca con un lazo en el cuello. Llevaba el pelo cobrizo esponjado alrededor de la cabeza de modo que Marta alcanzaba a verle el cuero cabelludo. La señora dijo que necesitaba contactar a su marido.

Nena se acomodó en un almohadón en el piso y cerró los ojos. Murmuró algo y se meció hacia los lados, para luego empezar a emitir una especie de zumbido, que se elevaba desde lo más hondo de su ser. En aquella época, se había teñido el pelo de negro, llevaba la cara empolvada y tenía un lunar oscuro en pleno centro de la mejilla izquierda, del cual salía un pelo corto que Marta se moría de ganas de sacarle con unas pinzas. Su tarea, una vez que Nena entrara en trance, era sostener un cuenco pequeño bajo su boca, de manera que recogiera la saliva que le pudiera salir. Y como Juan era tan pequeño, lo que tenía que hacer era quedarse en la cocina, organizando unas galletas en un plato.

El zumbido de Nena se hizo más fuerte, acompañado por un silbido aterrador que salía de su nariz. Sus párpados se abrieron, dejando ver la parte blanca de los ojos, y ambos iris subían y bajaban. Marta puso el cuenco bajo la barbilla de Nena, que soltó el aire tres veces, haciendo un ruido como "uuuu, uuuu, uuuu" pero muy fuerte, y gritó algo en un idioma que no era ni inglés ni español. Algo se cayó en la cocina.

—¡Felipe! —gritó la señora Hurtado—. Por favor, perdóname.

Los ojos de Nena se abrieron de par en par y ella se puso de pie con una rapidez increíble para alguien de su edad. Marta y la señora Hurtado la siguieron a la cocina. Juan estaba a gatas, cerca de la estufa, embutiéndose una galleta oreo en la boca, mientras con la otra mano trataba de levantar los trozos amarillos del plato roto. Lloraba con tal fuerza que a duras penas conseguía respirar, y grandes lágrimas le brotaban de los ojos. Marta pensó si debía darle una palmada para que se calmara, pero Nena lo alzó del suelo, ayudándolo a ponerse de pie. Marta miró a la señora Hurtado, preguntándose por qué le habría pedido perdón a su marido, pero el terror que había visto en su cara se había desvanecido, y ahora tenía la misma expresión agria con la que había llegado.

—¿No va a terminar conmigo? —le preguntó a Nena.

—Hay un niño llorando. Aquí frente a usted.

—¿Y?

—Puede irse —le dijo Nena con calma, besando la cabeza de Juan.

La señora la miró con furia, y salió de la cocina resoplando para dar un portazo en la entrada que sacudió toda la casa. Nena deshizo un disco de chocolate Ibarra en la leche hirviente, y preparó un chocolate más rico y espumoso que ningún otro. Lo sirvió en tacitas que tomó de uno de los muebles con puertas de vidrio, con todo y sus platitos, como si Marta fuera una persona mayor. Juan pronto se olvidó de su enojo, y empezó a presumir frente a Nena, levantándose el borde de sus pantalones cortos para mostrarle las picaduras de zancudo que tenía en los muslos. Molesta, Marta se rascó sus propias ronchas disimulando, con el enfado de que Juan le hubiera estropeado la oportunidad de ver un fantasma. En los meses siguientes a su regreso a California, siguió diciendo "uuuu, uuuu, uuuu", con la esperanza de que apareciera un fantasma, pero no fue así.

Esa vez con la señora Hurtado fue la única ocasión en que Marta vio de primera mano lo que era el trabajo de su tía abuela. La Marta adulta entiende que el único fantasma presente ese día era Juan. Pero también comprende por qué Nena gravitaba hacia esas cosas de brujería. Por la misma razón que Sofía creía en la magia. Porque la magia, o lo que la gente entiende por ella, es una forma en que los desvalidos imaginan que tienen poder.

Marta sabe de dónde surge el poder en este mundo, del dinero y la sangre. De eso es de lo que se ocupa la ley. El sistema legal está estructurado a modo de un juego en el cual se arriesga mucho, y a Marta le gusta ganar, obligando a su contraparte a hacer lo que ella quiere. Ese es el verdadero poder. Pero ahora mismo quisiera pensar que está ganando.

—Hoy te vienes conmigo y te quedas en mi casa todo el tiempo que quieras. Pero también tenemos que decidir dónde querrás vivir después —dice Marta.

—Cecilia Fonseca me dijo que en "Los Piñones" enceran el piso con mucha cera. Que cuando te caes y te rompes la cadera te pasan al edificio donde hay cuidados las veinticuatro horas, y allí te amarran a la silla de ruedas y ya no puedes hacer nada más por ti misma.

—Eso no suena nada tentador. ¿Qué podemos hacer para que estés contenta y segura?

—¿Segura? —pregunta Nena—. Eso no existe. Y a veces estoy contenta y a veces no. Siempre soy libre en mi cabeza. Podría vivir en una celda de un penal si tuviera que hacerlo —contesta, y su voz se eleva cada vez más fuerte y aguda.

—Nadie te va a mandar a una prisión —agrega Marta, sorprendida por la vehemencia de la respuesta de Nena.

—No, si vas a prisión al menos puedes obtener libertad condicional.

El sarcasmo es muy gracioso, y Nena está en lo cierto en lo que dice. Una vez que entre a un lugar como "Los Piñones", no saldrá de allí sino muerta.

Pobre Nena. O como siempre decían Olga y Luna: "Ay, pobrecita Nena".

Marta se acuerda de estar sentada, de niña, en el restaurante de Luna, "La Sirena", después del ajetreo de la hora de comer, con un libro de la biblioteca y un vaso de Coca-Cola que la mesera se encargaba de mantener siempre lleno, mientras Olga y Luna hablaban de la última travesura de Nena pasando de la preocupación a la risa y la crítica. A Marta le habían enseñado a tenerle lástima a Nena, a pensar que lo que su tía abuela hacía era una locura y no servía de nada, que su espiritualidad no era el tipo adecuado de búsqueda interior, sino algo egoísta, privado y vergonzoso. Pero la crítica de sus hermanas solo servía para que Marta le prestara más atención a Nena y sintiera curiosidad de saber cómo había llegado a ser quien era.

Nena apestaba a pachulí, se reía a carcajadas, insistía en mirar a Marta a los ojos y hacerle preguntas como si ya le había llegado la regla o, cuando ya era unos años mayor, si Alejandro era el tipo de hombre que sabía satisfacer a una mujer usando la boca. "Déjala en paz", le suplicaba Olga a Nena, pero no servía de mucho. "Debe de ser difícil ser tan alta", le decía cuando era adolescente, como si la propia Marta no lo supiera. "El resto de la familia somos puros chiquititos". Cuando cumplió los diez años, ya era más alta que Nena y que cualquiera de su clase, y seguía creciendo. No le gustaba que su tía abuela mencionara su estatura, pero le gustaba el hecho de que la viera como una persona de verdad, merecedora de que le hicieran preguntas provocadoras y de hablar sobre cosas importantes, incluso si eran dolorosas. Nena tenía razón con respecto a la felicidad, que viene y va. Pero la seguridad es otra cosa. A veces uno puede asirla, como en este momento. Nena no está segura viviendo en esta casa.

Los insectos zumban y crujen en el patio. Marta ya terminó de limpiar la pared, y es un gran avance. Pero a pesar de tanto restregar, la pared se ve sucia. No, no exactamente. El tizne sigue ahí, una especie de pelusa negra, como si ella no hubiera limpiado nada.

Y luego, al instante, ha desaparecido y la pared restregada queda a la vista.

Marta cierra los ojos, con la certeza de estar imaginando cosas. Y al abrirlos de nuevo, la pared sigue parpadeando: un momento tiznada, y al otro, limpia. Con un dedo, Marta empuja la materia negra para acá y para allá, trazando un camino. Levanta el dedo de la pared y lo examina. No ve nada raro. El aire se hace más denso, aumentando el volumen del zumbido que detecta en sus oídos, el zumbido que inunda lo más profundo de su cerebro. Se siente mareada, débil. La náusea aletea en su estómago. Siente un regusto de sal en la boca. Corre al baño y llega justo a tiempo.

Una arcada, otra arcada que no deja salir sino aire, otra más, y la frente le arde. Escupe, y baja la palanca del sanitario, confiando en que ya está bien. No hay nada como vomitar para darse cuenta de que uno no es más que un cuerpo.

Se acomoda sobre el borde de la tina, el frescor de la porcelana contra la parte posterior de sus piernas. Aspira y la invade el olor a limpiador Comet. Es un baño muy limpio a pesar de que la casa se esté cayendo. Es color rosa, con azulejos rosas, inodoro y lavabo rosas. Marta tiene la sensación de estar en el interior del estómago de alguien. Otro ataque de náusea le sobreviene, pero ya no le queda nada que vomitar.

Abre la llave y se moja la cara con agua fría. No está segura de lo que vio que pasaba con la pared. Se lo imaginó. O tal vez está sufriendo pequeños derrames, y esos pueden producir náuseas.

Nena golpea a la puerta del baño y se mete dentro antes de que Marta pueda decir algo.

—Pobrecita —exclama Nena, sacando un paquete del gabinete de medicinas, que le entrega a su sobrina nieta—. Un cepillo de dientes nuevo.

Marta abre el paquete, desgarrándolo. Aprieta el tubo de pasta de dientes para poner un poco en el cepillo, y se restriega los dientes y la lengua. Estudia su reflejo en el espejo. Cuando era niña, pasaba mucho tiempo al sol, y su piel tenía un bonito color tostado rojizo, varios tonos más oscuro que ahora. Tiene arruguitas alrededor de la boca que no estaban allí dos años antes y cierta flacidez bajo la barbilla. Lleva el pelo cortado en un estilo *bob*, fácil de peinar. Pero hoy se ve desarreglado, con mechones disparados en todas direcciones rodeando su cara, salvo por unos cuantos, húmedos, adheridos a sus mejillas. Marta se los acomoda detrás de las orejas.

—Vamos a empacar tus cosas —le dice a Nena.

—La viste, ¿cierto? —pregunta su tía abuela—. ¿La puerta?

—¿Cuál puerta, Nena? ¿Dónde está tu maleta?

—Debajo de mi cama. La puerta en la pared, quiero decir. Viste algo que no esperabas ver, ¿verdad?

—Vi el tizne del incendio —dice Marta.

—Sí, pero lo viste con *la vista*. Todo el mundo nace con un poco de ese don, pero algunos tenemos más, mucho más, y en las circunstancias adecuadas puede convertirse en algo que cambia la manera en que habitas este mundo. He perdido mucho de lo que tuve en otros tiempos. Lo que me queda me sirve para ayudar a mis clientes.

—Uuuu, uuuu, uuuu —dice Marta, casi entre dientes.

—Lo recuerdas —contesta Nena, y sí, Marta lo recuerda. Se acuerda de pensar que quería ser alguien que viera cosas que nadie más era capaz de ver, pero ¿para qué? Marta ya no necesita ser especial en ese sentido. Hace mucho que no lo necesita. Su vida y su trabajo están en el mundo de lo visible, y allí ella tiene una larguísima lista de cosas por hacer.

—¿Podemos irnos a mi casa? —pregunta.

—Sí, bonita. Mañana hablaremos sobre esto. Los cambios han comenzado, y puede ser que tengas preguntas para hacerme.

# 4

Encerrada en la celda, Nena temblaba, y no solo porque hacía tanto frío que podía ver el vaho que salía de su boca. Había cometido un error, y ahora estaba atrapada en esta habitación, en esa época. Había rezado porque algo la sacara de su vida de penurias, pero no así. Esa vieja monja maloliente la había engañado. Eso era lo que había sucedido. Pero esa no era toda la verdad. Luna y Olga decían siempre que Nena hacía las cosas sin pensar, que era demasiado terca. Y ella tenía que reconocer que, esta vez, sus hermanas tenían razón.

La débil luz invernal entraba por una diminuta ventana e iba a caer en el piso de mosaico cubierto con jergas de lana, una mesa con una jarra de cerámica y una palangana, una cama de madera tallada y un armario barnizado con un tinte oscuro. Se acercó a la cama y pasó la mano por el colchón, o más bien por el lugar donde hubiera debido hallarse el colchón. La cama no tenía más que tablas cubiertas con cobijas. Oyó que una llave se metía en la cerradura. La mujer que les había abierto la puerta del convento entró con una charola. Fue a dejarla sobre la cama y salió de prisa.

En la charola había una taza de chocolate y una canastita con pan dulce. Nena se embutió un pan entero en la boca y se bebió el chocolate. La mujer regresó con un vestido gris doblado sobre su brazo y un par de botas que sostenía entre los dedos.

—¿Cómo se llama? —preguntó Nena.

—María —respondió la mujer.

Nena tomó otro pan de la canasta y lo partió en dos, ofreciéndole una mitad a la mujer. Cuando se parte el pan, uno está obligado hacia quien se lo ofrece. El papá de Nena había dejado eso muy claro desde que ella era niña.

María tomó el trozo de pan, masticándolo de prisa.

—Sor Benedicta dijo que tengo que ayudarla a lavarse. Dése vuelta —le explicó María.

Le quitó el camisón a Nena, y luego esta, con su ayuda, se desprendió de su ropa interior. Nena oyó que murmuraba mientras tomaba un trapo, lo humedecía en una palangana y le lavaba la cara y cuello. María la vistió con el tosco vestido gris de lana, semejante al hábito de una monja, pero sin el velo. Luego se hincó delante de Nena y la ayudó a meter los pies en las botas, para luego atarlas con una herramienta parecida a una aguja de crochet. Era extraño que la desvistieran y la vistieran como si fuera una niña otra vez. A Nena no le molestaba que la cuidaran así.

Cuando María estaba terminando de peinarla con un peine de madera para recogerle el pelo en la nuca, sor Benedicta entró en la habitación. Ya no llevaba el vestido negro sino un hábito y un velo negro. La tela de su hábito era una sarga suntuosa y muy bella. Habría costado un dineral en tiempos de Nena, si es que ese tipo de tela podía encontrarse entonces. Sor Benedicta recorrió el cuerpo de Nena con la mirada, como buscando defectos.

—La madre Inocenta está lista para verte —le dijo.

—Ha habido un error —contestó Nena—. Tengo que volver a mi casa.

—Pero nos llamaste, y la madre Inocenta me envió a buscarte.

—Pero yo no pertenezco a esta época. Yo vivo en 1943, y usted dijo que este era el año de 1792.

—No es posible viajar en el tiempo —repuso sor Benedicta con tono firme.

—Pero aquí estoy.

—Estás confundida. Qué bueno que te encontré en ese momento porque así podremos guiarte y sacarte esos delirios de la cabeza. Ven conmigo —la instó sor Benedicta, y salieron por la puerta para atravesar el convento.

Sor Benedicta abrió la puerta hacia un salón con una mesa de madera larga y maciza en el centro. Al extremo del salón, sentada detrás de un delicado escritorio, había una mujer de mediana edad que Nena supuso que sería la madre Inocenta. En la pared, por encima de ella, colgaba un retrato de gran tamaño, un óleo de una monja enjoyada con un escudo en el pecho y una corona de flores en la frente. A diferencia de la monja del retrato, la madre Inocenta estaba vestida con sencillez, con un hábito de tela mucho más tosca que el de sor Benedicta y una cruz de madera sin adornos.

Nena podía sentir la mirada de la madre Inocenta clavada en ella, pero no dejó traslucir nada semejante a la arrogante impaciencia de sor Benedicta. Tenía la esperanza de que la madre Inocenta fuera una persona razonable.

—Necesito volver a mi casa. Mis hermanas van a preocuparse si no estoy de regreso cuando los bebés se despierten —dijo, aunque con certeza ya era demasiado tarde para eso.

—Siéntense —dijo la madre superiora, señalando los dos banquitos que había frente a su escritorio con un gesto de la cabeza.

Nena ocupó uno de ellos, y sor Benedicta el otro, sin quitarle la vista de encima a Nena, como si fuera a salir corriendo y a escaparse por la puerta. ¿Pero adónde podía huir?

—Traté de explicarle a sor Benedicta que debí haber viajado en el tiempo, pero ella…

—¡Qué disparate! —exclamó la hermana.

La madre Inocenta se inclinó hacia delante, mirando a Nena con los ojos entrecerrados.

—¿Y cómo es que sabes que viajaste en el tiempo?

—Lo sé, y eso es todo —contestó Nena, y como la madre Inocenta la miraba de una manera que la hacía desear parecer una estudiante aplicada, completó—: Esta época huele diferente.

—Ven acá —la invitó la madre superiora, y Nena caminó hasta el escritorio—. Dame tu mano.

La superiora tomó la mano derecha de Nena entre las suyas, y acercó la cara hasta que su respiración hizo que la muchacha sintiera cosquillas en la palma de la mano. Nena procuró no retirar la mano. La madre se enderezó, y le sonrió.

—Sí, ya veo a que te refieres. Más bien, lo huelo.

—¿Qué? ¿Cómo así? —preguntó sor Benedicta, al parecer molesta con Nena, como si fuera culpa suya que el tiempo se hubiera alterado.

—Nunca habíamos tenido que viajar tanto para llegar a una niña que nos buscaba. Pensé que estaba mandando a sor Benedicta al otro lado del río, y no a siglos más allá en el futuro. ¿Cómo fue que conseguiste abrir la puerta desde tu tiempo hacia el nuestro?

—No hice nada —contestó Nena, recordando su súplica mientras rezaba en la cama—. Quiero decir, no tenía intención de hacerlo. Simplemente sucedió.

—Creo que Dios nos ha hecho un regalo —le dijo la madre Inocenta a sor Benedicta.

—Esto no es un regalo de Dios sino obra del diablo. Debemos regresarla cuanto antes —respondió sor Benedicta.

—No sabemos cómo hacerlo —explicó la madre superiora.

—Entonces, ella tendrá que encontrar la manera. No pertenece a este mundo. Quebrantó una regla de la naturaleza, y habrá consecuencias. Eso lo sabe usted tan bien como yo.

—La diferencia entre nosotras, sor Benedicta, es que usted piensa que las consecuencias son inevitablemente malas. La manera en que Elena llegó hasta aquí y la razón por la que eso sucedió son misterios que nadie más que Dios nos revelará —dijo la madre Inocenta, y luego se volteó hacia Nena—. Puede ser que la hermana Benedicta y yo no estemos de acuerdo en algunas cosas, pero concordamos sobre el propósito de este convento. Todas las que aquí estamos hemos padecido visiones y otros dones nada bienvenidos debido a *la vista*. Es por eso que nos reunimos: para volcar toda nuestra energía en *la vista*, pero sin perder el control, para hacer uso de ella de manera sana, sin que pueda perjudicarnos.

—¿Y cómo lo hacen? —preguntó Nena.

—Comenzamos nuestros encuentros entonando la canción del aquelarre. El encantamiento arrulla al resto de las hermanas hasta dormirlas y sirve para convocar a *la vista* a la sala. Durante nuestras sesiones, permitimos que *la vista* penetre en nosotras, para que no nos tome desprevenidas durante el resto de la semana. Al final de la sesión, la canción del aquelarre despide a *la vista* y la aleja.

—¿Qué es *la vista*? —preguntó Nena.

—Es otra forma de referirse a Dios —respondió la madre Inocenta.

—Lo que la madre superiora quiere decir es que *la vista* es un aspecto de Dios —explicó sor Benedicta—. *La vista* tiene la fuerza caótica de la naturaleza, y si no nos esforzamos por controlarla y encauzarla, podemos acabar destruidas por ella. Hay que temerle y no venerarla. Por eso es que aquí tenemos reglas, y por eso mismo este no es tu lugar, porque has quebrantado las reglas. —Miraba a Nena, pero ella tenía la sensación de que ese mensaje iba dirigido a la madre Inocenta.

—Como dije antes, sor Benedicta y yo no siempre estamos de acuerdo. Te trajimos aquí para cuidarte y ocuparnos de ti, y eso es lo que haremos, a pesar de que vengas de mucho más lejos de lo que imaginamos. ¡Qué viaje has hecho! Y para que valga la pena el esfuerzo, seguramente nos habrás traído algo muy especial.

La expresión de sor Benedicta se traducía en un resoplido. Una cosa había quedado en claro en esta conversación: la madre Inocenta era la que mandaba, por su cargo y en la práctica, y no importaba mucho lo que la hermana Benedicta pensara de Nena. La madre Inocenta opinaba que ella era especial, y eso le agradaba.

—¿Dijo que podía hacer que *la vista* se retirara? ¿Cómo? —preguntó Nena. Eso no le parecía posible. Todos sus esfuerzos por hacerlo en el pasado habían fracasado. *La vista*, si es que eso era, le llegaba en los momentos menos adecuados y la doblegaba con su poder hasta que terminaba con ella.

—Más adelante te enseñaremos cómo calmar a *la vista* —dijo la madre Inocenta, poniéndose de pie—. Tenemos otras cosas que hacer antes. Una vez que las otras lleguen, principiaremos el aquelarre y convocaremos a *la vista*.

La puerta se abrió y entraron tres mujeres; dos llevaban velos negros en la cabeza, y la otra, con velo blanco, tenía la toca muy ajustada alrededor de su cara regordeta. Era más o menos de la edad de Nena, y le sonrió amistosa.

—Te presento a sor Francisca, sor Paloma y a nuestra novicia, sor Carmela —dijo la madre. Sor Francisca y sor Paloma clavaron la vista en el piso. Nena pensó que eran tímidas, al ver que se situaban muy cerca de sor Benedicta. Carmela se plantó junto a Nena, sonriendo. Las demás monjas empezaron a canturrear, y Carmela le dio un empujoncito en el codo a Nena, para invitarla a que se les uniera.

Las monjas entonaron una nota larga, aaaa, y una corta, hmmm, y luego cambió el orden de las notas mientras todas entonaban largos sonidos de vocales que subían y bajaban por la escala: eee, eee, aaa, aaa, ooo, iaaa. Los sonidos no formaban palabras, pero parecían tener un significado claro. Nena cantó junto con Carmela, inicialmente asombrada de saber lo que debía cantar, para luego darse cuenta de que la melodía de la canción le resultaba conocida: había estado oculta en el zumbido que venía escuchando desde comienzos del verano.

A medida que cantaba, un zumbido fue aumentando en los huesos posteriores de su cráneo, detrás de las orejas, y los vellos de sus brazos se erizaron, como si una cualidad eléctrica de la canción fluyera a través de ella para luego saltar a Carmela, a ella de nuevo, a sor Paloma, y así sucesivamente, pasando entre todas las mujeres que formaban el círculo con un movimiento en sentido inverso al de las manecillas del reloj. Nena estaba asustada y mareada, no por miedo a desmayarse, sino por la gran emoción que sentía, que le parecía que se le iba a salir del cuerpo.

La madre Inocenta levantó la mano, y las demás monjas dejaron de cantar.

—*La vista* se halla entre nosotras —le dijo a Nena—. ¿Percibes su poder en el aire? Cierra los ojos y *la vista* cantará a través de ti. Veremos qué encantamientos habitan en tu interior.

Nena sopesó la palabra que había pronunciado la madre superiora: encantamientos… contenía el término "canta". La canción debía ser en sí misma un encantamiento, el único que había cantado en su vida. No creía que hubiera más en su interior.

De nuevo, Carmela le tocó el codo.

—Anda, puedes hacerlo —susurró.

Nerviosa, Nena cerró los párpados y le sorprendió descubrir que, a pesar de eso, seguía viendo el salón, no con sus ojos humanos sino con *la vista*. Las brujas, tal como las veía ahora, eran cúmulos de energía, coloridas aglomeraciones de ondas. Carmela y la madre Inocenta relucían ante ella de un índigo brillante con bordes parpadeantes. Sor Benedicta era de un rojo como el del vino, y Paloma y Francisca se veían rosas. Nena entrecerró los ojos que veían con *la vista*, percibiendo algo más que recorría el salón, otra onda.

Levantó la mano y vio, o más bien reconoció, eso que se suponía que debía atrapar: un encantamiento libre, como levadura en el aire. Cuando levantó la mano más alto, la onda penetró por sus dedos, recorrió su brazo y luego llenó sus pulmones. Una canción desenfrenada brotó de su boca, las notas burbujeaban al salir, y el salón se llenó de un aroma a rosas.

—¡Perfecto! —exclamó Carmela, riendo, cuando Nena abrió los ojos.

—Es un truco que podría hacer cualquier criatura —dijo sor Benedicta.

A Nena, a sus dieciocho años, no le gustó para nada que la monja la tratara de criatura. Ella había sido capaz de abrir una puerta en el tiempo. ¿Acaso sor Benedicta era capaz de hacer algo semejante? No. Era tan tonta que no se había percatado de que Nena la había llevado hasta su presente. Era una monja ciega, celosa y no muy amable. Nena ya estaba aburrida de lidiar con ella. Si ya había sentido envidia de sus dones, habría que ver lo que haría cuando le mostrara todo. Nena estaba decidida a encontrar un encantamiento más impresionante en el salón.

Mantuvo los ojos abiertos, sirviéndose de *la vista* para distinguir entre los niveles de energía presentes en el aire. Las velas parpadearon, como si un soplo de viento hubiera recorrido el salón. Ahora Nena ya sabía cómo se veía un encantamiento de olor. Necesitaba algo más fuerte, y aunque no podía reconocerlo o atraerlo hacia sí, tenía la intuición de que, si se abría a este tipo de encantamiento, le saldría al encuentro.

Y tenía razón. Divisó una sombra que serpenteaba por el suelo para lanzarse como flecha hacia el techo, a través de una viga. La llamó hacia ella, y la sombra se arrojó directamente a su boca. Empezó a atragantarse, con la cosa atascada en la garganta. Tosió con tal fuerza que se dobló en dos y cayó de rodillas. El zumbido que conocía tan bien le llenó los oídos y el negro manto de *la vista* la envolvió.

Cuando volvió en sí, se vio tendida en el piso, las monjas mirándola desde arriba. Se había desmayado, como casi todas las demás veces que *la vista* había entrado en su cuerpo. Molesta y avergonzada, se puso de pie trabajosamente, furiosa por haber perdido el control frente a sor Benedicta. Tosió una vez más y sintió algo en la lengua.

Se metió los dedos a la boca y sacó un diente. No uno de los suyos, sino el colmillo de un animal, largo y afilado.

—Un colmillo de coyote —exclamó maravillada la madre Inocenta, con ojos brillantes.

Sor Benedicta le lanzó a Nena una mirada fulminante. Las otras tres monjas habían retrocedido, y ni siquiera Carmela se atrevía a mirarla a los ojos.

—¿De coyote? —preguntó asustada y enojada consigo misma por quererse jactar de lo sucedido.

—Sospecho que el resto del coyote estará pronto con nosotros —dijo la madre superiora, y más que temerosa sonaba complacida.

—¿Iré a convertirme en un coyote? —preguntó Nena.

—Es muy poco probable. Deja que reflexione qué quiere decir todo esto y qué podemos hacer con el colmillo. En nuestra siguiente reunión veremos si conseguimos que el resto del coyote salga de tu interior para que no haga ninguna travesura.

A Nena no le gustó cómo sonaba todo eso.

—¿Por qué tenemos que esperar? No quiero tener un coyote dentro. ¿Cuándo será el siguiente aquelarre?

—Ten paciencia. Ya ha sido suficiente por hoy. Tienes que descansar. Te necesitamos lista para la reunión habitual del aquelarre el próximo sábado en la noche.

No podía esperar tanto. Para entonces, Olga y Luna habrían avisado a la policía. Ya habían perdido a sus padres. ¿Cómo iban a sentirse al perder también a su hermana? ¿Y cómo iban a seguir trabajando en sus empleos sin ella para cuidar a los bebés?

—Hice lo que usted quería, pero ahora tengo que volver a mi casa —dijo Nena.

—Volverás cuando *la vista* haya terminado contigo —aclaró la madre Inocenta.

—Me niego a esperar.

—Lamento decirte que no tienes más opción. ¿Sabes cómo hiciste para viajar en el tiempo?

—No.

—¿Antes de venir con nosotros experimentaste algo fuera de lo común?

—Vi mariquitas. Oí un zumbido.

—¿Y oyes ese zumbido ahora?

—No —contestó—. Ahora sé que ese zumbido es la canción del aquelarre.

—Ya veo. Debe ser que seguiste el sonido de nuestro aquelarre hasta llegar a nosotras en el convento. Pero no tienes un camino para seguir en sentido inverso. Podría decirse que esa puerta que se abrió ya quedó cerrada y que tienes que aguardar a que se abra de nuevo —explicó la superiora.

—Y entonces, ¿qué hago?

—Llegaste aquí trayendo una magia que no habíamos visto antes y, por tu bien y el del aquelarre, tenemos que comprenderla. Una vez sepamos a qué nos enfrentamos, te ayudaremos a encontrar el camino de vuelta a tu época. Hasta entonces, el convento será tu hogar.

—¿Tendré que volverme monja?

—Serás una de las niñas. Les diremos a las demás hermanas que eres una niña nueva.

Nena sabía muy bien que esa palabra también quería decir que sería una sirvienta.

—¿Quiere decir que también seré parte de la servidumbre?

—No, no. Serás una alumna. Mi alumna —aclaró la madre Inocenta—. Seguirás usando el uniforme que ya tienes. Sor Benedicta es la vicaria, y está a cargo del horario y la disciplina. Ya te lo explicará. Nuestro día comienza temprano, con las oraciones de maitines.

La madre Inocenta había dicho que sería su profesora, pero fue sor Benedicta la que se acercó a la puerta y le hizo un gesto a Nena para que la siguiera.

# 5

A la mañana siguiente, cuando Marta está haciendo la cama, la puerta vidriera que da hacia el patio trasero se desliza, abriéndose, y un hombre maduro y atractivo, con la cabellera surcada de hilos plateados, entra como si estuviera en su casa. Y es que lo es. El hombre es Alejandro, con su cara esculpida sobre los huesos, desprovista de las últimas señas de juventud. Resulta extraño que por unos instantes ella no lo reconociera. Extraño y algo excitante.

—¡Te perdiste de una buena salida a correr! —le dice. Se saca la playera por encima de la cabeza y la usa para secarse el sudor de la cara mientras va hacia el baño y abre la llave.

Ese atractivo desconocido está en la ducha de su baño.

Marta se quita los pants y la playera. Abre la puerta de la ducha y entra en ella, empujando a Alejandro y obligándolo a sentarse en la banca cubierta de azulejos, mientras lo besa en la boca. Él le devuelve los besos y la aproxima hacia sí. Los azulejos están resbalosos por el vapor, y la banca se siente dura bajo su trasero. Alejandro le acerca su boca. Ella se aferra a lo que puede para no resbalarse y perder la postura. Mira hacia abajo, a Alejandro, y si entrecierra los ojos le sigue pareciendo un desconocido. Ese desconocido la besa y la lame justamente como le gusta. Sin necesidad de pronunciar palabra, ella lo mueve a la posición en la que quiere que esté.

—¿Cuál es el plan respecto a ella? —pregunta Alejandro una vez que se han vestido y están en la cocina, preparando el desayuno.

Le pregunta a Marta por Nena, y el tema no es nada sexy. Marta no tiene ganas de hablar del asunto en ese momento. Han pasado un par de meses, tal vez, desde su último encuentro sexual, y ese no fue nada parecido al de hoy. Todavía no sabe bien qué se le metió en la cabeza. Va a tener un moretón en la rodilla.

Marta se acerca a él y lo inmoviliza contra el mesón, tirándolo por la camisa y recorriendo su pecho con una mano.

—¡Ey, oye! —dice él, pero la besa. Se zafa, alejándose—. En serio, ¿cuál es el plan?

Ella se aleja también, resignándose a hablar del tema.

—"Los Piñones", supongo.

—¿Tienes idea de cuánto cuesta un lugar como ese? ¿Quién lo va a pagar?

Marta lo mira. ¿Quién cree que va a pagarlo?

—Podemos poner su casa a la venta —propone ella.

—Fabuloso, y eso servirá si acaso para cubrir los costos de un año. Tal vez.

—¿Se te ocurre algo mejor?

—Lo único que sé es que yo ya tengo suficiente como para andar teniendo que ocuparme de sus problemas —dice Alejandro, pero Marta sabe que tampoco es que le preocupe el bienestar de Nena. Lo que pasa es que no le gusta que lo incomoden, aunque nada va a cambiar en sus rutinas. Él seguirá yéndose al hospital muy temprano y regresando a casa muy tarde. El brillo que le había dejado la ducha se va desvaneciendo rápidamente, y Marta se pregunta cómo hacer para recuperarlo.

No es que contemplarlo al organizar los ingredientes de su licuado sirva de aliciente. Pone en una hilera un banano, una botella de aceite de hígado de bacalao, pollo cocido en rebanadas, brócoli crudo, camote cocido y un frasco de linaza en polvo. Va poniendo los ingredientes en el vaso, los cubre con leche de avena y ajusta la tapa. Resulta imposible hablar con el ruido del Vitamix funcionando, y Marta mira los ingredientes que se van convirtiendo en un puré entre verde y gris. Alejandro vierte el puré en un vaso.

Nena entra en la cocina, vestida con su uniforme habitual de jeans y zapatillas de correr, recién bañada. Camina en línea recta hacia el mesón, y Marta nota cómo usa la cadera para mover a Alejandro hacia un lado, y luego retira el vaso de la licuadora de su base. Lo huele, y su boca forma una O, horrorizada.

—Parece que no eres de los que les gusta masticar —dice, llevando el vaso al fregadero, para llenarlo con agua—. Mi lema es "lo que no usas se atrofia". Si te duele una rodilla y dejas de moverte, puedes olvidarte de volver a caminar. Si no usas los dientes, se te caerán —lo alecciona.

—Esta es la forma más eficiente de desayunar para mí. Así consumo la combinación adecuada de proteínas, carbohidratos y micronutrientes —contesta Alejandro en un tono frío que da a entender que está enojadísimo.

Marta siente vergüenza al oírlo, como si fuera un desconocido. No es el extraño sexy de antes, sino su esposo, utilizando toda su lógica. Pero lo que hicieron en la ducha fue algo fuera de lo común, tanto que hace que Marta abrigue la esperanza de que ambos puedan cambiar. Está rebosante de energía, a pesar de que aún no ha tomado ni un sorbo de café. La entusiasma ir a trabajar, ganar el caso y poner en movimiento su plan para llegar a ser la directora ejecutiva del despacho de abogados.

—Mañana te preparo chilaquiles para desayunar —le dice Nena.

Él toma un trago de su licuado, haciendo muecas. Cruza una mirada con Marta, y ella menea la cabeza.

—Desayuno con chilaquiles suena muy bien —contesta Alejandro fingiendo entusiasmo, pero al menos está haciendo un esfuerzo. Se lleva el vaso a su recámara.

Nena le hace señas a Marta para que se acerque. Voltea la mano con la palma hacia arriba, y allí se ve una mariquita.

—¿Ves? Aquí hay otra —dice Nena.

Marta observa al insecto que sube por el dedo de Nena y termina danzando en la punta.

—Todo el tiempo las veo, en todas partes. En mi almohada. En el camión. Hace unas semanas vi una que salía del monedero de Ruth Uranga y desde allí volaba para meterse entre mi pelo. Y justo ayer, antes del incendio, encontré una en el mesón de la cocina. La pobre estaba volteada sobre su lomo, muerta, pensé, pero cuando fui a tocarla movió las patitas y se fue volando por la ventana. Ahí fue cuando se apareció sor Benedicta con su horrible vestido negro y Rosa de la mano. Estaban tan cerca que casi que alcancé a sentir su olor —dice Nena en voz baja, como si contara un secreto, y Marta se tiene que inclinar hacia ella para oírla.

—¿De quién me hablas? —pregunta Marta, decidida a seguirle la corriente.

—Cuando eras niña, yo quería que me ayudaras en mis trabajos de leer el futuro porque no quería que te asustara lo que pudieras ver o que pensaras que había algo malo en *la vista*.

—Pero Nena, en serio, fue solo una vez que te ayudé, y ese día no vimos nada.

—Después de ir a mi casa, la señora Hurtado llamó a Olga, furiosa. Mi hermana me hizo prometer que nunca más te iba a involucrar en eso. Olga quería protegerte de eso extraño que yo tenía, como si fuera algo contagioso. Pero ella se equivocaba porque nunca entendió lo que es *la vista*: uno ve el otro mundo o no lo ve. Y tú lo ves. Ayer lo viste.

—¿En serio? —pregunta Marta con reservas. No está segura de qué era lo que había sucedido con la pared, y no creía que las explicaciones de Nena fueran a aclararle nada. Pero a pesar de eso, sentía curiosidad de lo que ella fuera a contarle—: ¿Qué fue lo que vi?

—La entrada al otro lado ha vuelto a abrirse, y sor Benedicta y Rosa estaban tratando de pasar para este lado.

—¿Te refieres a personas que conoces de tus tiempos en Juárez? —pregunta Marta, aunque sabe que no es eso lo que Nena quiere decir.

Su tía abuela suelta una risita.

—Te has formado como abogada. Te gustan los hechos, y los pones en un orden determinado para que sean una historia creíble, para que el juez y el jurado la crean.

—Yo no te estoy contando ninguna historia. Eres tú la que la está contando —contesta Marta.

—Cuando regresé de El Paso del Norte, les conté a Olga y a Luna sobre mi temporada en el pasado, sobre Rosa. Pensaron que me había vuelto loca. Me hicieron ir a un hospital. El asilo de locos de El Paso.

—Eso no lo sabía. —Marta suspira, perturbada por lo que acaba de saber, perpleja porque Olga y Luna hubieran hecho algo semejante. Esa podía ser la explicación de muchas cosas… como las ideas de Nena con respecto a la magia, como su desagrado hacia las instituciones, incluso si eran tan inofensivas como "Los Piñones"—. Debió de ser horrible para ti.

—Confío en que no vas a pensar que estoy loca —continúa Nena—. Te cuento todo esto porque necesito tu ayuda.

—¿Qué quieres que haga? —se oye decir Marta.

—Rosa no pudo cruzar, pero creo que volverá a intentarlo.

—¿Quién es Rosa?

—Mi hija.

Marta jamás había oído que Nena tuviera un hijo o una hija, y eso la alarma. Esta Rosa de la cual habla bien podría ser una ficción de su mente, un signo de demencia, incluso si Nena da la impresión de estar en sus cinco sentidos.

—¿Tuviste una hija? —se aventura a preguntar.

—Sí, la tuve —dice Nena.

—Dijiste que quería cruzar a este lado. ¿De dónde viene? —pregunta Marta, buscando en el rostro de Nena alguna señal de confusión.

—Rosa venía del otro lado.

—¿Te refieres a que ya está muerta?

—No, yo la dejé allí.

—¿En dónde la dejaste?

Nena no responde, pero está temblando, pálida, como si le hubiera costado un gran trabajo decirle todo esto a Marta. Pero ¿qué es lo que quiere decir? Ese "otro lado" tiene un matiz metafísico, como un comodín para expresar lo desconocido, pero Marta no es una de las clientas de Nena. No cree que haya manera de llegar desde este mundo adondequiera que vayan a parar los difuntos.

Es posible que Nena hubiera perdido un bebé. Marta incluso puede imaginarse a la criatura ante ella, con el cabello negro y los ojos grandes, alzando los bracitos para que la levantaran. ¿Qué tal si durante la temporada de Nena en esa institución de salud mental le hubieran quitado a su bebé? Tenía que ser difícil asimilar una verdad como esa, tan difícil que Nena tuvo que inventar esa historia paralela.

—Quizás haya algo que yo pueda hacer para ayudarte a encontrarla —dice Marta, y su cerebro de abogada se pone en funcionamiento alrededor del problema. Hay maneras de dar con niños perdidos. Detectives privados que pueden rastrear personas. Existen registros y actas de nacimiento desde hace mucho, e incluso actas de adopción si uno sabe dónde buscarlas.

—Si estás dispuesta a ayudarme, tenemos que atrapar un encantamiento —explica Nena.

Marta oye la palabra y tiene que pensarla dos veces.

—¿Un encantamiento?

—Nunca he sido capaz de hacer ese tipo de magia aquí en El Paso. Parece como si esa fuerza se hubiera estado fugando de nuestro mundo durante años. Necesito tu ayuda para recuperarla de nuevo.

—No conozco ningún encantamiento —dice Marta.

—¿Estás segura? ¿Cómo te sientes hoy?

—Bien —contesta Marta—. De hecho, muy bien.

—*La vista* puede abrirte el apetito.

—Ya comí un poco de yogur.

—No me refiero a ese tipo de apetito, sino a ganas de hacer el amor —continúa Nena.

Marta se pregunta, algo avergonzada, si Nena habría oído algo de la faena sexual con Alejandro. Seguramente, pero no puede interrogarla al respecto.

Los niños entran corriendo a la cocina: Rafa abre la despensa y saca las cajas de cereal, y Pablo busca la leche en el refrigerador. Acercan los taburetes, ponen platos y cubiertos en el mesón, y comen como si jamás hubieran visto comida, repiqueteando las cucharas en los tazones.

—¿Tuvieron dulces sueños? —les pregunta Marta.

—Nunca soñamos nada. Eso te decimos todas las mañanas y nunca te acuerdas —contesta Rafa—. ¿Podemos tener un perro?

—Su papá es alérgico —responde Marta automáticamente, cosa que no es realmente cierta, pero la verdad es que no le gustan los perros y el desorden que hacen, o que le den lametazos.

Pablo acerca la boca al oído de Rafa y susurra algo. Ambos ríen como cuando cuentan un chiste relacionado con lo que se hace en el baño, pero Marta sospecha que se ríen de ella. Cierra las cajas de cereal, limpia un charquito de leche del mesón y tira a la basura una cáscara de banano que quedó en el respaldo de un asiento.

Nena carga el lavavajillas, y a Marta le sorprende que no esté platicando con los muchachos. Parece que está molesta, pues tiene la boca herméticamente cerrada.

Marta empieza a preparar la lonchera de Rafa y Pablo. Saca un pan de caja, el frasco de mayonesa, otro de mostaza, salami y queso cheddar, lechuga. El olor del salami la asalta, salado e intenso. Contiene la respiración mientras prepara los sándwiches, y corta uno en sentido diagonal para Pablo, y el otro transversal, para Rafa. Mete una manzana en cada bolsa de papel, con la ingenua esperanza de que la fruta no termine en la basura. Galletas en bolsas plásticas con cierre zip, servilletas de papel, y marca cada bolsa con las iniciales del niño correspondiente. Luego se alisa la falda por el frente, y divisa en el extremo de una manga una mancha amarilla brillante de mostaza.

—¡Carajo! —exclama en voz alta.

—¡Carajo! ¡Carajo! —repiten los niños, riéndose, y ella está segura de que se están burlando.

Marta piensa que a medida que crezcan, la ridiculización solo va a empeorar. Pablo tiene seis años, y es pequeño, con extremidades largas y un tronco pequeño. Rafa, de ocho, tiene la cabeza desmesuradamente grande y una nariz como un pico de ave. Marta recuerda cuando ella tenía la edad de sus hijos, y sus padres le parecían criaturas de otra especie, de mala memoria y sin el menor sentido de lo que era importante en la vida, como la TV, los dulces y la natación. Bueno, Marta es adulta ahora, y sabe lo que se requiere para que los motores del trabajo y de la vida se mantengan en movimiento. Es probable que a los niños les parezca absurda la manera en que ella utiliza su tiempo. A veces a ella misma le parece que es absurda… las tareas que nunca terminan y que dan la impresión de ser inútiles.

—¿Dónde va esto? —pregunta Nena, sosteniendo un batidor de mano.

¿Acaso importa? En cualquier parte. En ninguna. Marta no quiere sostener conversaciones sobre utensilios de cocina con Nena. No les queda suficiente tiempo juntas para malgastarlo en eso.

Lo que le sucedió a la hija de Nena debe tener alguna explicación lógica, una secuencia traumática de eventos que han vuelto confuso el recuerdo de Nena sobre lo acontecido. Hay un misterio aquí, un misterio que ella quiere descifrar tanto por Nena como por ella misma. Le produce curiosidad la bebé de pelo negro que puede imaginarse con tal claridad.

Marta pensaba que conocía todas las historias de la familia, aunque lo que hubiera sucedido con Rosa pertenecía más bien al terreno de los secretos de la familia. Las historias de familia nos enseñan a vivir. Los secretos nos enseñan a matar partes de nosotros mismos. Marta quiere saber qué es lo que debe aprender a matar tras haber recibido este secreto.

—Nena, haré lo que pueda para ayudarte a encontrar a Rosa —le promete Marta.

Y la deja perpleja y confusa ver la respuesta de Nena, que menea la cabeza decidida, indicando que no.

# 6

El recuerdo del colmillo del coyote permanecía en la lengua de Nena mientras seguía los pasos de sor Benedicta por el convento, batallando por prestarle atención a lo que la monja le decía: instrucciones de cierto tipo, reglas, horarios.

—Pasarás la mayor parte del día entre la capilla, las oraciones y la meditación en silencio. Durante las horas reservadas para las labores, bordarás una hora, y luego irás a ayudar en la cocina. —Sor Benedicta abrió una puerta que daba a una capilla pequeña.

Adentro estaban en medio de la misa. Detrás del altar, franjas de hollín tiznaban el rostro de una imagen de la Virgen. Es posible que las paredes estuvieran pintadas de cal en el pasado, pero ahora se veían negras por el humo de incontables velas. Nena se estremeció de frío, a pesar del hábito de lana que llevaba. Hubiera querido tener consigo el rebozo de sor Benedicta.

Se sentía adolorida y agotada tras el aquelarre, con ese sordo dolor detrás de los ojos que siempre venía tras una visión, y no veía la hora de poder volver pronto a su celda para recostarse en su estrecha cama, aunque fuera por unos cuantos minutos. Se acomodó en una banca, agradecida de poderse sentar un momento.

El cura tenía acento español, con ceceo, y su voz subía y bajaba por la escala musical al decir Espíritu Santo en latín: *spiritus* en un tono muy agudo y *sanctus*, en un tono grave. De haber estado junto a Luna, ambas hubieran estallado en risas al oírlo. Nena podía imaginarse las miradas de reojo de Olga, decepcionada, pero no era momento de reírse. Tenía demasiado miedo y se sentía demasiado sola y cansada como para dejarse llevar por niñerías. Si el tiempo seguía corriendo como de costumbre, Olga ya debía haber salido para el trabajo, y Luna estaría lidiando con ambos bebés, furibunda, pensando en dónde se habría metido Nena. ¿Qué podía hacer ella?

Había llegado a ese lugar con su propia magia misteriosa, cosa que despertaba la curiosidad de la madre Inocenta y la preocupación de sor Benedicta. El colmillo de coyote había asustado a las otras monjas, incluso a Carmela. Nena llevaba apenas unas cuantas horas allí, y ya tenía miedo de cómo la irían a tratar de ahí en adelante.

La manera en que el cura entonaba la misa era casi igual a la de los curas en su época. Nena se hincó de rodillas, se puso de pie, se persignó, volvió a sentarse, y ese ritual conocido la hizo sentir un poco mejor. Examinó a las demás mujeres en la capilla, y vio que había tres tipos: monjas con velo negro, otras de velo blanco, y niñas con el mismo uniforme gris que ella llevaba. Todas tenían cruces al cuello, algunas de madera, otras de oro, y una niña vestida de gris, ni más ni menos, tenía una cruz de oro con grandes gemas. Unas cuantas monjas tenían hábitos del mismo género suntuoso que el de sor Benedicta.

Nena pensó en cómo serían las circunstancias de esas mujeres, de dónde vendrían, si habrían crecido y vivido en El Paso del Norte o si las habían enviado de algún otro lugar. No podía imaginarse cómo sería desear una vida de religiosa. Era exactamente lo opuesto de la vida de un soldado. Incluso en la vida normal, ir a misa era una obligación aburridísima, y tener que asistir a varias a lo largo del día, sentándose y arrodillándose mil veces, parecía un cruel castigo. No había nada que le gustara más en la vida a Nena que caminar por la calle, por el vecindario, hablar con los dependientes de las tiendas, visitar a la señora Guilez con su cotorro y platicar con las damas de la Mansión, que salían al final de la tarde, en parejas, muy arregladas y con los labios pintados de rojo.

Al haber crecido con la Mansión al otro lado de la calle, Nena sabía que había dos tipos de casas, dos tipos de mujeres. Para ser respetable, uno tenía que casarse o tenía que meterse a monja. Esa era una de las razones por las cuales le encantaba *Por quién doblan las campanas*. En ese mundo, las mujeres podían ser soldados. Nena se imaginaba que, en esta época, en este El Paso del Norte, las cosas tenían que ser aún peores, con aún menos opciones para las mujeres. De lo que había visto hasta ese momento, toda la ciudad era pobre, y estaba lejos del lugar donde todo se decidía, no era más que una avanzada de provincia, en los confines más lejanos del imperio español, nada parecido a la ciudad importante y populosa en la que ella vivía.

Sintió que una mariquita le andaba por el dedo. La miró de cerca. Esta en particular era de un color rojo muy intenso. La estudió, sus manchas, su carita negra, observó las alas translúcidas que se plegaban sobre el cuerpo, desapareciendo. El insecto se movió por su dedo, realizando una especie de danza, y luego desapareció. No se había ido volando, sino que se había esfumado.

La mariquita reapareció, ahora en la mano de Carmela, que soltó una tos ahogada, como si estuviera tratando de no echarse a reír. Nena se sintió intrigada.

Una vez que terminó la misa, Nena siguió a las demás fuera de la capilla y por el pasillo hasta un gran salón con el techo bajo e hileras de mesas largas y bancas. En cada mesa había una jarra grande de peltre y una canasta con panes. La servidumbre se movía por el salón, distribuyendo platos de sopa de pollo con verduras. Nena muy pocas veces comía carne en casa, incluso antes de la guerra, y la familia bromeaba diciendo que tenían dos comidas: arroz con frijoles y frijoles con arroz.

Nena tenía hambre, y a duras penas pudo esperar a que terminara la oración de agradecimiento para meter la cuchara en la sopa.

Durante la comida, las monjas guardaban silencio, y no cruzaban más palabras que alguna petición como "¿Me podrían pasar el agua, por favor?". A lo largo de todo ese rato, sor Benedicta dio vueltas por el salón, con las manos plegadas contra su cuerpo. Cuando se plantó junto a la mesa de Nena, ella siguió comiendo bajo la mirada escrutadora de la monja. La hermana sentada frente a ella hacía bolitas muy pequeñas con el migajón del pan y se las llevaba a la boca, una tras otra, y el labio le temblaba nerviosamente, como el de un conejo. Sor Benedicta se inclinó hacia Nena, y esta sintió que todas las demás se volteaban curiosas a mirarla, y puede ser que con algo de miedo también. ¿Ya habría hecho algo mal?

—Cuando acabes de comer, irás a la habitación de al lado a bordar —le susurró sor Benedicta, como si le estuviera transmitiendo un secreto.

Nena asintió, sin saber bien si tenía permitido responder. Sor Benedicta se enderezó, y todas las demás parecieron serenarse. ¿Qué sería lo que creyeron que iban a ver?

Después de comer, Nena y las demás niñas fueron a una habitación con ventanas pequeñas y sillas duras de madera, pero ahí, al menos, parecía que les tenían permitido hablar.

—Sor Benedicta dijo que tú no habías traído una canasta de labor al convento cuando llegaste —dijo Carmela, haciéndole señas para que se acercara, y Nena sintió alivio al ver que la otra no le tenía miedo, a pesar de haberla visto escupir un colmillo.

—No, no tengo ningún utensilio de costura —contestó Nena—. Y tampoco sé bordar.

—Yo tengo un bastidor por aquí —dijo Carmela, entregándole a Nena un trozo de tela e hilo de bordar, además del bastidor, con el cual ella no tenía la menor idea de qué hacer.

—¿Me muestras cómo se hace? —preguntó Nena.

Carmela tomó el bastidor de manos de Nena, y con destreza montó la tela en el aro y le devolvió todo.

—Yo estoy a cargo de la cocina, así que, durante tu turno, vas a estar conmigo.

A Nena le dio gusto saberlo. Necesitaba tener a quien preguntarle lo necesario. A fin de cuentas, la madre Inocenta podría ser la que estaba a cargo de todo, pero Nena no creía que pudiera ir a meterse a su despacho cada vez que tuviera una pregunta, y definitivamente, la superiora no era como tener una amiga. De lo poco que había podido ver del convento, las divisiones se mantenían con rigidez. Las monjas de velo negro estaban por encima de las de velo blanco, y las que llamaban niñas eran estudiantes, por debajo de las monjas en términos de rango, pero por encima de la servidumbre.

—La mariquita que yo tenía saltó para venir contigo, ¿cierto? —le dijo Nena.

—¿A qué te refieres?

—Quiero decir, no se fue volando, sino que desapareció y después, de alguna forma, apareció contigo, ¿no es así?

Sor Carmela se volteó, de manera que solo Nena podía verle la cara.

—El mensaje que me mandaste sobre la forma de hablar del padre Iturbe me hizo reír —le susurró.

—¿Te mandé un mensaje?

—Así es —afirmó Carmela.

—No fue mi intención. ¿Cómo puede ser posible?

—Las mariquitas viajan por el hilo dorado que lo conecta todo.

—¿Podrías enseñarme a mandar un mensaje a propósito?

—Sí, pero no permitas que sor Benedicta se dé cuenta. La magia solo está permitida durante el aquelarre.

—¿Y qué me haría si me descubre haciéndolo?

—Una vez, hizo que una monja, una muy viejita, comiera su cena en un plato en el suelo, como un perro. Pero quién sabe… ese castigo era para alguien que no era una de nosotras. Además, parece que te tuviera miedo, miedo de lo que eres capaz de hacer.

—¿En serio?

—¿No viste cómo te miraba? Y ese truco del diente fue nuevo. Puedes hacer más que cualquiera de nosotras, incluso que la madre Inocenta.

Nena estaba asombrada, acordándose de cómo habían brillado los ojos de la madre superiora durante el aquelarre.

—Pero no me interesa hacer más que nadie. Yo lo que quiero es volver a casa.

—Rezaré porque puedas lograrlo. Y a lo mejor podrías llevarme contigo.

—¿No te gusta estar aquí?

Carmela bajó su bastidor.

—No he conocido otra cosa. De niña, *la vista* me visitaba muchísimo, y me acarreaba grandes problemas. Pero aquí he estado a salvo. ¿Qué les sucede a las muchachas como nosotras en el lugar de dónde vienes? —preguntó Carmela.

¿Cómo responder a esa pregunta? Nena se aferró al bastidor de bordado, con los miembros paralizados. Lo que sucedía en su tiempo con muchachas como ella era que les temían y las amaban al mismo tiempo, les pedían ayuda a escondidas, y luego hablaban de ellas en cuchicheos a sus espaldas.

Nena oyó un chirrido por el suelo. Levantó la mirada y vio a una de las niñas que arrastraba un banquito hasta ponerlo justo a su lado. Era la niña que había visto antes, la de la cruz enjoyada. Habría preferido hacerle más preguntas a Carmela, pero eso iba a tener que esperar.

—Me llamo Eugenia —dijo la niña, sentándose en el taburete—. Tú no eres de El Paso del Norte, ¿verdad?

—No —contestó Nena, diciendo a la vez una mentira y una verdad.

—¿Cuál es tu apellido?

—Montoya.

La jovencita arrugó la nariz.

—¿De cuáles Montoya?

Nena se dio cuenta de que esta joven estaba convencida de que había unos Montoya mejores que otros y que iba a juzgarla a partir de lo que ella le respondiera, así que prefirió contestar algo que no le habían preguntado.

—Mis padres murieron, y mi tío quería que yo recibiera una educación. Así que me envió aquí.

—¿Y quieres ser monja?

—Si recibo el llamado de Dios, sí —respondió Nena, sin pensar por un solo momento que eso podría llegar a pasar.

—Yo no me metería a monja por nada del mundo. No veo la hora de salir de aquí.

—¿Se te permite salir del convento?

—Claro que sí.

—¿Quieres decir que las niñas podemos salir al pueblo cuando nos plazca? —preguntó Nena.

—Bueno, no exactamente. Lo que quiero decir es que yo no estoy enclaustrada aquí por el resto de mi vida. A diferencia de lo que le sucede a sor Carmela —dijo en voz bien alta, pero Carmela hizo como si no la hubiera escuchado—, mi estancia aquí terminará pronto. Saldré de aquí el año próximo para casarme con Emiliano de Gálvez.

—¿Y ese quién es?

—El hermano de sor Benedicta. Bueno, medio hermano —aclaró.

—Hmmm —contestó Nena, pensando en el hombre que había visto en el caballo grandote.

—Ya sé lo que estás pensando, pero te equivocas. No es viejo ni feo, como ella. Nuestro enlace unirá a las familias más prominentes de El Paso del Norte. El padre de Emiliano nos va a regalar un tercio de sus viñedos.

Nena pensó que Eugenia era bonita, a su modo, con rasgos muy simétricos y una naricita pequeña. Pero tenía los ojos demasiado juntos y las uñas mordidas hasta la madre, por lo que las yemas de sus dedos se veían rojas. Para Nena sus alardes no significaban nada, y era absurdo abrigar cualquier tipo de celos por Emiliano, así que más bien trató de hacerse amiga de esta joven, que no era demasiado agradable.

—Qué bonito bordas —comentó, y era verdad. Eugenia había bordado un ramo de rosas rojas sobre un fondo negro, utilizando hilo de distintos colores, con lo cual conseguía que las flores y las hojas parecieran de verdad.

—Una auténtica dama sabe bordar así —dijo Eugenia, bajando la mirada al bastidor vacío de Nena.

—Ah, Elena lo sabe todo sobre las rosas —interrumpió Carmela, riendo—. Ven conmigo, Elena, y te mostraré lo que vas a hacer en la cocina. Eugenia, ya es la hora de que empieces tu turno también.

# 7

En el despacho, Cristina está de pie en un rincón de la sala de juntas, con el pelo recogido hacia atrás en una larga cola de caballo. Tiene los brazos cruzados y mira a Linda que saca comida de una nevera: moldes con frijoles y arroz, otros con salsa, una charola de aluminio con enchiladas, pan dulce de la panadería Bowie. La cafetera grande burbujea sobre la credenza de la sala de juntas, llenando la habitación con el aroma del café dulce y la canela. Linda le entrega a Marta un paquete envuelto en papel de aluminio. Marta abre el envoltorio y saca una de las tortillas de harina que hace Linda, la parte en dos y se la embute doblada en la boca.

—¿Cómo supiste que era esto justamente lo que necesitaba? —le pregunta Marta, pues la tortilla le calma la sensación de agitación y mareo que ha tenido desde que salió de casa. Sigue sin entender por qué Nena se tornó tan fría cuando ella le ofreció ayudarla a encontrar a Rosa. Tendrá que probar otro camino y hacer un plan sobre cómo dar con los registros de ella.

—La comida no es para ti —le dice Cristina.

—Ay, no le prestes atención. Puedes comer todo lo que quieras —dice Linda, tranquilizando a Marta—. Luego de que te fuiste ayer, Jerome y yo estuvimos hablando y decidimos invitar a desayunar a todas las involucradas en el caso de Soto Pecans. Siempre es más fácil hablar cuando hay comida de por medio. La gente siente que uno la cuida. Si todos nos mostramos muy comprometidos con el caso, tal vez ellas puedan convencer a Sofía de volver.

—Parece que te pasaste toda la noche cocinando —comenta Marta.

—Le dije a Linda que debía haberte consultado primero antes de organizar la reunión —agrega Cristina.

—No fue nada. Mi mamá me ayudó a cocinar —contesta Linda con voz calmada, mientras dispone platos y cubiertos desechables ordenadamente en cada extremo de la credenza.

Cristina toma una tortilla.

—Qué bueno que hoy es el día de olvidarme de la dieta —dice—. Trato de no comer de estas cosas. Harina blanca y toda esa manteca.

—Yo no uso manteca sino Crisco —revira Linda.

—Marta, tengo que hablar contigo de un asunto personal —agrega Cristina, cambiando de tema.

—¿Sí? —pregunta Marta, con la certeza de que nada bueno saldrá de semejante inicio.

Linda camina hacia la puerta de la sala de juntas, mirando a Marta a los ojos. Marta se encoge de hombros como dando a entender que no tiene idea de qué le va a hablar su compañera de trabajo.

Tan pronto como Linda sale, Cristina se vuelve hacia Marta con expresión dura.

—Creo que no está bien mandar a Nena a "Los Piñones". Mi suegra vive conmigo. Tenemos que aguantarla hablando de lo que ve en las noticias. De Fox. Y peor, de cosas en internet. Y lo critica todo. Pero eso es lo que quiere Hugo. Quiere que su mamá esté con la familia y no con extraños, y eso es lo correcto, que viva con nosotros.

—Nena está en mi casa, no en "Los Piñones" —dice Marta, tratando de mantener la calma—. Y aún no hemos decidido nada. ¿Qué tiene de malo "Los Piñones"? Puede ser que a Nena le guste estar allá con otras personas en lugar de estar sola y encerrada en la casa todo el día.

—Eso es precisamente lo que te estoy diciendo, que no la puedes dejar sola. La sacaste del vecindario en el que ha vivido toda su vida. Allá tiene amigos. No puede irse a vivir a la sierra, donde no hay nada más que serpientes de cascabel.

—No hay serpientes de cascabel.

—Sí, sí hay. Solo que tú no las has visto —rectifica Cristina.

Marta no puede evitar pensar que no es por altruismo que la otra está insistiendo en que Nena debe quedarse en la casa donde ha vivido siempre. Cuando Marta conoció a Cristina años atrás, esta era una muchachita andrajosa que vivía en la casa junto a la de su tía abuela. La mamá de Cristina trataba a Nena como si fuera una niñera gratuita, y se imagina que la hija ha estado haciendo lo mismo. Nena ya está muy vieja para eso.

—¿Alguna vez has oído contar que Nena tenga una hija? —pregunta Marta, y al decirlo ve de nuevo a la bebé de pelo oscuro, y siente su peso al cargarla entre sus brazos, olorosa a jabón y leche.

—Nunca le oí decir nada de eso —contesta Cristina, y parece intrigada.

—No, pero esta mañana me dijo que tenía una hija.

—Los viejos tienen montones de secretos —sermonea Cristina.

Es evidente que no tiene ninguna información al respecto, y que cualquier recomendación que pueda dar sobre Nena no va a ser precisamente útil.

Linda lleva a cinco mujeres del caso de Soto Pecans a la sala. Dos de ellas no llegan a los treinta. Son menudas, jóvenes, con blusas ajustadas, jeans, botas y aretes que se mecen para todos lados. Las otras tres son mayores, más cercanas a la edad de Marta. Van maquilladas y vestidas como si fueran a la iglesia, con mascadas y broches y vestidos bien planchados. Linda les da platos desechables, sirve la horchata, habla de la comida, pregunta por los niños y los padres. Marta siente gratitud hacia ella, por estar allí y mantener la plática.

—Nosotras no estamos de acuerdo con Sofía —dice Belén Flórez—. Nos parece que ustedes están haciendo un magnífico trabajo.

Marta percibe un "pero" en el comentario.

—Sabemos que ella puede ser muy pesada. Pero es que ha sido muy difícil para todas. A mí me han visitado los agentes del ICE. Más de una vez —dice una de las mayores.

—A mí también —dice una de las más jóvenes, asintiendo para que sus aretes tintineen.

—¿Y creen que tiene que ver con Soto? ¿Tienen alguna prueba de eso? —pregunta Linda.

Todas niegan con la cabeza.

—A ver, el ICE sabe que ustedes forman parte de una investigación importante. Les hemos enviado documentos para que puedan permanecer legalmente en el país mientras se lleva a cabo la investigación.

—Eso no fue lo que dijeron, sino que nos podían deportar. Nos mostraron sus distintivos y todo lo demás —dice la mujer mayor.

—La próxima vez, pídanle una tarjeta al agente. Si no tiene tarjetas, pídanle su nombre y lo anotan, junto con su número de identificación —dice Marta.

—Así es. Siempre hay que escribirlo todo, incluso si no les parece importante o si creen que lo recordarán más tarde —recomienda Linda—. Yo una vez fui cliente de este despacho, y eso fue lo que ganó nuestro caso... teníamos suficientes pruebas.

Todas asienten. Ella ya les ha dicho esto mismo muchas veces.

Belén levanta la mano como si quisiera decir algo en una clase. Marta le hace un gesto con la cabeza.

—Organicé una fiesta para el cumpleaños de mi nieta en el parque, y había un hombre parado junto a un árbol. Tenía una pistola en la funda, y la mano en la funda, y no dejaba de mirarnos. Mi marido fue a pedirle que se fuera, pero el hombre contestó que estaba en un sitio público y que podía tener una pistola si quería, porque estaba en todo su derecho.

"Texas", piensa Marta. El Paso se cree diferente, pero sigue siendo parte del estado.

—Lo mismo me pasó a mí, pero a la salida de la iglesia. Estábamos saliendo de misa con mis hijos, y había un hombre, igual al de Belén, con la mano sobre la funda de la pistola.

—¿Cómo era el hombre? —pregunta Belén.

—Alto, con sombrero vaquero.

—El que me tocó a mí era gordo, con pants y sudadera.

—¿Y en su trabajo? ¿Les ha pasado algo así? —pregunta Marta. Las cinco mujeres siguen trabajando en las líneas de la empacadora de Soto Pecans—. ¿Algún tipo de acoso nuevo, sexual o de otro tipo?

Todas niegan en silencio. Soto no es tan tonto. Y enviar a su gente a atormentar a estas mujeres parece un acto de desesperación, más que de crueldad. Marta va a averiguar quiénes son estos hombres y a tratar de vincularlos con Soto. Él no es el único que puede contratar detectives privados.

—Si está recurriendo a estos trucos es porque está asustado. Lograremos llegar a un arreglo en menos de un año. Tal vez en menos de seis meses —dice Marta, y se da cuenta de que las mujeres se calman y que sus hombros se relajan. Marta desearía nunca haber hecho esa promesa indebida. El despacho necesita dinero en ese lapso de tiempo y las mujeres necesitan alivio, pero solo con desearlo las cosas no van a suceder. A pesar de eso, le viene bien tener un plazo fijo. Seis meses para atrapar a ese hijo de la chingada y obtener la indemnización de sus clientas, tic-tac tic-tac.

Su teléfono hace un sonido, y ella lo mira.

Alejandro:

No creo que tengas tiempo de
pensar en lo de Nena

Por eso le dije a una amiga del
hospital que llamara a "Los
Piñones", y tienen una casita que
queda libre a fines de mes

Ve a verla con ella esta tarde

Yo me quedo con los niños

A Marta le martillea el corazón mientras teclea una respuesta rápida.

Llevo a Nena pero
exijo pago a cambio

¿¡¡¡Pago????

Una cita,
mañana en la mañana

¿En la ducha?

Nos vemos allí

Marta se muere de hambre, y se alegra de que todavía quede comida
de la que preparó Linda.

# 8

Después de que los perros mataron a los pollos, no hubo suficiente dinero para pagarle la renta al señor Echeverría, y Nena acompañó a su mamá a la compañía de acarreos de los tíos cerca de la estación del tren. Las calles alrededor olían a grasa de ejes y a humo de carbón. Hombres y mujeres vestidos con andrajos esperaban junto a las entradas, vendiendo bolsitas de nueces, cigarros sueltos y rosas mustias.

En el almacén de los hermanos Montoya, los camiones esperaban junto a la plataforma de carga. Nena subió los peldaños con su mamá, cruzaron el almacén, pasando al lado de un resplandeciente Ford último modelo, hasta las oficinas acristaladas que había al fondo. Luego de que el tío Agripino escuchara la solicitud de un préstamo de la mamá de Nena, abrió la caja fuerte, sacó un manojo pequeño de billetes y lo metió en un sobre de manila. Hizo que la mamá de Nena firmara un recibo donde establecía la suma que le habían prestado, treinta y un dólares, exactamente lo que les debía, y después agregó los intereses del préstamo. A Nena le pareció odioso que los tíos les hicieran devolver el dinero. No estaba bien tratar así a la familia, sobre todo porque su papá habría trabajado con ellos si no estuviera incapacitado.

El préstamo apenas alcanzaba a cubrir lo de la renta y no quedaba nada para comprar más pollos. Nena debía de hacer algo para ayudar a la familia, y tenía una idea de cómo dar el primer paso. Cuando tuvo la visión que presagiaba la muerte del señor Echeverría, había sentido terror, pero también percibía que el lugar al que habían ido a parar después estaba lleno de posibilidades.

Esperó a estar sola en casa otro día de esa semana, y tomó el dinero del escondite donde su mamá lo había ocultado, en una olla en el fondo del gabinete. Con el sobre de manila en la mano, abrió la mente y pidió ayuda del otro lado. Sintió un zumbido en los oídos, y su visión parpadeó. Percibió un regusto a tierra, vio unos cascos de caballo que tropezaban con ella y que la pisoteaban. Cuando volvió en sí, estaba tendida en el piso de la cocina, mirando al techo, y la larga grieta que iba desde la lámpara hasta el marco de la puerta parecía latir. Se levantó, frotándose la parte de atrás de la cabeza, donde se le estaba formando un chichón, pero eso no le molestó. Estaba contenta, con la certeza de que su don le había mostrado una manera de sacar mucho dinero de una cantidad insuficiente.

Desde los diez años, el papá de Nena y sus hermanos salían cada primavera a las colinas que rodeaban Tularosa para enlazar caballos salvajes que luego domaban y vendían. Los tres hermanos dormían a cielo abierto, encendían fogatas con mezquite, asaban tortillas en un comal y comían cecina. Cuando llevaban los mustangos de regreso, el papá de Nena se ocupaba de mantener la puerta abierta mientras Agripino y Hernán conducían a los animales al corral. Los caballos lanzaban coces y corcoveaban, y el papá de Nena tuvo que aprender rápidamente a lidiar con ellos, para evitar que lo lastimaran o incluso que lo mataran. Decía que había empezado a adorar a los caballos una vez que aprendió a respetarlos, y a menudo hablaba con añoranza del hipódromo de Juárez.

Nena entendía lo que la visión le había ordenado que hiciera. Si su papá conseguía ver a los caballos de carreras, podría saber cuál llegaría de primero. Cuando el caballo ganara, su padre le diría que era muy lista, muy buena, y su mamá no tendría que rezar tantos rosarios en las noches, con el ruido de las cuentas deslizándose entre sus dedos. Podrían pagar la renta, el préstamo de los tíos, comprar los pollos, y todo volvería a ser como debía haber sido.

Nena debió haberse quedado con eso, pero quería confirmar que la apuesta en las carreras de caballos funcionaría, así que fue a ver a doña Hilaria.

Había dos curanderas en el vecindario: doña Hilaria y la señora Beatriz. La señora Beatriz era la bondadosa. Se vestía con huipiles blancos con bonitos bordados, y tenía una larga trenza que se enrollaba alrededor de la cabeza. Siempre llevaba dulces en su bolsa, mentas que le daba a Nena cuando la veía en la calle. La mayor parte de sus trabajos eran amuletos para el amor. Una vez preparó uno para el señor León, una bolsita de color rojo vino con un cordel para atársela al cuello, de forma que parecía un tumor. El amuleto debía hacer que Daisy Camacho cayera rendida a sus pies, pero el señor León murió de un ataque al corazón repentino. Daisy conoció a Raimundo, sobrino del difunto, en el velorio, y en cosa de un mes se casaron. Otra vez, Juanita Espinosa quería tener un bebé, y fue con la señora Beatriz para que le diera un amuleto para usar con su marido. No quedó embarazada, pero su gato, que siempre había creído que era macho, resultó ser gata y dio a luz a seis gatitos que ella regaló entre los vecinos.

La otra curandera, doña Hilaria, no cometía ese tipo de errores. Cuando le echaba el mal de ojo a alguien, la persona adelgazaba terriblemente o se le caía todo el pelo o se quedaba sin dientes de repente. Y si se le pagaba para romper una maldición, podía conseguir que alguien que tuviera una tos espantosa y las puntas de los dedos azules, en cuestión de una semana se viera fresco y lozano.

Doña Hilaria vivía por su cuenta, con cinco perritos. Todos los que vivían alrededor decían que los chihuahuas dormían con ella en su cama, y que los alimentaba con pollo crudo que tomaban de su propia boca, como si fueran pajaritos comiendo del pico de su madre. Nena no sabía cuáles rumores sobre doña Hilaria eran ciertos y cuáles no, pero todos le producían miedo. Tuvo que armarse de valor para ir a casa de la curandera, caminar por la calle de tierra y plantarse frente a su antejardín. Los mezquites crecían tan enmarañados que sus ramas se entretejían formando un cerco espinoso que ocultaba la casa a la vista. Nena cruzó la puerta del jardín, atravesó por entre el mezquite y subió los escalones hasta la puerta principal. Golpeó a la puerta. Los perros ladraron, rascando la puerta. Golpeó de nuevo.

—Ándale, pues —gritó doña Hilaria.

Eso podía bien significar que entrara o que mejor se fuera. Nena tomó la manija de la puerta y la hizo girar, abriéndola. Los perros ladraron más fuerte, saltando y lanzando mordidas al aire. Nena sentía los colmillitos en las manos, la saliva que le mojaba la piel. Trató de hacerlos a un lado con los pies. La casa olía a perro, junto con otro olor agrio de algo que se fermentaba. En la cocina, doña Hilaria estaba frente a una gran olla, cociendo alguna cosa que no parecía comestible. Era una mujer alta, encorvada y muy delgada, con una bata de entrecasa, blanca con estampado de lunares azules. Iba descalza, y las uñas de los pies se veían largas y sucias.

—Siéntate —dijo, aunque no había sitio en la mesa de la cocina.

El olor a perro le llegó a Nena hasta la garganta. Doña Hilaria debía permitir que hicieran sus necesidades en la casa, y había pelo por todas partes, en la silla, en el piso e incluso en la pared contra la cual se restregaban. Nena trató de sacudirse los pelos que se le habían pegado al vestido, pero eso solo sirvió para que se le pegaran más. Doña Hilaria sirvió leche en un perol. Desde donde se hallaba, Nena pudo detectar que la leche se había echado a perder por el olor agrio, y no se sorprendió. Era pleno verano, y doña Hilaria no tenía hielera.

La curandera abrió el papel encerado que envolvía una pastilla de chocolate, y con un cuchillo pequeño sacó unas virutas que dejó caer en la leche. Las uñas de las manos las tenía tan sucias como las de los pies.

Comenzó a diluir el chocolate en la leche caliente, con un molinillo de madera que batía entre las manos. Vertió el chocolate en una tacita de barro y despejó una zona de la mesa para ponerla ahí. Nena no quería ofenderla rechazando el chocolate, así que tomó un sorbito, y sintió el sabor de la leche agria junto con el olor a perro. La náusea le revolvió las tripas, y tuvo que esforzarse por tragar. Doña Hilaria sirvió el resto del chocolate en un platito que depositó en el piso. Los perros fueron a lamerlo, persiguiendo el plato bajo la mesa y lanzándose tarascadas unos a otros.

—Habla —ordenó doña Hilaria.

Nena le contó lo que quería, el nombre del caballo ganador, y doña Hilaria asintió y le dio su precio. Nena sacó el manojo de billetes, los contó y se los entregó a la curandera, que los metió en una caja de lata en el mesón. Tomó hierbas de un estante y las agitó hacia la oreja derecha de Nena, asintiendo o negando con la cabeza, y haciendo dos montoncitos. Los perros se calmaron y fueron a echarse todos juntos en una vieja cobija que había en un rincón de la cocina. Doña Hilaria rebuscó entre latas y frascos, puso las hierbas en un molcajete y las molió hasta hacerlas polvo. Pasó el polvo a un trozo de papel que inclinó sobre un embudo para envasarlo en una bolsita. La ató con un hilo rojo de un carrete, y cortó el hilo con sus dientes, diminutos y filosos cual tijeras.

Doña Hilaria se detuvo, volteó la cabeza como si alguien le estuviera diciendo algo. Soltó una frase entre gruñidos, que Nena no entendió, y luego carraspeó, escupiendo una enorme flema en el fregadero. Sacó un vaso y lo llenó con agua de la llave, y luego lo puso, con gran estruendo, en la mesa frente a Nena.

Después le entregó un huevo, un bonito huevo de cáscara roja con pecas, tan perfecto como el de las mejores gallinas de la familia de Nena, que los perros se habían comido.

—Rómpelo en el vaso —dijo doña Hilaria.

Nena estaba decepcionada por gastar su dinero en esto. Adivinar el futuro a través de un huevo no le parecía nada especial.

—¿Qué esperas? Tengo otras cosas que hacer hoy —la apuró la curandera.

Nena sostuvo el huevo entre las manos. Cerró los ojos y rezó en silencio. "Por favor, ayúdanos a ganar en las carreras de caballos, por favor, haz que ganemos lo suficiente como para pagar la renta de este mes y de muchos meses por venir". Vio en su mente un caballo veloz y musculoso, montado por un jockey vestido de azul y blanco, y vio también una multitud que coreaba, y a su papá con un fajo grande de billetes de veinte dólares. "Dios nos bendiga. Amén".

Abrió los ojos, y le dio al huevo un último sacudón para que le trajera buena suerte. Doña Hilaria se inclinó, mirándola con detenimiento. Los perros se levantaron de su cama, haciendo resonar sus garras sobre el piso de linóleo y levantando los hocicos hacia Nena.

Nena sostuvo el huevo entre los dedos y quebró la cáscara contra el borde del vaso, abriéndola con cuidado. La clara y la yema se deslizaron fuera de la cáscara, junto con otra cosa. El vaso se llenó de sangre, sangre roja brillante.

Doña Hilaria saltó sobre Nena y la sujetó por la barbilla.

—¿Qué es esto? ¿Con qué truco me quieres engañar?

—Recé porque ganáramos. Solo eso.

—Mentirosa. Bruja. Largo de aquí, demonio, y llévate tu dinero. ¡No vuelvas nunca más! —exclamó, y sacó el fajo de billetes de la caja de lata, prácticamente aventándoselo a Nena.

Nena se estremeció, y dejó caer los billetes al piso. Se agachó para recogerlos antes de que los dientes de los perros los destrozaran.

—¡Largo! —gritó doña Hilaria, como si Nena no fuera una niña sino algo muy malvado. Cuando le cerró la puerta de un golpazo al salir, Nena pudo oír que el zumbido se hacía cada vez más fuerte del otro lado. Corrió todo el camino de regreso a su casa, sin saber bien qué era lo que había hecho.

En su celda del helado convento, una vez concluidas las últimas oraciones del día, Nena se quedó pensando por qué no había interpretado la sangre en el vaso como el símbolo evidente que era. Alto, quería decir la sangre. Peligro más adelante. ¿Por qué había insistido en llevar a su papá a las carreras? Tontamente había creído que la magia de *la vista* sería la solución a todos sus problemas. En lugar de eso, le había traído más desastres. Allí en el convento, había invocado el terrible poder de *la vista*, con lo cual puso en movimiento algo que no podía controlar. Nena hubiera querido volver atrás y rehusarse a participar en el aquelarre o haberse regresado en el torno de la puerta. Había sido descuidada, al no aprender la lección de que la magia siempre complica las cosas.

Pero ella ya no era la niña que había ido a ver a doña Hilaria. Tenía que empezar a comportarse como una persona responsable. El primer paso era concentrarse en lo más importante: volver a su casa. Podía ser que saltar a través del tiempo fuera un imposible, pero ella había conseguido hacerlo sin saber cómo. Eso quería decir que debía haber una forma de hacerlo de nuevo.

Y tal vez no fuera tan difícil encontrar la respuesta. Ese era un pensamiento que la animaba. ¿Qué sucedía con las mariquitas? En la capilla, le había mandado una mariquita a Carmela a través del espacio. Así era como Nena se había movido a través del tiempo, veloz, en un abrir y cerrar de ojos había pasado del presente al pasado, sin siquiera percatarse de que había dado ese salto. Si aprendía cómo enviar mariquitas, tal vez llegaría a entender cómo funcionaba ese movimiento. Si conseguía transportar algo así de pequeño, tal vez podría llegar a mover algo grande, como a sí misma.

Encontrar un rato a solas con Carmela fue más difícil de lo que Nena se imaginaba, y no fue sino hasta dos días después que vio la ocasión. Carmela le dijo que iba a la portería a comprar comida, y Nena se ofreció a acompañarla.

La portería estaba en el zaguán que daba acceso al convento, un lugar en el que las monjas podían relacionarse con la gente del pueblo sin tener que salir a la calle. Cuando llegaron a la portería, el mayordomo estaba abriendo el enorme portal que daba al exterior.

—Dijiste que me enseñarías a mandar mariquitas —empezó Nena, en voz tan baja como pudo. No tenía tiempo que perder, y eso era lo más cercano a una conversación en privado en el convento.

Carmela miró a todos lados.

—Primero lo primero. Para controlar las mariquitas, tienes que aprender a invocar *la vista* sin desmayarte.

—Pude hacerlo en la capilla.

—Pero no tenías ni idea de lo que estabas haciendo. Y cuando invocaste *la vista* en el aquelarre, te golpeaste la cabeza contra el piso. Toma. —Carmela se quitó la crucecita plateada que llevaba al cuello y se la puso a Nena—. Mi cruz tiene encantamientos que te ayudarán a encontrar el equilibrio. Agárrate de mi brazo para que te sostengas con firmeza. *La vista* utiliza todo tu cuerpo. Cuando convoques a las mariquitas, mantén un pie en la orilla del río (o sea, tu cuerpo, en este momento y este lugar) y el otro pie en el agua del río (el río es *la vista*), de modo que la corriente no te arrastre. ¿Sí?

—No —contestó Nena—. No sé si comprendí.

—Cuando toques la cruz, pídele a Dios que te ayude a controlar *la vista* —dijo Carmela, pero a Nena no le pareció bien. ¿Acaso Dios quería que las cosas estuvieran bajo control? Ella creía que no. Por lo que sabía, a Dios le gustaba el caos. Ella había rezado un montón, y seguían sucediendo cosas malas—. ¿Estás prestando atención? Cuando llames a las mariquitas, vas a permitir que *la vista* domine tu mente, pero al mismo tiempo tienes que asegurarte de que las partes de tu cuerpo funcionan, sobre todo los pulmones. Tienes que respirar. Por eso te desmayas, porque dejas de respirar.

—¿Y qué pasa si cuando invoque a las mariquitas, el encantamiento del coyote se aparece en su lugar? —preguntó Nena, a quien le parecía raro nombrar la imagen que tenía en la cabeza, pero estaba asustada de verdad—. Podría ser que me saliera pelaje, y que ladrara o aullara. Si el mayordomo llegara a verme así, ¿no se lo diría al señor cura?

—Si te llegara a salir pelaje, me imagino que sí. No podríamos mantener eso en secreto —dijo Carmela, riendo.

—No es gracioso —contestó Nena, erizándose—. ¿Qué les hacen a las brujas cuando las descubren? ¿Las queman vivas?

—¿De qué estás hablando? A la Inquisición no le interesan ese tipo de ofensas, sino la herejía. Nadie cree en brujas en el mundo civilizado. Y es que nosotras no somos brujas. Vivimos para glorificar a Dios. No hacemos hechizos de amor, ni ayudamos a nadie a ver el futuro ni echamos maldiciones a cambio de dinero. Esas son cosas de indios, y no de damas educadas y entregadas a Dios, como nosotras. Practicamos el uso de *la vista* para poderla controlar. Es lo mismo que ser una monja, una monja común y corriente. Al rezar, pedimos por librarnos de nuestros deseos para así servir mejor a Dios.

—¿Qué quieres decir con eso de que son cosas de indios?

—Que lo que hacen no es de cristianos.

—Yo soy india en parte —confesó Nena, escandalizada y dolida porque su amiga hubiera dicho semejante cosa—. Por el lado de mi mamá.

Carmela se llevó el dedo a los labios.

—No te atrevas a decir eso en este lugar.

—Mi mamá era más fuerte y más lista que todas las personas que he conocido.

—Puede ser que sí, pero guárdate eso para ti misma. No podrías seguir aquí si alguien supiera que tienes sangre india.

Había muchas otras mujeres del convento que eran tan morenas como Nena, y no solo entre la servidumbre. Pero decidió guardar silencio, para no discutir con Carmela.

Los vendedores acomodaron sus productos en el piso, descargando canastas y carretillas.

—Quiero que trates de invocar a las mariquitas sin que nadie más se dé cuenta de lo que estás haciendo —susurró Carmela—. Te servirá de práctica. No querrás que te descubran haciendo magia y que después te quemen en la hoguera, ¿verdad?

Nena no estaba preparada para bromear con eso, y por tal razón no celebró el chiste de Carmela.

Una mujer con un rebozo que le cubría la cabeza tendió una cobija en el piso, y alineó montoncitos de orégano, tomillo, laurel, clavos, canela, chiles y epazote. La mujer no parecía estar bien. Tosía todo el tiempo, tapándose la boca con un pañuelo, mientras su cuerpo se estremecía.

Carmela señaló los montoncitos que quería. La hierbatera hizo una reverencia y el mayordomo le pagó unas cuantas monedas, ya que las monjas no tenían permitido manipular dinero.

Luego, la joven monja tiró de Nena para seguir la hilera de vendedores, y se detuvieron ante una carretilla cargada de carne. El carnicero era un tipo corpulento, con un trapo sucio que alguna vez había sido blanco atado al cuello. Le sonrió a Nena.

—¿Ahora? ¿Debo hacerlo ahora? —susurró Nena.

—Sí. Dime qué carne debo comprar. Recuerda, con un pie en la orilla y el otro en el río.

Nena se concentró en la cruz que llevaba al cuello para que la mantuviera en la portería del convento, mientras las aguas de *la vista* pretendían arrastrarla consigo. En este lugar intermedio, invocó a una mariquita para que se acercara, y parte de su cerebro se dio cuenta cuando el insecto atravesó un túnel de espacio y tiempo y fue a posarse en sus dedos. Insertó un mensaje en la mente de la mariquita: "estofado de pata de cabrito con chile y comino". Envió a la mariquita de vuelta por el túnel hacia Carmela, que le hizo un gesto de asentimiento y le sonrió.

Nena le devolvió la sonrisa con otra, llena de cariño y aprecio por Carmela. Era la primera vez que utilizaba *la vista* con un propósito y que se las arreglaba para no desmayarse al hacerlo.

Carmela se volteó hacia el carnicero, moviendo los dedos ante él, pero sin pronunciar palabra, y Nena descubrió que así negociaban, con gestos, para que las monjas no tuvieran que intercambiar palabra con nadie que no viviera en el convento.

El carnicero le hizo una reverencia, y el mayordomo se ocupó del pago. La pierna de cabrito se dejó para que la prepararan los sirvientes.

—Vuelve a la cocina y busca algo de comer —le dijo Carmela.

—No tengo hambre.

—*La vista* te exige un montón de energía —le explicó—. Tu cuerpo tiene que aprovisionarse de nuevo.

—Tengo una pregunta más —dijo Nena, buscando la manera de prolongar la conversación. Extrañaba poder hablar con otras personas, con sus hermanas. Fue a caer en un tema que le producía algo de curiosidad—. ¿Es verdad que Eugenia va a casarse con el hermano de sor Benedicta?

—¿Por qué lo preguntas?

—Me pareció que estaba tan orgullosa del asunto, que me pregunté si estaría exagerando.

—La familia de sor Benedicta, los Gálvez, son dueños de la mayor parte de los viñedos que hay a lo largo del río Bravo. El padre de Eugenia es tan rico como los Gálvez, porque maneja buena parte del comercio que va de El Paso del Norte a Santa Fe y hacia Chihuahua por el camino real, pero empezó como arriero de mulas, y todo el mundo tiene presente su origen, y que dormía con sus bestias. Está tratando de ascender de clase social. El contrato se acordó entre las familias cuando Eugenia tenía doce años. Estoy segura de que no esperaban que se convirtiera en ese horror.

—¡Carmela!

—Ahora, ve a comer algo o te vas a desmayar, y sor Benedicta sabrá qué andabas haciendo.

Nena se fue a toda prisa a la cocina. Una de las sirvientas estaba friendo empanadas, y las ponía en una charola junto al cazo de aceite hirviente. Nena tomó una y se quemó los labios al morder la masa crujiente para llegar al relleno de carne con papas y uvas pasas, sazonadas con comino y canela. Devoró una tras otra. ¡Qué tal que hubiera tenido hambre! Y Carmela estaba en lo cierto: se sintió mucho mejor después de haber comido.

Se chupó los dedos cuando terminó y se ató el mandil en la cintura, lista para ponerse a trabajar. En la cocina del convento siempre había montañas de ollas por fregar. De todos los quehaceres de la casa que compartía con sus hermanas, el que menos le molestaba a Nena era lavar los trastes, porque disfrutaba la sensación de tener las manos en el agua tibia. Se dejó arrastrar por el ritmo de fregar y lavar, mientras reflexionaba sobre lo que había hecho en la portería. Se sentía orgullosa de sí misma, y esperanzada de pensar que con más práctica sería capaz de manejar su don sin perjudicar a nadie. Tal vez no tenía que volver a su época tan pronto como creía. Tal vez tenía más cosas que aprender en este tiempo.

Deseó haber tenido a alguien que le enseñara, como Carmela, cuando era más pequeña. A lo mejor hubiera sido capaz de cambiar lo sucedido en las carreras de caballos, ahorrándole a su familia muchos sufrimientos.

El señor Obregón, de la tienda de la esquina, iba al Jockey Club cada semana, y cuando Nena le pidió ayuda, dijo que le daría gusto llevarla a ella y a su papá a Juárez la próxima vez que fuera.

Desde la tribuna, Nena olió los tacos y los *hotdogs* con col agria que vendían en el quiosco, y anheló poder usar diez centavos del dinero para comprarse algo. Pero eso sería un derroche. Además, había llevado comida para su papá y ella, tacos de frijoles con chile. Se sentaron en la parte de las tribunas desde donde se podían ver los caballos en el picadero. Su papá temblaba, pálido, con perlas de sudor que le resbalaban por la cara. No hacía falta utilizar *la vista* para darse cuenta de lo enfermo que estaba, pero sonreía, sonreía de verdad, y sus ojos cafés se veían radiantes e iban bien con la atractiva manera en que tenía puesto el sombrero. Nena se sintió orgullosa de él.

Su papá estudió a los caballos a través de los binoculares del señor Obregón, delineando con el dedo las siluetas. Nena se lo podía imaginar a su edad, al galope por la meseta. Le costaba más trabajo imaginarse a los hermanos de su padre a caballo, y menos aún persiguiéndose y lanzando gritos, jugando a ser apaches. Esas imágenes no encajaban con lo que ella había visto de ellos, con sus trajes y sombreros borsalinos, fumando en la oficina, unos hombres avariciosos con sus grandes narices y enormes orejas de las cuales brotaban mechones de pelo, y cejas salvajes que se encrespaban en el aire.

Su papá escogió un caballo que se llamaba Potato Chip, cuyo jockey iba de azul y blanco, tal como en la visión de Nena. Y, por primera vez, ella sintió gusto de haber ido con doña Hilaria. Ahora tenía un dato, una confirmación de que este era el caballo indicado. El papá de Nena le entregó al señor Obregón todo el dinero.

—¿Todo a solo un caballo? —preguntó el señor Obregón.

El momio de la apuesta era doce a uno, le explicó a Nena su papá cuando el señor Obregón se fue con el dinero. Eso quería decir que, si ganaban, recibirían doce veces lo apostado, suficiente para pagar la renta de todo el año. Esto le pareció muy lógico a Nena, y una buena señal de que tenían probabilidades de ganar.

Era un día claro, con viento. La primera carrera terminó antes de lo que Nena esperaba, y luego, antes de que empezara la segunda, en la que participaba su caballo, el viento arreció. Los caballos se asustaron en el picadero, resoplando y pisoteando el suelo. Había papeles revoloteando. Nena miró hacia el oriente y vio una muralla de polvo que se aproximaba desde el desierto, veloz.

La tormenta de arena pegó de repente. Los hombres se sujetaron el sombrero y corrieron a guarecerse en los cuartos de apuestas. El papá de Nena no pudo moverse con suficiente rapidez como para llegar adentro, pero interpuso su cuerpo para evitar que la arena azotara la cara de su hija. Nena oyó truenos, pero no vio relámpagos. Bolas de granizo llovieron sobre ambos, a través de la arena que volaba, y Nena escondió la cara en el pecho de su papá. No era como ninguna tormenta de arena que le hubiera tocado antes. Esta era húmeda, y el agua convirtió la arena en una especie de lodo que se le pegó a las manos y la cara, mientras se oía un aullido que se hizo cada vez más fuerte, hasta llegar a convertirse en un silbido atronador.

El viento se aplacó como si alguien hubiera apagado un interruptor, y el polvo quedó suspendido muy alto en el aire, haciendo que el sol se viera como una gigantesca calabaza. Lentamente, la gente fue volviendo a la tribuna y tomando sus lugares. La voz del anunciador resonó. Las carreras se reanudarían enseguida.

Tomó algún tiempo calmar y alistar a los caballos, y luego, con un pistoletazo, la carrera comenzó. Su caballo salió veloz por la puerta, encabezando el grupo en la primera curva y acelerando al dar la vuelta. El papá de Nena se levantó, tembloroso, aferrándose al hombro de su hija, para gritar: "¡Córrele! ¡Córrele!". El caballo sacó medio cuerpo de ventaja, pegándose a la barda interior, estirando sus largas patas, con la nariz apuntando hacia la meta.

Y de repente se detuvo.

Los demás caballos lo rebasaron rodeándolo, como si fuera una piedra en un río. El jockey de Potato Chip le pegó al caballo, pero eso solo sirvió para que el animal se volteara y empezara a correr en dirección contraria. El papá de Nena dejó caer el papelito de la apuesta. Ella lo vio llegar hasta el suelo a través de las grietas de la tribuna. Su papá se estremeció, pálido. Se sujetó de ella para sentarse.

—Está bien, mija —dijo. Pero no, nada estaba bien.

De pronto, un tirón en la manga la sacó de sus recuerdos.

—¿Qué estás haciendo? —le preguntó Eugenia.

—¿Qué te crees tú? —contestó Nena, echando ceniza en un trapo para luego atacar el fondo de una olla, y apoyándose en la mano para que su peso le ayudara a restregar—. ¿No se supone que deberías estar trabajando?

—En desplumar pollos. Pero es asqueroso. Le dije a una de las sirvientas que lo hiciera por mí.

—Deberías esforzarte —le dijo Nena, tras haberla visto los últimos días, haciendo lo menos posible durante sus turnos en la cocina. Estaba muy mal, y era señal de pereza eso de zafarse de las obligaciones.

—No sé por qué me tratan como esclava. Deberían ponerme a hacer otra cosa, algo que yo quiera hacer y que me salga bien.

—¿Cómo qué?

—No me importaría coser —contestó la otra.

Nena sacó la última capa de comida quemada del fondo de la olla, satisfecha de su esfuerzo. Empezó con la olla siguiente.

Eugenia se quitó el mandil, lo hizo una bola y lo dejó en la mesa.

—Cuando Carmela venga, le voy a decir que no continuaré trabajando aquí.

Nena levantó la vista. Detrás de Eugenia se encontraba sor Benedicta.

—Eugenia… —dijo Nena.

—¿Qué? —replicó la otra, molesta—. No le tengo miedo a esa vaca. No veo la hora de decirle, de verdad.

Sor Benedicta posó su mano huesuda en el hombro de Eugenia.

Una oleada de sorpresa recorrió la cara de la joven, que fue reemplazada rápidamente por una expresión contenida, de orgullo. Se volteó, levantando la barbilla para mirar a sor Benedicta a los ojos. Eugenia podía ser tonta, pero no podía negarse que también era valiente.

—Me niego a trabajar en este asco de cocina —declaró, desafiante.

—Vas a trabajar aquí. Es la tarea que se te asignó —respondió sor Benedicta.

—No puede obligarme. Voy a escribirle a mi padre para contarle del trato que recibo aquí.

—Ponte el mandil de nuevo y vuelve a tu oficio.

—No. —Eugenia le sostuvo la mirada a sor Benedicta con la barbilla aún empinada.

La vicaria no respondió, y en lugar de eso fue despacio hasta el estante y sacó un bote de manteca de cerdo. Untó un trapo en la manteca y regresó a la mesa, donde metió el trapo enmantecado en las cenizas que Nena había usado para restregar la olla. En la cocina reinaba el más absoluto silencio, y monjas y servidumbre observaban atónitos. Sor Benedicta tomó la barbilla de Eugenia en la mano, y procedió a frotarle la cara con el trapo, embarrándole la oscura grasa en la piel.

Eugenia empezó a llorar bajito, las lágrimas deslizándose por la grasa.

—Ponte de nuevo el mandil —repitió sor Benedicta.

—Sí, vicaria —contestó Eugenia e hizo una reverencia, pero cerró las manos en puños a ambos lados del cuerpo.

# 9

Si no te gusta para nada, no tenemos que quedarnos mucho tiempo —le dice Marta a Nena—. Pero Alejandro fue muy amable al organizar esta visita, y no vamos a decepcionarlo.

—Por nada del mundo debemos decepcionar al gran doctor Torres —contesta Nena.

—No, por nada del mundo —dice Marta, sintiéndose algo desleal, aunque se ríe con Nena. Tiene la mente puesta en su cita con Alejandro a la mañana siguiente.

En "Los Piñones", las recibe el director, y les entrega una llave y el mapa que muestra el camino para llegar a la casita, resaltado en rotulador amarillo. ¿Qué haría Alejandro para conseguir ese trato especial? Marta se da cuenta de que ese despliegue de poder y privilegio le produce una extraña excitación. No en vano lo primero que la atrajo de su marido fue su confianza en sí mismo. Pero, al ponerse del lado de Nena, también le molesta su presunción.

A Alejandro definitivamente no le gustaría vivir allí. Los pasillos tienen una iluminación excesiva, y el lugar huele a hospital, una mezcla de desinfectante y caldo de res. Una corona plástica de Navidad adorna la entrada, con seis meses de retraso o seis meses de adelanto.

Las paredes están adornadas con obras de arte dignas de una escuela primaria: platos de papel pintados de colores, grullas de origami ensartadas en sedal de pesca.

De camino a la casita, pasan frente a la sala de recreación, donde se oye música a todo volumen y una bola de espejo que gira manda burbujas de luz a través de la pared de vidrio hacia el pasillo. Nena se detiene y se asoma a la sala. Hay mujeres bailando, con sombreros brillosos, un borsalino que centellea con pedrería, una gorra de béisbol decorada con cristales de plástico azul. Una señora apoyada en una andadera lleva un sombrero con gatos de caricatura, delineados con diamantina. Otra mujer de notoria estatura, con un abrigo de piel que le llega a la cadera, tiene un sombrero vaquero adornado con la bandera de Texas.

—Quería que habláramos nuevamente de Rosa —empieza Marta.

Horas antes, en la oficina, había llamado a una amiga que trabaja en servicios sociales, que podía tener alguna idea de cómo buscar registros antiguos. Le da gusto estar a solas con Nena para poder abordar el tema.

—A Luna le gustaba tanto bailar —dice ella—. Has oído la historia de la pierna rota y el yeso, ¿cierto?

—Una o dos veces —contesta Marta—. ¿Cuál es la fecha de nacimiento de Rosa?

—Entremos. Quiero bailar.

—¿Me oíste? —pregunta Marta, sin entender por qué Nena insistía tanto en hablar de Rosa y ahora no quiere tocar el tema. Le duele, y la lleva a querer ganarse la confianza de su tía abuela de nuevo.

—Luna nos manda una señal desde el otro lado —dice Nena, señalando a los que bailan.

A Marta le molesta hablar de señales y esas cosas.

—¿Y qué nos quiere decir? —pregunta.

—Que tenemos que bailar —dice, entrando al salón.

—Ustedes dos necesitan sombreros —les dice la instructora,

corriendo hacia una caja que hay en la mesa, junto al porche, para volver con una boina roja con lentejuelas, para Nena, y una gorra de béisbol dorada para Marta. Y entonces, antes de que ella pueda entender lo que sucede, la instructora enciende la música de nuevo y una canción, "The Electric Slide", atruena desde las bocinas. A Marta le cuesta seguir las indicaciones, y la sorprende que, aunque las otras mujeres tienen al menos veinticinco años más que ella, son capaces de hacer los pasos, o alguna versión de ellos, con mucha más gracia que ella.

Se quedan y bailan al ritmo de "The Hustle", "Macarena", "The Chicken Dance", "The Cupid Shuffle", y Marta se sorprende al darse cuenta de que la está pasando bien. Nena, con una expresión atenta y determinada, da vueltas, inclina el tronco hacia atrás y patea el aire, levantando la pierna apenas unas cuantas pulgadas del piso. La clase termina con algo de honky-tonk acompañado por una rutina que Marta supone se vería en una taberna de carretera. La mujer del abrigo de piel se menea y termina dándose una palmada en el trasero.

—Hay ponche y galletas en la mesa —anuncia la instructora cuando la canción termina.

—Me acaloré bailando —dice Nena, abanicándose con la mano, sudorosa.

Marta también siente calor. Le da gusto que su tía abuela hubiera propuesto que entraran a la sala. Luna habría estado dichosa de saber que Marta estaba bailando; solía decirle que no tenía que ser tan seria, como si eso fuera algo que ella pudiera cambiar en su personalidad. A fin de cuentas, Marta podía ser seria y también divertida, ¿o no?

—Si vivieras aquí, yo vendría a esta clase todas las semanas contigo —dice Marta.

Le parece que, solo después de que Olga y Luna murieron, es que ella siente que puede de verdad llegar a conocer a Nena. Se pregunta si su tía abuela estuvo reservándose todo con respecto a su lado de bruja frente a ella hasta que sus dos hermanas murieran, para así quedar a salvo de la amenaza de que volvieran a meterla en una institución para enfermos mentales. Marta sigue sin estar convencida de que las hermanas no tuvieran razones válidas para internar a Nena.

La mujer del abrigo de piel se encarga de servir el ponche, y les entrega vasos de papel a ambas.

—Me pongo mi coyote porque hace mucho frío con este aire refrigerado —dice, con un marcado acento sureño, y hace un gesto teatral de cerrarse el abrigo sobre el pecho y temblar de frío. Entonces le pregunta a Nena—: ¿Y tú quién eres, querida? ¿Acabas de mudarte aquí?

—Es mi tía abuela Nena. Estamos visitando el lugar —contesta Marta.

—Pues nos encantaría tenerlas con nosotros aquí. Nos mantenemos bastante ocupadas —explica, y señala un tablero de anuncios donde se ve un gigantesco calendario con las actividades del mes. Tai chi. Clase de galletería. Grupos de oración diaria, uno católico y otro cristiano, cosa que Marta considera una extraña diferenciación. Bridge dos veces por semana.

—¿Te digo en qué no participaría por ningún motivo? —le dice Nena a Marta—. En el grupo de costura.

—¿Por qué?

—Detesto coser —le contesta Nena sin exaltarse, aunque en un tono más vehemente del que Marta hubiera esperado. Hay una historia tras eso. Nena guarda un millón de historias. Pero la que más le interesa a Marta en este momento es la que tiene que ver con su hija.

—Sobre Rosa... —comienza de nuevo.

—Vamos a ver la casita —propone Nena—, para que luego podamos decir que sí lo hicimos.

Caminan por el pasillo, y Nena se aferra al antebrazo de Marta, sin soltarlo. A medida que avanzan, Nena observa el piso como si le preocupara que tuviera demasiada cera. Salen del edificio principal, y se dirigen al sendero que lleva a las casitas.

Afuera hace calor y el aire se siente seco. Los apliques en las paredes y las luces plantadas en la tierra iluminan el sendero de concreto.

Cactus y arbustos de creosota en jardineras de piedra bordean el sendero, y solo hay líneas rectas sin escalones para subir o bajar a las casas, las puertas son anchas para que pasen las sillas de ruedas. "Los Piñones" está bien arriba en la montaña, como para que el sol del atardecer parezca flotar directamente en frente de donde se encuentran, tiñéndolo todo de un rosa rojizo, la parte poniente de El Paso, el río Bravo, las destartaladas casas de Juárez y la Sierra Nevada de Chihuahua. Es una bonita noche, y Nena le da un apretoncito en el brazo a Marta: no tienen que decir nada para saber que se comprenden.

La casita es menos inspiradora. El espacio principal apesta a pintura, las paredes son de un color blancuzco que deprime a Marta, provocándole una sensación física de depresión, como si una mano gigante la aplastara. La formica de la cocineta es de imitación granito, evidentemente de plástico corriente. Hay dos hornillas para cocinar, y no hay horno. Un fregadero, un pequeño refrigerador y un lavavajillas angosto conforman los accesorios de la cocina. Lo máximo que uno se atrevería a preparar allí serían huevos revueltos. La diminuta sala de estar no tiene muebles, pero sería posible embutir en ella un sofá para dos que no fuera muy voluminoso y una mesita.

Nena se adelanta a Marta para ir a ver el baño. Su sobrina nieta la sigue. Hay una ducha con una barra fija en la pared. Junto al sanitario también hay una barra para apoyarse. Nena aprieta el botón del sanitario. Enciende y apaga las luces, abre la llave.

—Siempre me ha gustado el olor a pintura fresca —dice.

—¡Ay, Nena! —exclama Marta, pues su tono de voz le recuerda a Rafa en su primer día de kínder, cuando se irguió para decirle: "Está bien, mamá. Ya te puedes ir". Marta no quiere que Nena finja ser valiente ante ella. Desde afuera oye el ruido de los coyotes, yip-yip, que resuena entre las colinas. Es un sonido solitario. El sonido del hambre.

—Nena, ¿por qué no quieres hablar de Rosa?

—No estás preparada para eso.

—¿Qué quieres decir?

—¿Por qué no me dejas ayudarte por esta única vez?

—¿Con qué?

—Con lo de Soto Pecans —contesta Nena.

—¿Cómo es que sabes de esa demanda?

—Ojeé los papeles que había en tu escritorio.

—No deberías hacer eso, Nena, hay información de carácter privado ahí. Podría ganarme una sanción de la barra de abogados si eso se supiera.

—¿Y cómo lo van a saber? Olga no va a decir nada.

—¿Olga?

—Ya sabes que ella lo sabía todo de todo el mundo, los vínculos entre las personas y todo eso que a mí no me interesaba. ¿Qué pasa? ¿Por qué me estás mirando así?

¿Olga, en versión fantasma? ¿Olga, la de los recuerdos de Nena?

—¿La llamaste por teléfono?

—Estás de broma, pero ya sabes que no es así como me comunico con mis hermanas.

Marta les habla a Olga y a Luna, pero no de la misma manera que Nena. Marta se imagina a Luna que entra a la cocina, con tacones y un vestido rojo ajustado que delinea su silueta de la cadera hacia abajo. Saca un largo cigarro de su cigarrera de piel y abre el encendedor dorado, para inclinarse hacia la llama. Marta ve a Olga detrás de Luna, de traje sastre, un collar de perlas de imitación, medias veladas. Marta se la imagina meneando la cabeza para darle énfasis a sus palabras: "No, no lo hagas. No le des vuelo a Nena". La niña de ocho años que hay en el cerebro de Marta se abre camino hasta el frente.

—¿Qué decía Olga de los Soto? —pregunta la niña.

—Siempre ha habido un lazo entre las familias. Papá se crio con los Soto. Las familias se conocen desde hace mucho, desde que se afincaron en Doña Ana Bend, cuando les dieron el título de propiedad para asentarse allí. Por los lados de Mesilla.

¿Afincarse? ¿Asentarse? ¡Qué términos! A Marta no le gusta tener ningún nexo con la familia Soto, tampoco le interesa su amistad. Nena recitando la lista de quién está emparentado con quién suena más a cosa de Olga, y Marta siente un estremecimiento discordante en el cuerpo, su lado racional se resiste a la idea de que esto sea posible, mientras su otro lado desea escuchar lo que Nena tiene que contar.

—Hace muchos años, cuando el tío Agripino y el tío Hernán finalmente murieron, los Soto compraron la compañía de acarreos Montoya, que pasó a ser la compañía de acarreos Soto. Tu abuelo les daba mantenimiento a los camiones de los Soto en su taller. Buena parte de su trabajo era para la compañía de los hermanos Montoya antes de que la vendieran, y después siguió.

Marta trata de recordar la historia de su familia. Cuando su abuelo regresó de la guerra, Olga le consiguió trabajo en la compañía de acarreos de sus tíos, que más adelante (y esa es la parte que resulta nueva para Marta) fue comprada por el padre de Benjamín Soto. El dinero de Soto proviene de esa compañía, que ahora lleva el nombre de Soto Logistics, y no de las nueces. Los camiones de esa compañía de logística y acarreos operan en un nicho muy específico, recogiendo los productos industriales de las maquiladoras de los alrededores de Juárez para luego cruzar la frontera con ellos y llevarlos bien sea a la estación del tren o a otras compañías de logística y acarreos que mueven la carga por el resto de los Estados Unidos. Es un negocio grande, que le da a Soto los fondos necesarios para comprar influencias, evadir a la justicia y hacer todas las triquiñuelas que se le puedan ocurrir.

—Entonces, ¿mi abuelo trabajó para los Soto? ¡Qué cosa más rara! —dice Marta.

—Ya sabes cómo son las cosas en El Paso. De cierta forma todo el mundo tiene nexos con todos.

—Cierto. Todos estamos conectados —reitera Marta, imaginándose las líneas que unen a Rosa con Soto.

—Tu abuela era amiga de Silvia Colón. Habían estudiado juntas en la preparatoria Bowie High. Silvia se casó con un Soto. Eran muy conocidos y la gente sabía quiénes eran. Tenían una casa grande en Sunset Heights. Debió ser un gran cambio para Silvia, un golpe de suerte. Cuando una familia tiene dinero, puede ayudar a sus hijos, y ellos a su vez pueden ayudar a los suyos todavía más, y con eso, cada nueva generación es más rica que la anterior, como sucede con tu generación.

Al oír la mención de Silvia, a Marta se le enciende un interruptor en el cerebro. Se acuerda de parar en un puesto de venta al lado del camino, un pequeño granero de madera junto a la carretera que salía de la ciudad hacia el sur, con rumbo a San Elizario. Marta recuerda que la señora Soto llevaba un sastre de falda, como Olga. Estaba parada detrás de la caja registradora, y con gran alharaca le agregó a la compra de Olga una bolsa de nueces acarameladas, de pilón. Marta y Juan las compartieron en el trayecto de vuelta a casa. Por alguna razón, Marta no había establecido la conexión.

—¿Y Olga pudo agregar algo que me ayude con la demanda? —pregunta—. ¿O solo quería chismear de los viejos tiempos?

—No me crees cuando te digo que hablé con ella —dice Nena, y la voz le tiembla con algo que parecer ser enojo.

Marta no debió mencionar lo de chismear. No se estaba burlando de Nena. Ahora está como antes, cuando Nena no confiaba en ella lo suficiente.

—No es que no quiera creerte, sino que no puedo. No está entre mis principios creer en esas cosas.

—¿Acaso tienes tus propios mandamientos?

—No estaba pensando en eso, pero sí, más o menos —contesta Marta, intrigada. Aunque también se siente ofendida porque Nena no quiera hablar de Rosa—. ¿A qué te referías con eso de que yo no estaba preparada?

—No es posible encontrar a Rosa de la manera en que has pensado. Si de verdad quieres ayudar, tienes que admitir que llevas *la vista* contigo. Tienes que dejar que *la vista* te muestre el camino.

—¿Y eso cómo lo puedo hacer? —pregunta Marta, sorprendida y a medio camino entre el miedo y la ansiedad, aguardando la respuesta de Nena. Quisiera ser el tipo de persona que está preparada para todo. ¿Acaso no ha vivido lo suficiente y hecho bastante como para estar lista para enfrentarse a lo malo? Ojalá no hubiera dicho eso sobre sus principios, sus mandamientos. La cosa es más complicada. Es un asunto de escepticismo, pero también de curiosidad. No es tan ingenua como para suponer que lo sabe todo. Pero ve con absoluta claridad lo que les sucede a las personas como Nena. Nadie les cree, los encierran en asilos y los obligan a vivir al margen de la sociedad. Marta no quiere nada de eso para sí misma, sin importar cuánto la atraiga Nena y su particular manera de vivir. Se siente acalorada, con la piel electrizada.

—¿Te acuerdas de aquella conversación que tuvimos en la fiesta de Navidad de Luna? —pregunta Nena.

—Hubo muchas fiestas de Navidad donde Luna.

—Tienes razón. Muchas. Así era ella. ¿Te acuerdas de los dulces que solía hacer su muchacha?

—Claro que me acuerdo —dice Marta, además de las otras delicias navideñas que se compraban y se preparaban… las sopaipillas y los polvorones redonditos cubiertos de azúcar pulverizada, los tamales de rajas con queso, las gorditas que hacían las monjas del convento de Nuestra Señora de Loreto. Se acuerda del alto árbol de papel plateado y las luminarias que recorrían las paredes de granito del vecindario, brillando en la oscuridad, para señalarles el camino a los Reyes Magos para que encontraran a Jesús, pero en verdad iluminaban el camino hacia una fiesta familiar, una casa llena de primos y primos de los primos, un montón de familia que Marta no tenía en California. Se acuerda de todo eso, pero no de una conversación específica con Nena.

—Acuérdate de cuando tenías trece años.

—Preferiría no hacerlo —contesta Marta, resistiéndose.

—Inténtalo, por favor —insiste Nena—. Había nevado esa noche. Tu hermano Juan se resbaló y se rompió la muñeca.

—¡Oh! —dice Marta, y luego se ve de nuevo en ese momento mágico del año, en El Paso, la enorme estrella de luz en la ladera de la sierra de los Mansos, el aire frío, oloroso a humo de leña, la casa de Luna llena del ruido de la música, la cocina neblinosa por los cigarros de Luna, las mujeres intercambiando chismes, riendo, los hombres en la otra habitación, bebiendo cerveza, los tíos y primos de la generación de la madre de Marta comportándose cual adolescentes, jactándose de matar cascabeles en una acequia, pasándose a Juárez para ir a ver los toros, molestando a Chuy por aquella vez en que perdió el control de su Chevrolet Impala y fue a quedar suspendido sobre la barda de la carretera panorámica, milagrosamente en equilibrio y sin precipitarse al barranco… "¿Cómo fue que lograste hacerlo, pendejo?". Marta había sentido necesidad de ir al baño, y el tocador y el baño del cuarto de Luna estaban ocupados. Logró llegar a la parte de atrás de la casa, al cuarto de huéspedes, donde Nena estaba sentada en el borde de la cama.

Tuvo la impresión de que la había estado esperando.

—Me senté junto a ti, y me tomaste la mano, como si me fueras a sentir el pulso —dice Marta, y siente el zumbido de su sangre, el lento y constante latido de su corazón mientras ella busca entre los montones de recuerdos en su memoria—. Tenías los ojos cerrados, y cuando los abriste, me miraste y dijiste "Sí".

—Así es. ¿Y qué sucedió después?

—Me asusté. No estabas ahí. Detrás de tus ojos no estaba tu presencia. Salí corriendo del cuarto. ¿Qué quisiste decir con ese "sí"?

—Esa noche también vi a Rosa —cuenta Nena despacio—. No como el otro día. Esa vez fue apenas durante un instante. Justo después de verla a ella, tú entraste al cuarto. Te agarré la mano para ver si podía sentir que tenías *la vista* o no.

—¿Y la sentiste? —el pulso de Marta es lento y errático, como si estuviera nadando en una competencia. No sabe qué preferiría que le dijera Nena.

—Las dos veces que Rosa vino a mí, tú estabas presente. En el fondo de mi corazón sé que tú serás la que me ayude a ver a Rosa de nuevo antes de morir. Eres una de las Montoya que tiene el don. La maldición. Lo que sea eso que nos hace ser como somos.

La respiración de Marta se altera, pero luego se controla. Tiene que ser sensata.

—Sé quién soy, Nena. Sea lo que sea eso que tienes que te hace salir de ti misma y te permite ser algo diferente, yo no lo tengo —dice Marta, pensando si quiere esa cosa que Nena dice que posee. En realidad, no. La mirada perdida que vio en Nena en aquella Navidad la había asustado porque parecía que se hubiera ido de tal forma que no iba a regresar. Ese tipo de mirada debió ser lo que llevó a Luna y a Olga a meter a Nena en una institución mental. Marta no quiere eso para sí misma—. Esta plática me llena de preocupación.

—Entiendo. He estado tratando de que no vayas demasiado rápido —contesta Nena—. Pero pronto *la vista* se hará presente de una forma en que no podrás ignorarla.

# 10

Nena acababa de tomarse el primer sorbo del chocolate de la tarde cuando sor Benedicta entró apresurada al comedor.

—¿Por qué no estás en confesión con las demás niñas? —preguntó sor Benedicta.

—¿Confesión? —respondió Nena.

—Todas las niñas deben confesarse los viernes. Tienes que aprender los horarios, si es que quieres evitarte problemas —la regañó, y Nena se imaginó que le embadurnaba de manteca tiznada la cara.

—Perdón, vicaria —murmuró, cabizbaja, y se apuró a llegar a la capilla.

Se sentó en una banca junto a las otras, que aguardaban su turno para admitir las infracciones más tontas que uno pudiera imaginar, pues no había nada verdaderamente malo que se pudiera hacer en el convento, como no fuera comer en exceso o abrigar malos pensamientos hacia las demás. Nena ahora las conocía de nombre y vista… Leonor, Catalina, Margarita y Luz… pero eso era prácticamente todo lo que sabía de ellas. No le interesaba hacerse amiga de nadie que no pudiera ayudarla a regresar a su tiempo, como Carmela. Eugenia, sin embargo, parecía decidida a sentarse a su lado en la capilla y en el comedor, y a hablarle cuando no debía hacerlo. Nena no la vio en la banca, lo que quería decir que estaba en el confesionario.

Ahora que sabía que tendría que esperar, deseó haberse tomado al menos otro sorbo del chocolate antes de salir del comedor. El chocolate del convento se preparaba con leche de vaca endulzada con conos de piloncillo que se desmigajaban en el líquido tibio y se batían con un molinillo. Eso de que las mujeres en el convento tomaran chocolate todas las tardes había sido una agradable sorpresa, pues el chocolate era un lujo que ella pocas veces había podido disfrutar en El Paso de su época. Carmela le había contado que para el Día de los Santos Reyes Magos, las monjas preparaban el chocolate con leche de oveja, que tenía un sabor sutil y delicioso al mismo tiempo. Nena tenía ganas de probar esa versión del chocolate, pero planeaba estar ya de regreso en su casa para esa fecha.

La puerta del confesionario se abrió, y Eugenia salió, sonrojada. Pareció no ver a Nena, y caminó apresuradamente por el pasillo lateral hasta la puerta. El resto de las niñas fueron pasando al confesionario, una por una, hasta que Nena fue la última que quedó en la capilla. Abrió la puerta del confesionario y la cerró tras de sí.

—Acúsome, padre, porque he pecado —dijo, persignándose.

—Eres nueva aquí, ¿cierto?

—Sí, padre. Llegué esta semana.

—¿De qué naturaleza es tu pecado?

La mente de Nena repasó rápidamente las opciones. Tenía que salir con algo que fuera fácil de confesar.

No podía decirle al cura que no le agradaba sor Benedicta, o que había abandonado a su familia o que practicaba la brujería. No podía confesar que, en un aquelarre en el convento, un colmillo de coyote había aparecido en su boca y que al día siguiente iba a participar en una ceremonia para sacarse del cuerpo el resto del coyote.

—Chocolate —dijo.

—¿Perdón?

—Confieso el pecado de la glotonería. Quisiera poder tomar más chocolate en el receso de la tarde.

El padre Iturbe se echó a reír.

—¿Y por qué no lo haces? Eres joven y necesitas mantener esas chapitas. Tienes mi permiso para pedirle a sor Benedicta otra taza de chocolate. Te aseguro que te la dará con gusto. Pero la glotonería es un pecado grave. Muy grave. Reza diez Ave Marías, y después pídele a la Virgen que purifique tus pensamientos.

En su apuro por retirarse, Nena dio un portazo al salir del confesionario. Atravesó la capilla, vacía y con los rincones oscuros, en la que resonaba el eco de la puerta al cerrarse. Se alzó el borde del hábito, para que no se arrastrara, y se escabulló a cumplir con sus quehaceres. Al entrar a la cocina, Eugenia la agarró por el brazo para acercarla. Se veía pálida, con los labios partidos y ojeras de preocupación.

—Carmela me dijo que limpiara los frijoles, pero no sé qué quiere decir eso —le susurró.

—Busca que no tengan piedritas y cosas así —explicó Nena, volcando la olla con los frijoles sin cocer en una toalla. Pasó los dedos por el montón, sacando palitos y guijarros diminutos.

—Ah, ¿y por qué no me lo dijo así? —protestó Eugenia, moviendo un frijol con la yema del índice.

—¿Sabes lo que me dijo el señor cura en la confesión? —preguntó Nena, apenada por Eugenia y con ganas de hacerla sonreír.

—¿Qué?

—Me dijo que le pidiera a sor Benedicta que me dejara tomar más chocolate.

—Más vale que no lo hagas —contestó Eugenia, sacando una piedrita que dejó caer en el piso.

—¡Ya lo sé! ¿Te imaginas lo que haría sor Benedicta si le pido una segunda taza?

—Si empiezas a beber jícaras de chocolate, acabarás tan gorda como Carmela.

Ese comentario estaba fuera de lugar. Nena se arrepintió de haber tratado de alegrar a Eugenia.

—Carmela es linda y es mi amiga —contestó.

—Eso lo dices porque no te pone a hacer el trabajo pesado.

—Pues hago bastante —replicó Nena.

—Me parece que aquí sucede algo raro, la verdad.

—Solo estás molesta porque sor Benedicta te castigó —dijo Nena.

—Más vale que no te acerques mucho a esas monjas. —Nena no estaba muy segura de a qué se refería Eugenia con eso—. Lo que sí te puedo decir es que no veo la hora de irme de aquí y casarme.

—Cuéntame de nuevo sobre tu compromiso —repuso Nena, aún molesta por lo que había dicho Eugenia de Carmela, su única amiga de verdad en ese lugar—. ¿Con quién te casas, exactamente?

—Sabes muy bien quién es mi novio: Emiliano de Gálvez.

—Ah, sí, el hermano de sor Benedicta. Y me imagino que a ella le agrada mucho la idea. No será por eso que te untó la manteca en la cara.

—Es una bruja malvada. Emiliano es su medio hermano, y le tocó la mitad buena.

—Si yo fuera tú, tendría más cuidado. No querrás que a la familia Gálvez le llegue ninguna mala noticia —le advirtió Nena, satisfecha al ver que la preocupación se asomaba al rostro de Eugenia.

—¿Qué quieres decir?

—¿Qué pensarías si se cancelara la boda? —preguntó Nena.

—¿Cómo? ¿Por qué me dices eso? ¡Qué mala eres!

—Debe haber una razón para que ella te trate como lo hace. Y no es solo el hecho de que seas perezosa.

—¿Te ha dicho algo sobre Emiliano?

—No —contestó Nena, pero entonó la palabra como si quisiera dar a entender que sabía algo.

Eugenia se puso más pálida que antes.

—Tienes razón. Ella me trata peor que a todas las demás. Creo que me odia. ¿Qué tal que esté tratando de evitar que me case con él?

Nena sintió lástima. Eugenia se merecía un castigo por ser mezquina con Carmela, pero no había necesidad de ser cruel con ella.

—Sor Benedicta es estricta con todas.

—Contigo no.

—Piensas eso porque no viste lo enojada que se puso conmigo por no estar en la confesión.

—¿Te untó manteca con ceniza en la cara? No. ¿Por qué iba a castigar a Elena, la perfecta, que siempre hace lo que se le pide? ¿Elena, que es amiga de Carmela, esa gorda mandona que hace cosas secretas de noche?

—¿Qué estás diciendo? —preguntó Nena.

—¿Qué harías si te cuento un gran secreto? ¿Se lo irías a contar a sor Benedicta?

—No —contestó Nena veloz.

Eugenia le hizo señas de que se acercara más.

—Carmela sale de su celda en las noches —susurró.

—¿Y adónde va? —preguntó Nena.

—No lo sé, pero sor Manuela, la portera de su pasillo, me dijo que la ha visto salir de su celda y que pasa horas fuera.

—Si sor Manuela ha visto algo debería reportarlo a sor Benedicta. Si no, es tan culpable de no respetar las reglas como Carmela —sentenció Nena.

—Sor Manuela no puede decir nada porque Carmela le echaría el mal de ojo. El sábado pasado la vio salir de su celda, y cuando trató de reñirle, no pudo abrir la boca para decir nada. Y al día siguiente, cuando fue a contarle a sor Benedicta lo que había sucedido, la lengua se le convirtió en una pieza de plata.

—Eso es absurdo. ¿Me estás contando cuentos de hadas?

—Me lo mostró.

—¿La lengua?

—Antes de que volviera a convertirse en carne, pudo arrancar un trocito de plata con la uña. Eso fue lo que me mostró.

—¿Y dices que Carmela le hizo eso a sor Manuela?

—No olvides que no puedes decirle nada de esto a nadie —insistió Eugenia, que ya volvía a tener color en las mejillas.

—¿Y qué iba a decir? ¿Qué una portera se inventó una historia para encubrir el hecho de que se quedó dormida durante su guardia?

—Bueno, yo le creo a sor Manuela, igual que… —Eugenia apretó los labios hasta que prácticamente desaparecieron, como si estuviera tratando de contenerse, pero al mismo tiempo quisiera que Nena adivinara lo que quería insinuar.

Nena no dijo nada, sino que amontonó los frijoles limpios y los echó a la olla, para luego llevarlos a la gran chimenea con sus parrillas para asar y las varillas donde colgar sobre el fuego las teteras de hervir el agua.

No estaba segura de qué hacer con la información que Eugenia le acababa de dar. Una parte de sí misma quería salir corriendo a contarle a la madre Inocenta que había hermanas murmurando sobre las monjas del aquelarre. Pero ella no quería ser ese tipo de persona en la que no se podía confiar. Tampoco quería que Eugenia o sor Manuela terminaran castigadas por decir algo que podía ser verdad. Además, tenía cosas más importantes por las cuales preocuparse, como qué iría a suceder en el siguiente aquelarre y cómo iba a hacer para volver a su casa.

El sábado siguiente, en el despacho de la madre Inocenta, una olla de cobre pendía sobre una fogata de mezquite que se había consumido, de la cual no quedaban más que unas brasas de olor agridulce. Las monjas del aquelarre rodeaban la larga mesa, cantando la canción que daba inicio a la reunión. Una vez que esta terminó, Nena siguió oyendo las notas suspendidas en el aire.

La madre Inocenta tomó una taza de barro que había en la mesa en medio de la sala. Metió la taza en la olla, y luego se la entregó a Nena.

—¿Qué es eso? —preguntó Nena. Era el mismo tipo de taza que

usaban las monjas para el chocolate, y por un instante fugaz le preo-
cupó que el padre Iturbe le hubiera contado a la madre Inocenta su
tonta confesión. Pero no. Fuera lo que fuera que había en la taza, no
era chocolate. Era un líquido claro que olía fuertemente a hierbas.

Nena debió hacer una mueca, porque la madre Inocenta le explicó:

—Molí el colmillo de coyote y lo puse a hervir junto con ciertas
hierbas.

—¿Y quiere que lo beba? —contestó ella, horrorizada.

—Harás lo que se te diga que hagas —ordenó sor Benedicta.

—No, tiene razón, hermana. Merece una explicación —intervino
la madre Inocenta—. Lo cierto es que contigo hemos experimentado
manifestaciones de *la vista* que no habíamos tenido con nadie más. Al
parecer, ninguna de nosotras tiene tus habilidades.

—No lo creo —dijo Nena, tratando de ser cuidadosa con las palabras. Era evidente que a sor Benedicta no le había gustado lo que
había dicho la madre Inocenta.

—Te digo que es cierto. Puede ser que tengas poderes especiales,
pero no entiendes lo que haces ni lo que serías capaz de hacer. Al mirar
con *la vista*, puedo determinar que ese colmillo es tan solo una parte
del encantamiento. Hay más en tu interior. Si no sale, podría perju-
dicarte. Al tomar esta tintura, expulsarás el resto del encantamiento.
No tengas miedo, niña. Nos encargaremos de cuidarte, sin importar
lo que suceda. No hay riesgo en utilizar los encantamientos durante
el aquelarre.

—¿Qué más hay en esta mezcla? —preguntó Nena, tratando de
ganar tiempo.

—Plantas que abren la mente —dijo la madre Inocenta.

Por primera vez, Nena percibió una nota de impaciencia en su voz, y
entendió que la superiora estaba ansiosa de ver lo que iba a suceder. Ella
también sentía curiosidad, pero no le gustaba eso de verse como cone-
jillo de Indias en este experimento. Desgraciadamente, no le venía a la
mente ninguna excusa para no beberse el líquido, y sor Benedicta la estaba

fulminando con la mirada y dando a entender que buscaba una razón para taparle la nariz a Nena y embutirle la poción por la boca, garganta abajo.

Nena examinó los rostros de las monjas. Sor Paloma y sor Francisca se veían más asustadas que curiosas. Y cuando miró a Carmela en busca de apoyo, su amiga levantó la ceja izquierda tanto, tanto, que casi desaparece debajo del velo. No supo bien si ese gesto quería decir que debía obedecer o resistirse. Nena no quería acabar castigada, y tampoco quería que Carmela fuera testigo de ese castigo. Eso sería peor que el castigo en sí mismo, pues todo se hacía más real cuando uno lo vivía con un ser querido.

Nena inclinó la taza para llevársela a la boca. El brebaje estaba caliente, demasiado, y sabía un poco a gis, pero también tenía un sabor dulzón a hierbas que se quedó prendido a su garganta. Trató de pasarse el mal sabor con el líquido, pero eso solo lo empeoró, como si cien dientes diminutos se le hubieran encajado en la garganta. Tosió. Los dientes que sentía clavados se desprendieron y bajaron. Tosió de nuevo. Los dientes bajaron un poco más, y ahora no podía dejar de toser, y cada tos hacía que bajaran un trecho más.

Carmela le dio palmadas en la espalda, pero eso no sirvió de nada. Los dientes siguieron bajando, masticando la carne de su garganta, para luego ir a terminar el recorrido en sus pulmones. Esos dientes, el encantamiento, se apoderaron de sus pulmones. Con mucho esfuerzo, Nena tomó algo de aire y exhaló, y de su boca salieron notas rotas. Estaba cantando. No. El encantamiento cantaba a través de ella. La canción sonaba muy alto, y el aliento de Nena se hizo caliente, quemándola al salir de su cuerpo. Las brasas de mezquite bajo la olla de cobre se encendieron, y las llamas se elevaron.

Nena vio cómo la canción empezaba a reorganizar las partículas del mismo aire, trazando con ellas un camino, un hilo que brillaba a la luz de las velas y que se dirigía a la olla. Un ratón pasó corriendo a su lado y luego otros cinco. Nena retrocedió cuando los vio saltar a la olla, chillando hasta morir.

Algo tocó su bota, y dio un salto atrás, pegándose a Carmela, que gritó. Una cucaracha. No, no era solo una, más bien una columna de cucarachas. Cuando llegaron a la olla, treparon por el lado repiqueteando sus cuerpos unos contra otros. Unas salamandras se movieron a toda prisa, demasiadas, como una mancha de aceite en el piso.

De entre los mosaicos salieron gusanos, retorciéndose sobre el piso, y luego los pájaros entraron por la ventana, bandadas enteras, seguidas por animales imposibles... ¿De dónde venían y cómo habían trepado hasta allí?... Un mapache, un venado diminuto, conejos, un trío de jabalinas, ratas almizcleras por docenas. Nena se acurrucó, y los animales pasaron sobre ella, cascos y dedos y garras la pisotearon para llegar a la olla. La sala se llenó con el olor acre de la carne fresca y el hedor de la piel hervida. Por más horrible que fuera el desfile, no había nada que Nena pudiera hacer para evitarlo. El encantamiento la había poseído, y la había dejado agazapada en el suelo con la cabeza entre las manos.

Tan rápido como había surgido, el encantamiento abandonó a Nena, volando desde su garganta. Se puso de pie sobre las piernas temblorosas. Los animales se habían ido. Lo único que quedaba eran excrementos y el olor característico de la naturaleza. La madre Inocenta la miraba fijamente, y ella temió haber hecho algo terriblemente malo, trayendo al mundo una vez más una magia que lastimaba en lugar de ayudar.

El ruido de vidrios rotos y los gruñidos y chillidos y aullidos de los animales debían haber despertado a todo el convento. ¿Cómo iban a explicar los mosaicos arrancados por las criaturas de la tierra que se habían arrastrado hasta la olla? ¿Cómo iban a explicar las huellas de patas y la suciedad de la piel grasienta, las marcas de las garras en las paredes? ¿Qué tal que los habitantes de El Paso del Norte se enteraran de todo esto? ¿Cómo iban a permitir que lo que Nena había hecho con estas brujas no recibiera castigo? Eugenia iría directamente con su padre a contarle la historia, y Nena y el resto de las que participaban en el aquelarre serían quemadas en la hoguera, sin importar lo que Carmela hubiera dicho con tanta ingenuidad sobre las nuevas maneras de la Iglesia para lidiar con la brujería, dejando atrás el oscurantismo.

Sor Benedicta se acercó a la madre Inocenta y la rodeó con el brazo. La superiora pareció no notarlo. Sor Francisca y sor Paloma fueron hacia la olla que colgaba sobre el fuego, convertido ahora en brasas. Carmela asintió con su pálida cara, mirando a Nena, y ella no supo si la perdonaba por los destrozos provocados o reconocía que ella no tenía idea de que el encantamiento se comportaría así.

—Lo lamento mucho —le dijo Nena a la madre Inocenta—. ¿Cómo vamos a limpiar todo esto? ¿Y qué excusas vamos a dar?

—Nuestras hermanas duermen profundamente por virtud del encantamiento del aquelarre. No hace falta preocuparse por ellas. Con respecto al desorden, pues el encantamiento no ha terminado aún. ¿No lo oyes cantando en la olla?

Nena prestó atención. Los ruidos de los animales habían desaparecido, y lo que quedaba era un zumbido bajito.

—Ahora es el momento de comer del brebaje que preparaste —dijo la madre Inocenta.

—¿Comer de eso? ¿Esa cosa? —preguntó Nena, sintiendo asco al pensar que debía probar ese estofado de muerte en el que habían ido a caer cosas voladoras, rastreras, saltarinas y peludas.

—Comprendo que no quieras ser la primera en probarlo —dijo la madre superiora.

—Por una vez esta muchacha tiene razón —intercaló sor Benedicta—. No deberíamos comer de semejante brebaje. No sabemos lo que pueda pasar. Nuestro aquelarre no se reúne para estas cosas. Esto está más allá de nuestro dominio. Mire el caos que ella provocó.

—Dios nos ha entregado a esta jovencita y este encantamiento —contestó la madre superiora con brusquedad. Metió la mano en la olla y tomó un trozo de carne entre sus dedos, que luego se llevó a la boca, masticando con prisa. Poco después, sus ojos se perdieron en la lejanía.

—¿Qué pasa? ¿Qué le sucede? —preguntó sor Benedicta, sosteniendo a la madre Inocenta por los hombros.

La madre hizo un movimiento de cabeza para señalar la olla.

—Ya pueden tomar sus porciones —ordenó.

Nena vio cómo sor Benedicta, sor Paloma y sor Francisca sacaban trozos de la espantosa carne. Una vez tragaron el primer bocado, sus ojos se volvieron vidriosos y lejanos como los de la madre Inocenta. Carmela fue la última en tomar su parte. Miró a Nena, y se encogió de hombros antes de llevarse la carne a la boca. Luego se fue a donde quiera que las otras habían viajado en sus mentes o, más bien, en *la vista*.

Nena tenía que reconocer que le daba curiosidad saber adónde habrían ido, y ya en ese punto, ¿qué de malo podía tener comer del estofado? Ya estaba condenada, viviendo en esa especie de infierno en el cual había ido a parar. Se acercó a la olla, y la sorprendió el aroma del brebaje. Había desaparecido el olor a piel hervida, y en su lugar se percibía un rico aroma a canela, comino, orégano, laurel, ajo y cebolla. A pesar de tratar de contenerse, se le hizo agua la boca. Metió los dedos en la olla y sacó un trozo de carne imposible de identificar. Antes de ponerse a pensar demasiado, cerró los ojos y se lo llevó a la boca. La carne se deshacía en su lengua, la salsa era tan exquisita como lo mejor que había probado, incluso más rica que la de chile colorado de su mamá.

Dejó que los sabores empaparan su lengua, y empezó a sentir un zumbido en los oídos, que resonaba como si estuviera en una enorme lata de conservas. Sabía muy bien lo que estaba a punto de suceder. Recordando lo que Carmela le había enseñado en la portería, tomó aire, permitiendo que *la vista* la llenara. Mantuvo un pie en el río y el otro en la orilla. Sintió que su cara subía de temperatura. El labio superior le sudaba, como cuando comía chiles muy picosos. Un calor especiado se extendió por todo su cuerpo. *La vista* había llegado, y ella se preparó para que la oscuridad la envolviera como una caperuza negra, para despertar aturdida y sudorosa en el suelo, pero se sostuvo en pie, incluso a medida que el zumbido inundó todo, y que las vibraciones la hicieron acalorarse tanto que se sentía más candente que el mismo sol.

Nena salió del sol y se precipitó hacia el firmamento. Vio todo el desierto de Chihuahua desde lo alto. Volaba con sus alas y tenía hambre, un hambre devoradora. Tenía ojos de águila. O mejores aún. Alcanzaba a divisar una espina en una rama de mezquite, a millas y millas de distancia en la ladera de una montaña. Distinguió un ratón allá abajo, a lo lejos, sobre el duro suelo del desierto. Descendió en picada, y lo cazó con sus garras, echándose al animalito en el pico para luego sentirlo retorcerse al bajar por su gaznate. Luego se convirtió en el mismo ratón, sumido en el terror de la refriega, sin saber a dónde ir, pero a pesar de todo se resistió y no se entregó a su suerte. Luego fue una pulga que se alimentaba del ratón, y después una criatura más pequeña que una pulga, la pulga de la pulga, y después todavía más pequeña, un germen, sin pensamiento sino tan solo una sensación de vida, de estar viva, y luego pasó a ser Nena en una silla en el despacho de la madre Inocenta, viva, Nena, pero más alerta, con una nueva manera de ver y oír y oler.

Por el rabillo del ojo distinguió campos magnéticos, los senderos hacia los polos. El encantamiento le hizo saber que así ven el mundo los zorros. Todos los animales que había comido le contaron sus secretos, y también la propia tierra, relatando historias de piedras y ríos. Nena oyó la lava en el centro de la tierra, girando entre torrentes y remolinos.

Al mirar a su alrededor, en la sala, entendió que la luz no era lo opuesto a la oscuridad, sino que era energía en forma de ondas, ondas de luz como las olas del mar, haciendo ruido y soltando rocío de espuma al chocar unas con otras.

Nena se había sentado en el piso. Sor Francisca tenía la espalda recostada en la pared. Se había tapado el oído con un dedo, y un hilo de saliva se extendía desde la comisura de sus labios hasta los mosaicos.

Carmela rodaba por el piso, riendo y envolviéndose en sus propios brazos. Sor Paloma estaba tendida y estirada sobre los mosaicos, con los brazos rígidos a cada lado y una sonrisa ladeada en la cara. Y sor Benedicta a duras penas se sostenía en pie, apoyada contra la mesa, con los ojos en blanco.

Eso que habían comido, fuera lo que fuera, las hacía parecer ebrias.

Nena detestaba ver a Luna cuando regresaba a casa de una noche de tragos, haciendo demasiado ruido al llegar, demasiado alegre. Nena no había probado más alcohol que el vino de la misa, y ese se suponía que era la sangre de Cristo. Nunca había sentido la tentación de tomar lo suficiente de ese vino como para sentirse rara, y lo que experimentaba ahora la asustaba, a pesar de que percibía el poder de *la vista* hasta en el último rincón de su ser.

El tiempo pasó.

Tal vez días.

O años.

Minutos.

O quizás el tiempo se detuvo.

Cuando al fin pudo moverse de nuevo, se puso de pie. Un suave frescor entró en su boca, un encantamiento que aliviaba su garganta al cantar, sanando los arañazos que le había dejado el colmillo de coyote. Se encaminó hacia el escritorio de la madre Inocenta, flotando a través de la sala.

Miró hacia abajo para confirmar lo que ya sabía, y sí, sus pies flotaban una pulgada por encima del piso, soportados por ondas de luz y sonido, y la canción que escuchaba era una especie de balsa que flotaba sobre las ondas.

Se sentía poderosa, tal como había dicho la madre Inocenta. El colmillo había aparecido en su boca, y había sido ella quien había atraído a los animales a la olla con su canto, y cuando se los comió, no se desmayó. Ahora sabía cosas que antes no tenía idea que podía llegar a saber… como volar.

Se preguntó si podría hacer que las monjas volaran. Empezó a cantar bajito la canción del encantamiento otra vez, entretejiendo las ondas, la luz y el sonido con el fin de armar otra balsa que deslizó bajo las otras brujas. Las levantó, de manera que levitaron por encima de los mosaicos del piso.

La madre Inocenta rio, con la cara sonrosada.

Una vez que empezó, Nena no podía parar de cantar, o más bien el encantamiento no podía dejar de cantar a través de ella, pero para entonces el flujo era mucho más plácido, y ella flotaba mientras veía que los mosaicos cascabeleaban por el suelo, disponiéndose nuevamente en su lugar original. Los vidrios rotos de las ventanas se reparaban en el aire, y se fundían para rellenar los batientes. El revoque de las paredes se batía, formando una densa mezcla que rellenaba las marcas que los animales habían dejado con sus patas y picos.

Este encantamiento era un verdadero milagro que mitigaba la destrucción provocada por el primero. ¿Por qué razón? ¿Y cómo? Tal vez nada de eso importaba. Nena estaba henchida de amor hacia esas monjas que la habían rescatado. A lo mejor Dios era el que la había llevado hasta allí.

—Bájame —dijo sor Benedicta—. Bájame ahora mismo.

Nena fue bajando a las monjas con delicadeza, una a una, dejando a sor Benedicta de última, y saboreando la expresión iracunda en su rostro. Luego tendría que pagar por ese efímero placer, pero la sensación que producía la canción era deliciosa, de verdadero poder.

—Bien hecho —dijo la madre Inocenta cuando todas las monjas estuvieron con los pies en el suelo y reunidas alrededor de la gran mesa.

Sor Benedicta pasó todo el estofado de la olla a una vasija de barro que selló con una capa de grasa. Nena no pudo evitar darse cuenta de que los ojos de la superiora brillaban con un destello semejante a la codicia cuando miraba la vasija del estofado.

# 11

Al día siguiente, cuando Marta llega a casa de la oficina, la sorprende encontrar tanta actividad. Jane, la estudiante de la Universidad de Texas en El Paso que a veces les sirve de niñera en las noches, está sentada con los niños en el mesón de la cocina. Están comiendo pizza de queso. Alejandro está vestido con un traje y con el tipo de corbata que lo hace ver como un personaje de Wall Street, un estilo que a Marta le fascina y la repele a la vez. En otra vida, la vida neoyorquina de una abogada corporativa, hubiera podido acabar emparejada con alguien que se vistiera así todos los días.

—¿Dónde has estado? —pregunta Alejandro.

—En mi trabajo —contesta Marta.

—Se te olvidó la fiesta de recaudación de fondos para el hospital, ¿cierto?

—No —dice ella.

—¿No sabes lo importante que es para mí? Siempre te portas así, Marta.

¿Así cómo? ¿De qué la está acusando exactamente? La furia de Alejandro está fuera de toda proporción, y más cuando esa misma mañana él le hizo la misma pregunta, rozándole el cuello con la punta de la nariz mientras ambos yacían juntos sobre el frío piso de piedra del baño. "¿Dónde has estado?", pero con un sentido completamente diferente, con una añoranza semejante a la de Marta por la forma en que habían estado juntos, uno con otro, en otros tiempos.

—Dame un segundo nada más, ¿ok? —dice ella.

En su closet con vestidor, Marta se pone un vestido que suele usar para este tipo de cosas, un vestido recto, de seda negra, que ya se ve algo usado y que ha cedido un poco en la zona abdominal. Ya es necesario reemplazarlo, pero ella detesta ir de compras. "Es que eres tan atlética, cariño", le dijo la mamá de Alejandro aquel día terrible en que habían ido a Miami a visitar a sus suegros. Los niños estaban pequeños, con cuatro y dos años. Marta y la doctora Kika Torres habían ido de compras a Bal Harbour, pero parecía imposible encontrar ropa para Marta en las tiendas que su suegra prefería. Su cuerpo, que había sido ideal para la natación, fuerte y de extremidades largas, se había rellenado un poco. No, no quería hacer un pedido especial, le tuvo que decir a una vendedora mortificada. El día había terminado en una joyería, una muy famosa cuyo nombre Marta ha terminado por olvidar, y allí Kika le compró una gargantilla. Una pesada cabeza de pantera de plata con su cadena y con un diamante en cada uno de los ojos rasgados. "Va bien con todo", dijo Kika, y Marta había quedado confundida, pues no podía pensar en una sola cosa con la que pudiera usar la gargantilla. Cuando regresó a la casa de los papás de Alejandro y cerró tras ella la puerta del cuarto de huéspedes, lloró de furia, contándole a su esposo sobre cómo había estado el día. "Yo sé con qué va bien esa gargantilla", le dijo, y le besó la cara, bajando por el cuello, mientras le quitaba la ropa.

Marta abre el cajón donde guarda sus brasieres y allí busca la gargantilla. Saca un rebozo mexicano exquisitamente bordado, ya que el lugar de la fiesta tiene aire acondicionado.

Estudia su imagen en el espejo sobre la cómoda, asombrada. Le han vuelto los colores, y en la tenue luz de la noche, su piel se ve lisa. No es que hayan desaparecido las arrugas, pero parece que acabara de salir de nadar, con la piel radiante. Escoge un labial de un rojo brillante, atrevido para ella.

—Te ves bien —dice Alejandro cuando ella sale del baño. Se le acerca y le planta un beso en los labios, seco y rápido. Toma una nalga con la mano y la aprieta un poco. A Marta le da gusto que haya desaparecido la irritación que mostraba. Será bueno tener una velada de adultos juntos. El sexo fue divertido, pero no es lo mismo que hablar.

En el breve recorrido hasta la fiesta, Alejandro le explica que el anfitrión será el nuevo director ejecutivo de una de las grandes refinerías de El Paso. La casa del director está situada en la ladera de la sierra de los Mansos, como la de Marta y Alejandro, solo que esta es monumental, del tamaño de un hotel, y cada ala de la vivienda está recubierta de un material blanco y brillante. Adentro, los gigantescos ventanales enmarcan una vista increíble de El Paso y Juárez. En la sala de doble altura cuelga un candelabro de vidrio coloreado que parece que hubiera sido robado de un aeropuerto. Unos jarrones altísimos sostienen flores tropicales de apariencia cerosa, violentamente rojas y anaranjadas. Marta entiende que su esposo tiene que hacer esto por su trabajo, ya que recaudar fondos es parte de su nuevo puesto de decano asociado de la facultad de medicina. Pero no le gusta ir a este tipo de lugares, propiedad de personas como ese director de refinería. Es a ellos a quienes ella demanda en su trabajo.

Le presentan al director, y recibe un beso en cada mejilla. Enseguida la directora de financiación del hospital, Jacqui Silva, la desplaza. Jacqui es una mujer muy guapa, pero demasiado flaca, y sus senos son evidentemente falsos. Tiene el cabello larguísimo, y Marta supone que es gracias a extensiones. Va enfundada en un vestido color gris topo, del mismo tono que el esmalte de sus uñas.

La mano de Jacqui gravita hacia el codo de Alejandro.

—Me los voy a llevar aparte un momento —se excusa con voz melosa, y procede a conducir a Alejandro y al director a través de la sala hasta un pasillo.

Marta se queda sola, desilusionada porque a su esposo ya lo hayan requerido para asuntos de trabajo. En otros tiempos, habrían huido los dos a un rincón y Alejandro le estaría contando los chismes del hospital, señalando que el cardiólogo tenía una aventura con la patóloga, o que el subdirector del hospital se robaba comprimidos de Xanax de la sala de urgencias, y que todo el mundo lo sabía.

Mira hasta el otro lado de la sala, y le agrada ver a Roger, el marido de Beth, una de las colegas de Alejandro en las oficinas administrativas del hospital, y que además es médico. Roger está platicando con un señor mayor de baja estatura, con la columna gravemente encorvada y el pelo gris. A diferencia del resto de los hombres de la concurrencia, este va vestido con un suéter abierto y no con un blazer o un saco.

Roger le hace un gesto a Marta para que se acerque.

—Le presento a Marta, la esposa del doctor Torres —dice Roger, y el hombre se voltea para mirarla. Ella retrocede un paso, perpleja ante la persona que tiene al frente—. ¿Conoces a Mincho? Estábamos hablando de caballos. Mincho tiene una reata de caballos en su rancho de Sunland Park. Los cría para las carreras.

—No, no. Se equivoca. Vendí la mayoría. Me quedé con tres bestias inútiles que prefieren desplomarse de agotamiento cuando están a punto de llegar a la meta. Son caballos cuarto de milla, no árabes, si era lo que creía.

Marta no estaba pensando en eso. Lo que tenía en la cabeza era el hecho de que tenía a Benjamín Soto frente a ella, hablándole.

—¿Le gustan los caballos? Puedo conseguirle un buen precio.

—No debería estar participando en esta conversación —dice ella.

—¿Por qué no? —pregunta Roger.

—Estoy llevando un caso en el juzgado contra el señor Soto —explica ella.

—Ah, no la reconocí —dice Soto, pero es claro que miente. Pasea la mirada de su cara a su cuerpo, y Marta siente una oleada de indignación ante su descaro.

—Mincho dona una bonita suma de dinero al hospital, según tengo entendido —aclara Roger.

Soto asiente, con falsa modestia. Sigue mirándola como si fuera una pieza de carne, pero él es tan pequeño y deforme que ella podría aplastarlo. A lo mejor lo lleva a cabo.

—Roger, ¿te importa si hablo en privado con Mincho?

—Iré a que me llenen la copa —contesta él, y se va rumbo a la barra.

—A ver, deje de enviar detectives privados a intimidar a mis clientas.

—¿Cómo es ese término que se refiere a conversaciones fuera del tribunal… comunicación ex parte?

—Estamos en una reunión social. Nadie puede oír lo que le estoy diciendo. Acepte la propuesta de arreglo o se arrepentirá.

—No voy a llegar a un arreglo. Jamás.

—¡Qué vergüenza! ¿Qué diría su madre?

—¿Cómo?

—Silvia. Así se llamaba ella, ¿cierto? ¿Su madre era Silvia, y su apellido de soltera Colón?

Soto retrocede.

—La recuerdo, manejando la registradora. Ella y mi abuela Olga eran amigas desde la secundaria Bowie High. Usted debe haberla conocido, a Olga. Ella no hubiera seguido siendo amiga de Silvia si pensara que no era una persona honorable.

—No se atreva a hablar de mi madre.

—¡Mincho! —oye Marta que lo llama Jacqui, regresando a la sala con Alejandro a rastras.

—Perdón por habernos tenido que ausentar. ¡Hace mucho tiempo que no hablamos con calma! —exclama Jacqui, aunque ella y Marta jamás han pasado un instante juntas. La otra se le acerca. Su perfume huele un poco a algodón de azúcar y a tabaco. Se inclina, mirando la gargantilla de Marta—. ¡Oooh! ¡Cartier! Soto se ríe, con una risa desagradable, como si se hubiera enterado de algo importante, cosa que no es así. Marta quisiera que el hombre se largara de allí. Sujeta la cabeza de pantera con la mano, ocultándola, y se acerca a Alejandro, presionando su cuerpo contra el de él. Huele a vino.

Durante la cena, Alejandro y Marta quedan situados en una mesa junto con Jacqui, el director de la refinería y su esposa. Soto está en otra mesa. Marta sigue sin poder creer que esté allí. No debería ser posible que estuviera en un lugar semejante, libre y acaudalado y alabado por su generosidad. Sus donaciones lo purifican, lo hacen ver como una persona honesta, incluso si es perverso y cruel. Es en reuniones como esta en las que se logran cosas en El Paso, reuniones en las que las personas se encuentran y comprenden que forman parte de una misma tribu. Las clientas de Marta no tienen acceso a ese tipo de poder. Lo único que pueden hacer es permanecer unidas ante la indiferencia y cosas peores. Las leyes están diseñadas para ir desgastando a los desamparados hasta que se dan por vencidos.

—¿Cómo estuvo tu visita a "Los Piñones"? —pregunta Jacqui.

—Bien. Terminamos participando en una clase de baile —le cuenta Marta, queriendo saber por qué la otra está enterada—. ¿Alejandro te platicó que iríamos?

—¡Oh! ¿Acaso no te dijo que yo organicé la visita? —dice ella, levantando la voz al final de la pregunta.

—Gracias —contesta Marta, desconcertada.

—Haría lo que fuera por facilitarle la vida a Alejandro. ¡Tiene tanto sobre sus hombros! Es buenísimo para recaudar fondos, y casi que debía temer que me quitara mi puesto. ¡Es una broma! Participaremos juntos en un panel en el congreso de recaudación de fondos para hospitales, en San Diego, el mes próximo.

—Sí, iré con él a ese congreso —responde Marta, con una punzada de celos. No tenía planes de viajar a San Diego hasta ese momento, pero no le gusta la manera de Jacqui de insinuar que hay algo entre ella y Alejandro. Aunque tampoco es mala idea irse de viaje con él. Podrían hacer todo tipo de cosas en un cuarto de hotel.

—Allá tendremos que ir a tomarnos unos tragos juntas, solo las chicas —dice Jacqui.

—Eso estaría muy bien —contesta Marta, aunque ella no es una chica. Es una mujer adulta que detesta la conversación trivial y las cortesías huecas que se cruzan en funciones sociales, y le molesta no haber podido intercambiar ni dos palabras con Alejandro en toda la noche—. No sabré lo que todos aquí saben sobre Benjamín Soto, pero sí te puedo dar un consejo. No recibas ni un dólar de su parte. Es un tipo malo. Pero bien malo. Acosador de mujeres. No le hace bien a la imagen del hospital involucrarse con alguien como él.

—Ay, cariño —responde Jacqui, negando con la cabeza—. Tú no me vas a decir cómo tengo que hacer mi trabajo.

—Un consejo útil, no más —insiste Marta—. No querrás la mala fama que eso te pueda acarrear.

—No, por supuesto que no queremos eso —dice Jaqui, entrecerrando los ojos.

Ya de vuelta en casa, cuando están desvistiéndose en su habitación, Alejandro le toca la nuca con suavidad para desabrocharle la gargantilla.

—Casi nunca te pones esta.

—No suelo ir a lugares donde tenga sentido usarla.

—Debería sacarte más.

—Sí, eso estaría muy bien —dice ella, volteándose—. ¿Puedo hablarte de cosas del trabajo un momento?

—¿Ahora? —pregunta Alejandro. Se inclina y la besa con más fuerza de la habitual. Marta se retira, sin soltarle los brazos.

—Creo que hice enojar a Jacqui al decirle que no deberían aceptar donaciones de Benjamín Soto.

—¿De qué lo conoces?

—Lo estoy demandando. Es dueño de Soto Pecans.

—Ya veo. Jacqui piensa que va a poder sacarle algo.

—Lo que quiero decir es que no reciban ese dinero. Es dinero sucio. Es un tipo sucio.

—¿Más sucio que el dinero que proviene del petróleo?

—Sucio de distinta forma —insiste ella—. Dime tan solo que no lo aceptarán.

—Mira, no depende de mí. Me están capacitando para recaudar fondos, pero si quiero llegar a dirigir el hospital, esa será una buena parte de mi trabajo. Habrá cifras que tendré que alcanzar cada año, y si una porción del dinero que entra no es del todo limpia, ¿a quién le importa? Estará haciendo un bien, mejor eso y no que vaya a otro lugar. Ya sabes a quién atiende este hospital.

—Lo que dices es que harías lo que sea necesario para escalar las jerarquías.

—No es justo ponerlo así.

—Es que no quiero que él se lave las manos a través de donaciones. Esto se va a convertir en una pelea en la prensa, y no servirá que lo vean como un hombre respetable. Este caso ya va mal, de por sí. El despacho está en muy malas condiciones y necesitamos ganar en los tribunales. Sé que te importa tu trabajo, pero a mí también me importa el mío. Es mi vida.

—Mira, si esto significa tanto para ti…

—Significa mucho.

—… hablaré con el comité sobre el tema. ¿Está bien?

—Está bien.

—¿Está en problemas el despacho?

—Sí.

—¿Puedo ayudar en algo?

—Jacqui cree que eres una especie de eminencia en el terreno de la recaudación de fondos. ¿Se te ocurre algo para conseguirnos un par de millones de dólares para el despacho?

Hasta el momento, la recaudación de fondos del despacho ha estado a cargo de Jerome. Pero el dinero no viene solo de ahí. Sus patrocinadores pagan cincuenta dólares por los boletos para la tardeada, y unos cuantos donan quinientos dólares de vez en cuando. Marta se acuesta en la cama, y Alejandro se deja caer a su lado, metiendo la cara en la curva del cuello de su esposa.

—Entonces, ¿quieres que le pregunte a Benjamín Soto si puede hacerles una donación? Jacqui dice que le sobra el dinero.

—No tiene gracia —contesta ella, pero le da gusto haber convencido a Alejandro de que el hospital rechace la donación de Soto—. Me parece que tenemos tanto por hablar. No te he contado de mi plan para conseguir que Jerome se retire.

—¿Involucra veneno? Si hay alguien adicto al trabajo es él.

—El burro hablando de orejas.

—Me declaro culpable —responde Alejandro—. Pero tú también, ¿sabes? Convertirte en jefe no te hará más sencilla la vida.

—Ya es hora de que yo sea la directora del despacho. No hace falta que te lo explique porque lo entiendes.

—Quieres seguir creciendo profesionalmente. El trabajo se vuelve aburrido si no puedes escalar a otros puestos.

—Exacto.

—Le pediremos a Jane que venga más horas si necesitas ayuda con los niños —le propone, y luego dando por terminada la conversación, se acomoda en una Z apretada contra el cuerpo de Marta. En cuestión de instantes, se queda dormido y comienza a respirar uniformemente, produciendo un leve silbido que brota de su nariz al exhalar.

Marta sigue despierta, desconcertada por la actitud de Alejandro. La apoya hasta cierto punto, pero sin llegar al extremo de alterar su vida para ayudarla. No es la primera vez que la idea de que su marido está muy concentrado en su propia carrera le cruza por la mente. Siempre ha sabido lo que quería hacer, y no ha cambiado en eso, tal vez solo en que sus salidas a correr se han hecho más exigentes, y sus jornadas de trabajo, más largas. Marta a veces desearía poder sentir aunque fuera una gota de la certeza que Alejandro tiene.

Se conocieron cuando él estaba en primer año de la escuela de medicina, y ella en su segundo año de derecho, y han estado juntos desde entonces, la mitad de su vida. Y toda su vida adulta. A estas alturas, Alejandro es como una parte de ella misma. Siempre fueron estudiosos. No andaban saliendo de fiesta. A Marta le gustaba llenarse la cabeza de cosas y sacar buenas notas. De haber sido por ella, se habría quedado estudiando el resto de su vida, presentando exámenes hasta la vejez, pero eso no era posible. Así que empezó a buscar trabajo, los mismos puestos que buscaban sus compañeros, y con el mismo tipo de ambición: obtener lo más rimbombante.

Marta había llamado a Olga para contarle, emocionada y orgullosa, que le habían ofrecido un puesto en el famoso despacho Skadden, Arps en Nueva York. En lugar de felicitarla, su abuela permaneció en silencio.

—¿Es esa la mejor manera en que puedes ayudar a la gente? —le preguntó Olga por fin. No, evidentemente no lo era, pero ella había aprobado su otra opción, que fue la que aceptó: ser secretaria de un juez del Circuito Primero—. Podrías llegar hasta la Corte Suprema —le dijo a Marta, con el orgullo patente en la voz, y no es que estuviera exagerando. El mes anterior, una de las amigas de Marta de la Revista de Leyes de Harvard, había sido postulada al tribunal de apelaciones del circuito de Washington DC, apenas un escalón por debajo de los magistrados de la Suprema Corte.

Pero la carrera de Marta cambió de rumbo cuando Alejandro tuvo que mudarse a El Paso para hacer su residencia médica. El Centro Médico Universitario era el único hospital de enseñanza en todo el país en el que a los doctores se les pedía que hablaran español, y era el único hospital decente en ambos lados de la frontera para cientos de miles de pacientes, muchos de ellos en la indigencia. Olga estaba muy ilusionada de que Marta se fuera a vivir a El Paso, y apoyaba su decisión de trabajar en asistencia legal, pero con el paso de los años le había dicho que debería apuntar más alto, que debería tratar de convertirse en jueza de un tribunal federal en El Paso. Incluso a sus más de ochenta años, ella habría podido ayudarla con eso. Olga había pasado mucho tiempo como voluntaria del Partido Demócrata en El Paso. Conocía a todos los que decidían quién debía presentarse a qué puesto, y a quién debían nombrar en tal comisión o tal juzgado. Marta la disuadió.

Al comienzo, era demasiado joven y apenas estaba aprendiendo a ser una abogada de verdad, mientras se daba cuenta de que le gustaba estar del lado de los desamparados. Lo que verdaderamente le gustaba era quebrarse el lomo con un caso hasta ganarlo. Eso era divertido, a su manera, y no le producía temor, como sí parecía hacerlo la política. El camino a un tribunal federal no era para mujeres, y menos aún para latinas. Y a pesar de la fiera competitividad que mostraba con sus casos, no era lo mismo si tenía que defenderse a sí misma. Era chingona, pero no en ese sentido. En todo caso, para cuando llegó a los treinta y tantos, estaba demasiado ocupada como para pensar en un puesto de juez de tribunal, mientras trataba de encontrar un equilibrio entre el trabajo y formar una familia, pasando por rondas de fertilización in vitro para tener a ambos niños, y luego convertirse en una mamá trabajadora con un niñito pequeño y un bebé. Para cuando salió de ese oscuro túnel, hacía apenas unos años Olga se había retirado del trabajo en la política, y Marta no tenía la energía necesaria para buscar el nombramiento como jueza federal. Tampoco es que fuera demasiado tarde. Era muy posible que tuviera la edad perfecta.

Qué idea esa de estar en el lugar indicado, en el momento indicado, no demasiado joven ni demasiado mayor. Si empezaba en ese momento, le tomaría unos años que todo eso se materializara, lo cual le daría tiempo de poner el despacho en buenas condiciones. Jueza federal a los cincuenta.

Emocionada con la idea, Marta se levanta de la cama, se pone pants y una playera que el uso ha suavizado. El aire acondicionado silba al salir de los ductos en la cocina, y el piso se siente frío contra sus pies descalzos. Se sirve un vaso de agua. La cocina está impecable, y sabe que fue Nena quien la dejó así. Jane nunca limpia cuando cuida a los niños. En la estufa hay una olla, aún tibia al tacto. Marta levanta la tapa. Salsa roja, preparada con chiles asados, ya lista para los chilaquiles. Nena dijo que los haría para Alejandro. Marta hunde una cuchara en la salsa y se la lleva a la boca. El sabor la transporta a otros tiempos, al restaurante de Luna, "La Sirena".

A Luna no le interesó nunca lo natural, excepto cuando se trataba de la comida de su restaurante. Todo se preparaba allí, en principio por economía, pero también porque ella creía que hacerlo de otra forma atraería el desastre, y sería una deshonra a la memoria de su madre. Las recetas que la bisabuela había usado cuando era cocinera, estaban escritas en una letra que parecía trazada con la punta de un alfiler, típica del siglo XIX, con una tinta azul descolorida, sobre hojas de papel que se habían tornado entre grises y amarillentas. Para entrenar a cada nuevo cocinero o cocinera se usaban copias de esas recetas. Y en su casa, Luna había enmarcado los originales y los tenía colgados en la entrada, entre el altar y el baño de visitas. Esa era toda la herencia familiar que podía considerarse de valor.

Luna era mucho más joven que Marta en este momento cuando tuvo que reinventarse a sí misma luego de que su primer marido, Beto, muriera en la guerra. Luna aprovechó la indemnización por su muerte que recibió del ejército para abrir "La Sirena". Una vez terminada la guerra, era muy difícil encontrar lugares para rentar, y Luna lo tuvo aún más difícil, no solo por ser mujer sino porque nunca había tenido un negocio. Olga arregló para que Luna se reuniera con un anciano que vivía en el Hotel Cortez. Era dueño de una parte significativa del centro de la ciudad, incluido un local estrecho y largo a la vuelta del juzgado y de la plaza San Jacinto, con los ventanales clausurados con tablones y tremendamente necesitado de una remodelación.

Marta se imagina a Luna presentándose al encuentro, con un traje negro y guantes blancos, un sombrero con velo, sorprendiendo al dueño del local, que no había pensado que una viuda pudiera hacer chistes y verse así de elegante, ni que fuera tan joven. Luna describe el lugar que quiere llegar a tener. Le dice que será un lugar muy concurrido, donde se hagan tratos por encima de grandes platos de carne de res en una apetitosa salsa roja, acompañados de suaves tortillas de harina. Luna odia cocinar, pero le dice al dueño que preparará los chiles rellenos, capeados con una mezcla ligerísima, y unas flautas tan crujientes que el ruido al morderlas se oirá hasta el otro lado del salón. Al final de la reunión, el viejo le renta el local.

El nombre de "La Sirena" había surgido de uno de los chistes preferidos de Luna, que decía que en El Paso hay mucha playa y nada de mar. El mural pintado en la pared del fondo lo había dibujado y pintado la propia Luna: una sirena tendida en una piedra, un conquistador con su yelmo de pie en la proa de su barco, mirándola como si estuviera encantado. A Marta le encantaba ese mural, y le fascinaba que la sirena se pareciera a Luna, aunque cuando le preguntó si era ella, Luna le respondió que no, que había pintado a alguien que la había visitado en sueños.

Uno podía hablar con Luna en el restaurante, pero ella nunca le prestaba toda su atención. Eso hacía que todo el mundo quisiera estar cerca de ella, lo cual también le sucedía a Marta. Un verano, durante la universidad, Marta trabajó durante el día haciendo la tutoría de un curso, y en las noches como mesera en "La Sirena".

Luna no perdía detalle de en qué andaban los meseros, del nivel con que se servían las bebidas en los vasos. Se daba cuenta de si los platos ya terminados se quedaban en la mesa demasiado tiempo. No le gustaba que las cuentas pagadas no se recogieran. El cambio o el recibo de la tarjeta de crédito debían devolverse tan pronto como fuera posible, junto con unos cuantos chicles, en una charolita de plástico.

"La Sirena" nunca fue un restaurante elegante, pero las meseras iban vestidas con faldas negras y blusas blancas, y los meseros con corbata de lazo. Los fines de semana, en las noches, viernes y sábados, había mariachis tocando. Como mesera, Marta atendió mesas de parejas que salían juntas por primera vez, y a veces alcanzaba a oír que se preguntaban uno a otra a qué preparatoria habían ido, una pregunta que se hacía con frecuencia en El Paso, pues la respuesta comunicaba información de clase social y estatus de maneras que Marta todavía hoy sigue sin entender. Ha oído que Cristina dice que Linda se cree mucho porque estudió en El Paso High, aunque ambas provienen de origen humilde, y es más bien Cristina la que debería mirar a Linda por encima del hombro, pues hasta hace poco trabajaba en una granja.

En "La Sirena", Marta recuerda atender a madres jóvenes con sus hijos, que tomaban vino en copas anticuadas, gruesas y de tallo corto, sin prestarle mucha atención al bebé que roía una tortilla o al hijito más grande que arrancaba plastas de chicle de debajo de la mesa para amontonarlas en una silla.

A los políticos y los abogados, Luna los sentaba en el salón del fondo, una caverna con una hilera de reservados tapizados en piel. Ese grupo solía dar buenas propinas, pero el beneficio a duras penas compensaba las miradas lascivas y las veces que los hombres le habían hecho señas a Marta para que se acercara. "Dígame, señorita, ¿no querría venir conmigo hoy?", o algo peor, "Apuesto a que te gusta ser la que manda, tú tan fuerte y guapa". Una actitud agresiva funcionaba muy bien con hombres como esos, y Marta les gruñía, y les hacía saber que Luna era su tía abuela. Con eso, cerraban el pico.

Al final del turno de Marta, Luna a veces se servía un tequila, prendía un cigarrillo y contaba historias que Marta anhelaba oír, historias sobre la niñez de las hermanas Montoya, de los pollos, de las pugnas entre el "Spanish Speaking Club" y el "Speak English Only Club", o el cuento de cuando Luna estaba en la preparatoria y quería ir a un baile a pesar de que tenía una pierna fracturada. La había invitado un muchacho guapo de una familia conocida, y no quería que la pierna rota se interpusiera en sus planes, así que con un serrucho se quitó el yeso. El muchacho la llevó en su carro al Country Club de Juárez, y el baile duraría de las diez hasta el amanecer, cuando se serviría el desayuno, con café, chocolate, huevos revueltos y pan dulce, que habría que comerse a toda prisa antes de que todos se fueran a misa de cinco de la mañana en la catedral. Al día siguiente, Luna fue al hospital a que le pusieran un nuevo yeso, tras convencer al doctor de que el otro se le había caído por sí solo. Marta sospecha que el doctor no le creyó ni por un segundo, pero que quería estar cerca de ella todo el tiempo que fuera posible.

A los hombres les encantaba Luna, y esa era en parte la razón por la cual el restaurante era tan popular. Luna coqueteaba, halagaba y se alejaba cuando sentía que alguien se le acercaba demasiado. Le había contado a Marta historias para enseñarle a tener cuidado, como aquella de cuando acababa de abrir el restaurante y todas las prevenciones que debía tener. Hubo muchas noches en que había tenido que quitarse una mano indiscreta del trasero, y una vez un hombre le metió la mano bajo la falda, para dejarle una nota en los pantys, con su nombre y su teléfono. Luna siempre se había asegurado de no ser la última a la hora de cerrar y que hubiera un hombre confiable de la cocina que la acompañara hasta el tranvía. Le contaba todo esto a Marta riendo, riendo siempre, como si el peligro pudiera conjurarse cuando uno se divertía lo suficiente.

Pero no es más diversión lo que Marta quiere, sino más hambre satisfecha. Más de ese poder que siente cuando toma lo que quiere.

—Uuuu, uuuu, uuuu —dice en voz alta.

Le pone la tapa a la olla, y la lleva al refrigerador, y acomoda algunas cosas en el segundo estante para hacerle lugar.

Del patio llega un sonido, una llamada de algún animal.

Marta va hacia las puertas corredizas de vidrio, y le asusta un poco ver su propia imagen reflejada. Oye de nuevo el sonido, un sollozo.

Entrecierra los ojos, mirando a través del vidrio, más allá de su reflejo, con la mirada fija en una figura en el patio.

Un coyote la está mirando, y tiene algo en la boca. Deja caer el objeto, un bultito blanco, luego rodea la alberca y brinca de un solo salto por encima de la barda.

Marta abre la puerta y sale al patio, mirando hasta ver que el objeto es un calcetín enrollado. Lo levanta. Se siente tibio, aún húmedo del hocico del coyote. En el interior del rollo hay algo duro. Marta lo saca a la luz y la cosa brilla, blanca. Un colmillo.

## 12

Había transcurrido una semana desde que Nena había sido arrancada de su casa, y la piel le crepitaba con *la vista*, asustándola. Aunque estaba complacida por haber logrado una conexión más profunda con *la vista* y por sus nuevas amigas, deseaba poderles mandar un mensaje a sus hermanas diciéndoles que estaba recibiendo alimento y cuidados, y que nadie la había maltratado o asesinado, y lo más importante, que no había huido deliberadamente. Lo que no iba contarles, ni aunque pudiera, era que ahora ella era una bruja de verdad, inducida a las artes oscuras. Cuando probó el brebaje, la había llenado la energía de la destrucción, se había embriagado de muerte. La canción sanadora, a su vez, la había hecho capaz de volar, o al menos de levitar, y con ella se había sentido maravillosamente bien, pero todo eso debía tener un costo.

A lo que más le temía Nena era al hecho de que participar en la ceremonia establecía un nexo aún más firme entre ella y esta época. Si pudiera dejar el convento, probablemente tendría la oportunidad de vivir aventuras, pero encontrar la manera de salir le parecía tan imposible como regresar a su propio tiempo. En este El Paso no conocía a nadie. No tenía dinero. Sor Benedicta la buscaría hasta dar con ella.

Nena odiaba a la vicaria por haberla atraído hasta allí. La odiaba por cada acto de crueldad que había cometido hasta entonces. Si sor Benedicta llegara a morir al día siguiente, Nena le agradecería a Dios su consideración.

Cuando fue a confesarse esa semana, tenía muchas cosas que contar, pero ninguna era adecuada para los oídos de un sacerdote.

—¿Le pediste a sor Benedicta más chocolate como te propuse? —le preguntó el padre Iturbe.

—No, padre.

—¿Y por qué no?

—Lo siento, padre, se me olvidó —mintió ella.

—Te pasó algo. ¿Será que sor Benedicta te regañó con excesiva severidad? He oído de parte de otras monjas que suele pasarse de la raya.

—No me ha hecho nada —dijo Nena, con la certeza de que, si llegaba a comentarle algo, le llegaría el cuento a sor Benedicta.

—Me han llegado historias muy raras de sucesos en el convento. Esperaba que tú pudieras contarme si habías visto algo.

—Nada, padre.

—Algunas de las hermanas me han confiado que les cuesta despertarse en las mañanas, como si estuvieran bajo un hechizo.

—Pues eso no me ha sucedido a mí.

—Sor Manuela me dijo que había descubierto un agujero en su hábito, cortado de alguna manera. Una semana después, trozos de hilo de bordar podrido salieron de su cuerpo al hacer aguas. Y me juró que había sangre en el umbral de la capilla.

—Padre, no, no tengo idea de cómo llegaría allí la sangre —dijo Nena, aunque se le ocurría una manera. Se imaginó a los animales, peleando entre ellos para poder caber en la olla.

—Las mujeres tienden a inventar historias a menudo, y yo no creo todo lo que me cuentan —dijo el padre.

—Sí, así es —contestó Nena, pensando que era mejor no manifestar su desacuerdo, aunque había empezado a sentirse acalorada y molesta por lo que estaba insinuándole.

—Las historias pueden parecer absurdas, pero las hermanas se quejan por razones auténticas. La monja a cargo no está cumpliendo con su labor de mantenerlas en obediencia.

—¿Se refiere a sor Benedicta? Ella es la vicaria. Su trabajo implica ser estricta.

—No me lleves la contraria.

—Perdóneme, padre —dijo Nena, con una vocecita.

—Ya, ya... no llores —contestó el sacerdote, aunque ella no estaba llorando. Nunca lloraba—. Me ocuparé de ella, no te preocupes.

—Sí, padre —dijo Nena, y se preguntó qué estaría planeando hacer.

—¿Podrías hacer algo por mí?

—Sí, padre.

—Introduce tus dedos por la celosía.

—¿Perdón?

—Déjame ver las puntas de tus dedos.

Nena hizo lo que le decía, y sintió la lisura de la madera de la celosía que se deslizaba sobre sus dedos. Una cierta humedad se extendió sobre sus yemas, y al principio Nena pensó que el cura la estaba ungiendo con aceite, como para una bendición. Pero luego oyó un sonido de succión, y percibió el mordisqueo de dientes en el dedo índice. Dio un tirón con la mano, para recuperarla, y se la limpió en el hábito mientras daba un salto hacia atrás y se golpeaba con la mampara. Forcejeó torpemente con la manija de la puerta, hasta abrirla, y salió corriendo del confesionario. De la capilla, cruzó al patio y fue a meterse en la cocina.

Había mucho ruido allí, entre el golpeteo del cuchillo en la tabla de picar, el chisporroteo del fuego, el tañido de ollas que se lavaban en las palanganas, la arena restregando el cobre. Nena sentía que el cerebro se le iba a desprender del cuerpo.

¿Qué había hecho ella para que el padre Iturbe se comportara así? No había tenido esa intención. Eugenia estaba en un rincón, pelando papas. Con cada pasada del cuchillo, se llevaba un buen trozo de blanca pulpa de papa, además de la cáscara. Nena se puso el mandil y trató de frenar el temblor de sus manos para sentarse junto a Eugenia a pelar.

—Eugenia —le susurró con tono de urgencia—. Necesito hablar contigo y platicarte una cosa.

—No me digas que estoy pelando mal las papas —respondió, frunciendo el entrecejo al mirar el montón de papas mutiladas—. Carmela ya me regañó, y eso que estoy haciendo lo mejor que puedo.

—No, no es eso —dijo Nena, bajando la voz—. ¿El padre Iturbe te ha hecho algo raro alguna vez?

—¿Qué quieres decir?

—¿Alguna vez te ha hecho algo… no sé… algo que no te parezca adecuado para una joven dama?

Eugenia tiró el cuchillo en la mesa.

—¿Cómo te atreves a insinuarme algo así?

—Pero si yo no…

—Yo sabía que no eras de buena familia, que no tenías moral. El simple hecho de pensar algo así… ¡Qué repugnante! —exclamó, con la cara colorada.

—Entonces, ¿él nunca…?

—¡No! Lo único que ha hecho el padre Iturbe es escucharme. Le dije que tenemos tanto trabajo adicional que no nos queda tiempo para la oración. Yo no debería recibir trato de sirvienta. Ni tampoco debería recibir humillaciones de sor Benedicta. No tiene ningún derecho.

—Pero… —Nena trató de intervenir.

—Y estuve pensando en lo que dijiste. Es verdad. Me ha estado castigando porque no quiere que me case con Emiliano. Se va a arrepentir de haberme tratado así. El padre Iturbe me prometió que hablará con el obispo sobre la forma en que se lleva este convento.

Nena jamás había tenido una amiga como Eugenia, una niña rica. Tenía un aire de suficiencia y la certeza de que siempre obtendría lo que quisiera. Evidentemente nadie le había negado nada hasta que llegó al convento.

Eugenia tomó el cuchillo y siguió con las papas. Dos puntos rojos, como frambuesas, latían en sus mejillas. Tal vez no estaba enojada por la insinuación de un acto inmoral que había hecho Nena, sino más bien estaba avergonzada por su situación.

Además del padre Iturbe, no había más hombres en el convento que el mayordomo, un hombre anciano con papada, y los vendedores del mercado que acudían a la portería. El padre era un hombre menudo, de manos diminutas y bien formadas, y ojos de color avellana. Tenía la piel pálida, pero sonrosada, no del color ceroso de los enfermos o los desnutridos. Sus labios eran demasiado llenos, y tenía la cabeza un poco grande en comparación con el resto de su cuerpo. La mayoría de la gente diría que era buen mozo, aunque ahora a Nena le producía náuseas pensar en él.

Era perfectamente posible que a Eugenia le gustara el sacerdote. Podía haber llegado más allá de lamerle los dedos. A lo mejor Eugenia estaba sola y aburrida en el convento, pero a Nena le costaba creer que alguien pudiera sentirse atraído por un gusano como el cura. Si sus sospechas eran correctas, Eugenia estaba usando al padre Iturbe para desquitarse de sor Benedicta.

Tenía que advertirle a alguien que Eugenia estaba en problemas. La madre Inocenta, a diferencia de sor Benedicta, no castigaría a Eugenia de inmediato. Ella vería que el verdadero culpable era el padre Iturbe y que el verdadero peligro para el convento era él.

—Yo me encargaré de llevarle el chocolate a la abadesa hoy —le dijo Nena a Carmela, que usualmente llevaba la charola al despacho de la madre Inocenta. Carmela asintió con la cabeza.

—¿Me vas a contar qué es lo que está sucediendo?

—Cuando regrese —le contestó Nena.

En el despacho, la madre superiora estaba hincada de rodillas sobre el piso al pie de un pequeño nicho junto a la chimenea. Se volteó al oír el ruido de la charola sobre el escritorio, y le lanzó a Nena una mirada cálida. Con eso, ella dejó atrás sus reservas. La superiora se puso de pie, y tomó la taza de la charola, envolviéndola entre sus manos.

—Gracias, mija. ¿Podrías encenderme la chimenea?

Nena puso un manojo de ramitas retorcidas de mezquite en la parrilla, sobre las brasas. El fuego crepitó a medida que el agua se evaporó de la leña con un silbido. Nena buscó las palabras para contarle de Eugenia y el obispo sin revelar lo que el padre Iturbe le había hecho. Antes de que pudiera empezar, la madre superiora habló.

—Estoy empezando a pensar que debe haber una manera de mantenerse en *la vista* por periodos de tiempo más prolongados.

—¿Y por qué iba a querer hacer eso? —preguntó Nena.

—¿Podrías volver a entonar la canción del encantamiento para volar? —preguntó la superiora.

Nena no creyó que fuera una buena idea.

—¿Quiere que la cante ahora mismo? —contestó ella.

—Sí.

—¿No necesitamos a las demás hermanas para un aquelarre? —preguntó.

—Hazlo, hija mía.

—Si canto la canción de volar para usted, ¿me ayudará a encontrar la manera de volver a mi casa? —preguntó Nena. Era un trueque que estaba dispuesta a hacer.

La mirada de la madre Inocenta se tornó glacial.

—Preparaste el brebaje una vez y puedes hacerlo de nuevo. Ahora, canta la canción del encantamiento y deja de interponer obstáculos.

La superiora le produjo temor a Nena, que se llevó la mano a la cruz de plata, rezando por poder llegar al encantamiento. Abrió la boca con la esperanza de que la canción la llenara con su sonido.

—¿Qué está pasando aquí? —preguntó sor Benedicta, entrando en la oficina.

—Vine a contarle a la madre Inocenta lo que sucede con el padre Iturbe —dijo Nena, y se sintió más feliz que nunca al ver a la hermana vicaria. Tal vez se había equivocado en cuanto a la naturaleza de las cosas, y era a la superiora a quien debía temerle, en realidad.

—¿Qué hay con el padre?

—Que descubrió lo que estamos haciendo aquí, la magia.

—Lo dudo muy seriamente —contestó sor Benedicta.

—El padre Iturbe me dijo que habían encontrado sangre en el umbral de la capilla. Y Eugenia me contó que había oído que unas monjas habían salido de sus celdas en la noche. Sospecho que se lo confió al señor cura.

—¿Por qué haría eso?

—Me temo que han construido una amistad.

—¿Amistad? Un sacerdote y una niña no pueden ser amigos. Di lo que quieres decir o si no, calla.

Nena se sonrojó.

—Creo que existe una cercanía entre ellos.

— Ya veo —dijo sor Benedicta.

—Se quejó de usted con él, hermana vicaria, y él le dijo que iría a hablar con el obispo.

—¿Eso lo supiste por el padre Iturbe?

—No, por Eugenia. Pero no la vaya a castigar. Ella no sabe lo que dice ni tiene idea de en lo que se ha meti…

La madre Inocenta la interrumpió con una carcajada, cosa que confundió a Nena. ¿Qué sabrían las dos que ella desconocía?

—Gracias por contarnos —le dijo la madre superiora—. Infórmale a Carmela que mañana también tú me traerás el chocolate.

Esa orden le ganó a Nena una mirada insidiosa de sor Benedicta, pero permaneció callada. No podía confiar en ninguna de ellas. Ahora estaba más asustada que nunca.

# 13

Y dices que ella te miró a los ojos —comenta Nena, y no lo dice a modo de pregunta.

El calcetín reposa en la isla de la cocina entre ambas, y el diente a su lado, un colmillo brilloso y amarillento.

—¿Ella? Sí, el coyote. Me miró directo a los ojos —dice Marta. Tiembla con una mezcla de ansiedad y entusiasmo. No ha dormido. En la mañana, hizo que Alejandro llevara a los niños al campamento de ciencias, y ahora al fin está a solas con Nena. Llamó al despacho a decir que no se sentía bien, cosa que jamás había hecho antes.

—Ese no es un diente de coyote —explica Nena.

—¿Y qué tipo de diente es?

—Es el diente de una persona.

—Ay, Nena, qué desagradable. ¿Por qué iba a traerme el coyote un diente humano en medio de la noche?

—Hace mucho tiempo, antes de que tú o yo naciéramos, escupí un colmillo de coyote en el convento.

—¿Qué?

—La madre Inocenta lo mezcló con hierbas. Cuando me lo bebí, recibí el encantamiento que se necesitaba para hacer el brebaje.

—¿De qué convento hablas?

—¿Sabes por qué se van las mujeres a los conventos? —pregunta Nena.

—No —contesta Marta, sin saber bien hacia dónde va la conversación. No tiene certeza de nada, incapaz de hacerse a la idea de lo que sucedió la noche anterior. Le duele todo y tiene náuseas por la falta de sueño, pero su cerebro se siente vivo, febril, concentrado en establecer conexiones.

—Las mujeres de familias pobres no podían hacerse monjas.

—Claro —dice Marta, que no quiere hablar de monjas. Lo que le interesa es averiguar cómo fue que dijo "uuuu, uuuu, uuuu" y apareció el coyote. Conoce la secuencia de acontecimientos, pero no puede dar el salto para concluir que ella fue la causa de todo. Si ella fue la que lo provocó, ¿qué más puede lograr? Hasta la misma pregunta la asusta. No quiere invocar más animales salvajes ante su presencia. Tiene una familia a la cual mantener a salvo. Pero no puede evitar sentirse ligeramente emocionada al pensar en otras posibilidades.

—Las familias tenían que pagar una dote para que sus hijas pudieran entrar al convento. Algunos se enriquecieron mucho con las dotes, e invirtieron en ranchos y viñedos. Los más acaudalados también poseían minas… de plata, de estaño. Tras las paredes del convento, las mujeres mandaban, pero ese poder tenía un alto precio. Una vez que tomaban los votos, rompían todo nexo con sus familias. Pasaban el resto de su vida en el convento. Solo salían de allí cuando las llevaban a enterrar.

—¿Y las monjas no se ocupan de cuidar a los pobres? ¿No enseñan en las escuelas parroquiales y ese tipo de cosas?

—Tienes razón. Hoy en día las monjas viven vidas completamente diferentes. Me refiero a los conventos de los últimos tiempos del Imperio Español. En 1792, para ser exacta.

—Ya veo —asiente Marta—. Pero eso es imposible, Nena.

—El solo hecho de que algo parezca imposible no quiere decir que no pueda suceder.

—Esa justamente es la definición de algo imposible.

—Yo estaba muy joven, y sufría. Pedí ayuda y las brujas acudieron. Si no lo hubiera hecho, no habría tenido a Rosa, y tampoco la hubiera perdido. Todo lo que sucedió fue por culpa de ese ruego que hice.

Marta tiene que ser la racional de las dos. Para que el mundo siga girando, tenemos que estar de acuerdo en una serie de cosas, y una de ellas es que el tiempo se mueve en una determinada dirección. Hacia adelante, y nunca hacia atrás; transcurre a una velocidad constante, por más que una hora en la función teatral de la escuela parezca más larga que una hora en el juzgado. Pero no es posible viajar hacia atrás en el tiempo. O, al menos, Marta está segura de que así es.

—Lo que describes es pensamiento mágico, creer que lo que imaginas se manifiesta de alguna manera en el mundo real —explica.

—Sí, a eso me refiero. Pensamiento mágico.

—Quiero decir, es una falacia lógica.

—No es cierto —responde Nena—. Antes de que me llevaran atrás en el tiempo, yo llevaba meses oyendo un zumbido. Solo cuando llegué al pasado comprendí que ese zumbido era la canción del aquelarre, y me había llegado a través de la puerta abierta.

—¿Aquelarre? No conozco esa palabra.

—Proviene del vasco. Cuando regresé a mi casa desde El Paso del Norte, la busqué en el diccionario. Se refiere a una reunión de brujas. Era el campo en el cual las mujeres iban al encuentro del macho cabrío negro. Y yo me uní al aquelarre.

—En 1792.

—Así es.

—Pero si estabas en un convento, ¿cómo fue que pudiste tener un bebé?

—Quedé embarazada fuera del convento.

—¿Tuviste a Rosa cuando estabas en el asilo para enfermos mentales? —pregunta Marta.

Nena niega con la cabeza.

—¿La tuviste en el siglo XVIII? ¿Eso es lo que me quieres decir? —pregunta Marta. Es bastante difícil de creer, incluso si lo del coyote y el diente hubiera sucedido, que sí tuvo lugar.

—Luna y Olga no lo entendieron tampoco. Estaban demasiado avergonzadas de mí. Para ellas, no importaba cómo yo había quedado embarazada, sino que no estaba casada.

—No puede ser que por eso te hubieran internado en un hospital.

—No me internaron porque estuviera embarazada, sino porque les conté la verdad. No les debí decir nada. Incluso de niñas, no sabían qué hacer conmigo. No podían creer que *la vista* me diera información. No les gustaba que yo viera cosas que nadie más veía, y no entendían que intentar no ver o no oír exigía mucha energía. Yo no era buena en la escuela. No era porrista ni tampoco estaba en el equipo de oratoria o en el coro porque necesitaba toda mi energía para estar donde estaba, y que mi mente no se fuera detrás de los mensajes de *la vista*. Tenía que hacer todo eso a un lado para ser como los demás. Pero a veces las voces se las arreglaban para colarse, y yo les contaba a otros lo que oía. Así que cuando dije que había tenido un bebé en otra época, Luna y Olga lo tomaron como una prueba de lo que siempre habían sospechado: que yo estaba loca.

»En el hospital me pusieron inyecciones. Dormía todo el tiempo. Cuando me despertaba, me volvían a inyectar. Pasaba los días en piyama porque no se me permitía tener otra ropa. Pasé tanto tiempo en el hospital que la piyama se convirtió en harapos, y se me rompió. Cuando eso pasó, tuve que andar desnuda. Durante semanas, o tal vez más tiempo. Mi comida la tomaba directamente de una charola metálica que dejaban en el piso. Lo recuerdo todo.

»Sé dónde estaba y cuándo fue que tuve a Rosa. Una madre se acuerda de ese tipo de cosas. Y allá la dejé —cuenta Nena, y el orgullo, el remordimiento y el dolor que se ven en sus ojos son un desafío para su sobrina nieta.

Marta interioriza todo eso, y cambia su manera de ver a Nena. De joven, tuvo que pasar por pruebas tremendas. Le costó mucho llegar a contarle eso. Pero a pesar de que esté convencida de decir la verdad, eso no quiere decir que todo su relato esté basado en la realidad. Marta tiene que deducir cómo es que el pasado de Nena explica el presente, y qué tiene que ver eso con el diente y con ella.

—¿Qué más puedes decirme de Rosa? ¿Tienes algún documento suyo?

—No hay acta de nacimiento ni nada parecido, si es lo que estás preguntando. No sé cuántas veces te lo tengo que decir.

—¿Qué pasó después de que Rosa nació?

—Sor Benedicta me mandó lejos y se quedó con Rosa. Siempre me odió, así que esa fue su venganza.

—¿Ella era una de las monjas? ¿Es la que estaba con Rosa cuando la viste después del incendio?

—Sí, y ella es el motivo por el cual Rosa no pudo atravesar la pared. Ella lo estaba impidiendo. Es por eso que necesito tu ayuda. La única manera para traerla aquí es conseguir el encantamiento para preparar el brebaje. Y con todo y brebaje no será fácil atravesar la puerta. Es casi imposible mover un cuerpo a través del espacio y el tiempo.

—Eso es lo que pienso, incluso si la materia y la energía son la misma cosa —dice Marta.

—¿Dónde aprendiste eso?

—La teoría de la relatividad. Einstein.

—Hummm… debía ser medio brujo.

—Eso no lo sé. —A Marta le resulta gracioso pensar en Einstein como un brujo—. ¿Qué es el brebaje?

—Cuando canté el encantamiento por primera vez, los animales me oyeron. Se precipitaron hacia su muerte deseosos. Nos los comimos y así pudimos hacernos dueñas de su poder.

—¿Qué hicieron con ese poder?

—¿Que qué hicimos? Éramos el poder en ese momento. Así lo entiendo ahora. Por eso es que la madre Inocenta se hizo adicta a comer el brebaje. No hay puertas que valgan cuando una se hace una sola cosa con *la vista*, y cuando no hay puertas, uno puede estar en todas partes y serlo todo al mismo tiempo.

—Si ya sabes cuál es el secreto para traer a Rosa aquí, ¿por qué no has preparado esa cosa?

—Porque no puedo. Ya no puedo. No desde que dejé El Paso del Norte. Cuando eres joven, no te das cuenta de lo que eres capaz de hacer. Solo cuando te haces mayor puedes mirar hacia atrás y ver cómo podrías haber usado lo que tenías para hacer que sucediera lo imposible.

—Te comprendo, Nena. De verdad.

—No, no lo entiendes. Aún crees en tus propios límites. Recuerda que el coyote te dejó el diente a ti, no a mí. —Nena mira alrededor de la cocina, y luego a Marta. Se pone de pie apresurada, aplaudiendo—. Vamos a Juárez.

—¿Cómo? ¿Ahora mismo?

—El mercado Cuauhtémoc se construyó en el sitio del antiguo convento. Los encantamientos del aquelarre aún vibran debajo, allí. Llevaremos el diente, y rezaremos porque *la vista* venga y nos enseñe el camino —dice Nena. Guarda el diente en una bolsita plástica sellable, y se la avienta a Marta.

En el puente que lleva a Juárez, Marta observa el río Bravo que corre por su cauce recubierto de concreto. El aire está cargado de humo de diésel. La gente camina por el puente con bolsas azules y rojas, empujando carritos de ruedas de los que se usan para la compra, en dirección a El Paso.

Marta recuerda cuando era niña, y mujeres procedentes de Juárez tocaban a la puerta de Olga en busca de trabajo. Las mujeres cruzaban por los puentes de ferrocarril o vadeaban por el río, buscaban un agujero en la barda o andaban por la autopista. Iban de puerta en puerta, pidiendo que las dejaran planchar, o fregar el piso de la cocina o lavar las ventanas. Olga nunca las rechazaba, y las mujeres se iban de su casa con comida, con billetes que ella les metía entre las manos mientras susurraba una plegaria fugaz, "Dios la bendiga".

El consultorio médico que los padres de Marta tenían atendía a trabajadores migrantes, personas que hacían la pisca de frutas y vegetales, que movían de un lado a otro los tubos de riego o manejaban tractores. Para ellos, cruzar la frontera era mucho más difícil, el costo era enorme, y el viaje, brutal. No era algo que pudiera hacerse a menudo ni con facilidad.

En El Paso, la situación era diferente. Era como si la frontera no estuviera ahí, "como si no existiera", solía decir la gente. A nadie le parecía complicado ir a comer a Juárez y luego regresar. Marta recuerda la entrada de vuelta a los Estados Unidos tras comer en el viejo mercado en Juárez. Luna les decía "ciudadana americana" a los guardias, y ellos la dejaban pasar sin siquiera revisar su pase de manejar. Las cosas han cambiado, sobre todo desde el 11 de septiembre cuando se fortificaron los puntos fronterizos, y las filas de carros y personas se hicieron más largas, y los pasaportes empezaron a ser escaneados por computadoras para luego ser examinados por agentes del ICE que jamás sonríen. Era el camino de regreso lo que hacía que para Marta no tuviera mucho sentido el viaje hasta Juárez, aunque más recientemente, el problema era el miedo. No le parecía ni seguro ni lógico ir, a pesar de que muchas otras personas cruzaban la frontera todos los días.

Hoy, los cálculos de Marta han cambiado. "¿Segura? Eso no existe", le había dicho Nena el día del incendio. Marta comprende por qué Nena piensa así. Quedó huérfana de niña, luego perdió a su hija, y más adelante, también su libertad.

Marta lleva a Nena a Juárez porque tiene la clarísima sensación de que, si no lo hace, algo malo le sucederá a su familia. No tiene idea de qué podrá ser lo malo, pero el miedo es real, lo siente amargo en la boca. No hay manera de ser racional y desechar ese miedo. Toda lógica pereció cuando el coyote le llevó el diente. Marta desconoce las reglas de este nuevo mundo en el cual ha entrado. No está segura de que Nena las conozca tampoco, pero es lo más parecido que tiene a una guía.

Al final del puente, Marta voltea hacia la antigua plaza, por la avenida Benito Juárez, una calle despejada bordeada por banquetas con trocitos de cuarzo incrustados en el concreto, que centellean bajo el sol resplandeciente. Las construcciones son bajas, ninguna supera los dos pisos, y casi todas están pintadas de blanco, de manera que la calle entera da la impresión de estar iluminada desde dentro. Pasan frente a los viejos casinos, las joyerías, las farmacias, el bar Kentucky, donde se supone que se inventaron las margaritas, donde Marilyn Monroe una vez pagó una ronda de tragos para celebrar su divorcio de Arthur Miller y donde Marta una noche vomitó sobre sus zapatos, en compañía de sus amigos del programa tutorial.

A pesar del calor, la gente entra y sale de los locales, con lo cual el centro de Juárez se ve más concurrido y vital de lo que El Paso jamás podría llegar a ser. Es raro pensar que hay personas que han sido secuestradas o asesinadas aquí. En las peores épocas de la ciudad, los que tenían dinero se mudaron a vivir al norte de la frontera, tan lejos de la violencia de los carteles como fuera posible. Aunque no es que la violencia sea el principio y el fin de la historia de Ciudad Juárez y El Paso. La familia de Cristina vive a ambos lados de la frontera, y para ellos el cruce es más un inconveniente que un obstáculo. Para individuos y negocios, la frontera crea oportunidades.

La compañía Soto Logistics existe porque hay una frontera, y Soto amasa su fortuna porque su compañía sabe lidiar con las complejas reglas para transportar mercancías de México a El Paso. A Marta no le sorprendería que pagara sobornos en México o algo aún peor para poder ganar todo lo que gana. Soto puede permitirse contratar al mejor abogado de El Paso y que su caso sea desechado con un movimiento de la mano. Eso es lo que consiguen el dinero y las influencias, la capacidad de evadir la justicia.

Si Marta tuviera acceso al poder puro que dice Nena que tenían las monjas, lo usaría para enfrentarse a Soto. Le haría un hechizo para que liquidara sus compañías, y luego repartiría el dinero entre las mujeres a las que ha agraviado.

—¿Hay encantamientos que sirvan para que una persona haga una determinada cosa? —pregunta.

—Ya sé qué es lo que quieres saber, mija —contesta Nena.

—¿Lo sabes? —continúa Marta.

—Podrías dejarlo —dice Nena.

—¿A quién?

—A Alejandro.

—¿Y por qué iba a preguntar semejante cosa? —Lo último que Marta quiere es dejar a Alejandro, y no necesita hacerle un hechizo para enamorarlo.

—Pasamos la mayor parte de la vida dormidos. No me mires así. No te estoy criticando. Haces un trabajo importante, ayudando a la gente. Tienes una casa lindísima. Tienes dos niños preciosos y muy listos. Pero tener la comodidad no es lo mismo que tener la felicidad.

—En eso estoy de acuerdo contigo.

—El problema es que, no importa lo que hagas, la magia siempre complica las cosas. Puedes tratar de que algo vaya en cierta dirección, pero la energía hace lo que quiere. Es como cuando el señor León acudió con la señora Beatriz para hacer que Daisy se enamorara de él. El señor León acabó muerto, con los pantalones abajo y su cosa por fuera, despatarrado en el piso de su tienda.

—¿Cómo vamos a empezar por ahí?

—Marta, tienes que entender que *la vista* no es un instrumento sino una fuerza. Una energía que penetra en ti y te usa, y no lo contrario. Si eres artista o música y aceptas la energía de *la vista*, puedes acabar con un cuadro o una pieza musical. Pero si tratas de dominar la energía y encauzarla en otra dirección, entonces suceden cosas malas. Empiezas a beber demasiado o te lastimas a ti misma de alguna otra manera, y de repente, puuuuf, *la vista* deja de visitarte. Te quedas sin nada. *La vista* es energía pura, ni buena ni mala, ni amor ni odio. Es creación y destrucción a la vez, a michas. Si eres un volcán en el océano, *la vista* podría hacerte entrar en erupción y aventar lava y ceniza por todas partes, matando peces y personas. Pero así como provoca destrucción, también está dando origen a una nueva isla. Este tipo de energía es demasiado salvaje como para poder usarse para controlar a alguien o hacer que una persona cambie de parecer. Eso lo aprendí a las malas.

—Nena, para hablar claro, no estaba preguntando por hechizos de amor. No estoy interesada en atraer a nadie. Para mí, es Alejandro o nadie, y estamos bien. Más que bien. Perdón por haber preguntado.

—Me da gusto que entiendas —dice Nena, inclinándose hacia adelante para mirar a través del panorámico, y entrecerrando los ojos, para ver mejor la calle.

—¿Qué buscas? —pregunta Marta.

—El antiguo Paso del Norte. Aún quedan en pie algunas construcciones de esos tiempos.

—¿Cómo era entonces? —pregunta Marta, curiosa, a pesar de que no acaba de creer que Nena pudiera viajar en el tiempo. Un coyote es una cosa. Hay un montón de ellos en la sierra. Y eso que Nena define como *la vista* suena a la naturaleza. Marta cree en el poder de la naturaleza, pero viajar en el tiempo es algo completamente diferente. Marta sabe lo que quiere decir imposible, incluso si Nena no lo sabe.

—Las acequias traían el agua del río Bravo a la ciudad. Había árboles en los patios y en las calles, y hacían que el pueblo tuviera sombra y frescor, como un oasis en el desierto. La familia Gálvez tenía candelabros de bronce, una docena de ollas de hierro, platones de porcelana venidos de China, cuchillos de acero traídos de España.

Probablemente lo aprendiste en la escuela, pero había una ley que prohibía que se fabricaran herramientas de hierro en México y en las demás colonias españolas. Todo lo que estaba hecho de hierro tenía que importarse directamente desde España.

—No aprendí nada por el estilo en la escuela. A duras penas nos enseñaron algo sobre México, a pesar de que California solía formar parte de México, al igual que Texas. Es cierto eso de que los vencedores son los que escriben la historia, los libros de historia, ¿no?

—Cuando regresé a casa, pasé mucho tiempo en la biblioteca tratando de aprender y de entender dónde había estado. Las familias tenían una sola olla, y tal vez un candado para un único baúl, con suerte. Los muebles se hacían sin clavos. También era difícil conseguir telas e hilo y aguja. No me di cuenta de nada de eso mientras estaba en el convento. No fue sino cuando salí que entendí que había personas tan pobres en las estancias remotas, que huían cuando llegaban los visitantes, avergonzadas porque iban desnudas, pues sus únicas prendas de vestir habían quedado reducidas a polvo. Cuando viví en el convento y en la casa de los Gálvez fui más rica que en cualquier otro momento de mi vida, y cuando regreso a Ciudad Juárez, me acuerdo de todo eso. Me habría encantado vivir aquí el resto de mis días con Rosa. Con su padre. Esa era la vida que yo quería.

—Ay, Nena. No sé qué decirte. Eso me rompe el corazón.

—No es más que la verdad.

—Dijiste que en el asilo mental tu ropa se deshizo. Que quedaste desnuda.

—Así fue. ¿Por qué lo preguntas?

—Por nada en especial —contesta Marta, pero eso la perturba. Allí hay otra historia que podría interpretarse de más de una forma, y la explicación racional tira de ella para volverla al camino de la sensatez. El problema es que ese camino parece demasiado estrecho ahora—. ¿Dónde estaciono?

—Junto a la catedral. Busquemos algo de comer. Siempre es bueno tener el estómago lleno cuando viene *la vista*. Vamos por burritos a la planta alta del mercado Cuauhtémoc.

La sola mención de los burritos hace que a Marta le gruña el estómago. Se saltó el desayuno después de la noche en vela, y ya es casi la hora de comer. En Juárez, los burritos no son esos troncos enormes, rellenos a reventar, como los de San Francisco, sino que están hechos con tortillas pequeñas y esponjosas, y la cantidad exacta de relleno, apenas unas cucharadas de frijoles, carne y queso. Bien podría comerse uno y acompañarlo con agua mineral en botella de vidrio.

—Ahí, estaciónate ahí —dice Nena—. No me importa caminar unas cuantas cuadras. Mover las piernas me hace bien.

Marta apaga el carro y se baja. Su piel, helada del aire acondicionado, le pica en el calor. Es como si se estuviera descongelando, calentándose hasta el núcleo de su cuerpo. Cuando era más joven, California era fría, con los cielos nublados y golpes de aire gélido que venían del mar. Cada vez que se bajaba del avión en El Paso, al encaminarse al túnel de acceso con el aire acondicionado que no lograba combatir el calor que se colaba por las grietas, Marta sentía que finalmente podía relajarse y sentir las altas temperaturas tal como quería. Tiene una sensación similar al cruzar a Juárez, el aire es diferente de una manera muy reconfortante, las edificaciones, los colores, la luz, todo tan mexicano. Ese cambio casi milagroso de un lado a otro de la frontera que, al igual que todas las fronteras, es una línea imaginaria.

Nena camina despacio, pero segura, con Marta a su lado. Atraviesan la calle Mariscal, donde estaban los burdeles en otros tiempos, y tal vez sigan ahí (Marta no va a averiguarlo), hasta llegar a la plaza, cruzando detrás de la catedral, frente al palacio municipal.

Marta ya tiene la ropa empapada de sudor cuando llegan al mercado. Es un bonito edificio, algo maltrecho por el paso del tiempo, con paredes blancas de estuco, ventanas en arco y tejas de barro. Marta y Nena entran por las amplias puertas y se acercan a los puestos. Hay montones de hierbas apilados en mesas, con lo cual los estrechos pasillos parecen más bien un laberinto de plantas. Las señoras de los puestos venden una variedad de productos, entre ellos latas de aerosol con nombres increíbles como "Suerte rápida" o "Baño de gallina negra". Una lata roja muestra un dibujo de un perro al ataque que dice "Arrasa con todo" en la tapa.

"¿Cómo funcionará eso?", se pregunta Marta. "¿Uno se rocía el contenido encima o más bien a las cosas con las que uno quiere arrasar?".

Al final del pasillo, un puesto grande ofrece cosas relacionadas con la Santa Muerte, que no es una de las figuras preferidas de Marta. Los esqueletos de la Santa Muerte cargan guadañas, llevan el cráneo envuelto en un manto que les llega hasta los huesos de los tobillos, cual imágenes espantosas de la Virgen de Guadalupe. Muchas de las clientas de Marta tienen pequeños altares en sus casas, y algunas le rezan a la Santa Muerte. Ella trata de entender ese impulso por adorar la muerte. Piensa en la estampita con esa imagen que cayó de la bolsa de Sofía. Se imagina a Sofía ante un altar, en el patio, sacrificándole un pollo a la Santa Muerte, haciendo un maleficio para castigar a Marta por echarle a perder la vida, supuestamente.

—¿Por qué andas desperdiciando el tiempo con eso? —pregunta Nena, tirando de la manga de Marta—. Vamos.

Marta y Nena pasan junto a mesas que venden caléndulas, cajones con raíces y vainas sueltas, plantas en maceta con delicadas hojas verdes y diminutas flores amarillas, veladoras para el amor y el recuerdo, tés, pociones vegetales para los nervios, guitarras baratas que cuelgan de clavijas. Embutida debajo de una mesa plegable, Marta ve una caja de cartón repleta de raíces velludas, con la palabra "peyote" garabateada con marcador en un lado. Algunos de los puestos venden la piedra blanca que Nena mantenía en una palangana de bronce en su comedor.

Mujeres rarámuri de la Sierra Madre Occidental, sentadas en banquitos y vestidas con sus faldas de colores brillantes y sus tocados en la cabeza, venden objetos que parecen para brujería: alas de raya disecadas y, Marta los detecta con preocupación, esqueletos de zorrillo, con las colas de anillos blancos y negros aún prendidas.

"Ojo de salamandra", piensa Marta, boquiabierta ante estos objetos fantásticos a la venta en el México moderno. ¡Todo un mercado dedicado a lo oculto!

En El Paso, hay pequeñas botánicas en los centros comerciales a los lados de las avenidas, pero no existe un equivalente a este mercado macabro en el lado norte de la frontera. El hecho de que este lugar esté ahí y que el convento ocupara la misma esquina no puede ser mera coincidencia. ¿Sería así que Nena armó su historia?

Nena se detiene y conversa con una de las vendedoras, una mujer de pelo blanco y ojos impresionantemente azules. Su tía abuela sostiene dos manojos de hierbas en las manos. Sacude el que tiene en la mano derecha, y luego lo sostiene junto a su oreja. Hace lo mismo con el manojo de hierbas de la mano izquierda. Rebusca un billete de un dólar para darle a la vendedora, y después entrega las hierbas a Marta.

—Es difícil conseguir estas. Vamos arriba —dice.

Marta mete los manojos de creosota y salvia en su bolsa, y el olor se le queda atorado en la garganta. Mientras mueve cosas en su cartera, divisa el diente guardado en su bolsita plástica. Es como un imán, el dedo de Marta sale disparado a tocarlo a través del plástico para acariciarlo.

"Qué raro, Marta, muy raro", se dice a sí misma, y cierra la bolsa.

En la segunda planta, Nena va hasta un restaurante que da a la plaza. Una vez que se sientan en las sillas de plástico, el mesero se acerca y les deja dos menús en la mesa plástica.

—Dos. Con carne y queso. Y dos cocas —pide Nena.

El pedido llega increíblemente rápido, con el mesero de regreso en la mesa, ambos platos en una mano y dos botellas de Coca-Cola entre los dedos de la otra.

—Come —dice Nena, atacando su burrito con mordiscos pequeños y certeros, y antes de que Marta tenga oportunidad de tragar un solo bocado, Nena termina el suyo y se chupa los dedos.

El hambre que Marta sentía antes ha desaparecido, y en su lugar ahora ella tiene la sospecha de que, si tratara de comer, de inmediato sentiría arcadas. ¿Qué le sucede?

Marta mira el plato, donde la grasa de la carne y el queso han empezado a coagularse. El burrito tiembla, y la carne hace un ruido, no exactamente un mugido, pero a ojos de su imaginación llega la imagen de una vaca. La imagen se expande, zumbando, y ella siente algo (¿la vista, acaso?) que toca suavemente cada parte de su cuerpo desde dentro, sacando sus sentidos por la ventana y hacia la calle. Oye a los vendedores gritando sus pregones, el sonido del claxon de los carros, el olor de los elotes asándose sobre carbón. Siente que la estiran, como una melcocha de sensaciones, hasta ser tan delgada que podría quebrarse. Oye el relincho de un caballo, huele el agua de los caños y el mezquite ardiendo, se estremece en el aire vivificante del invierno. ¿Cómo puede ser que tenga frío? Ve las edificaciones de adobe crudo, de un marrón amarillento, sin revoque ni pintura, una ciudad de ladrillos de barro. Oye a un hombre riendo, a un bebé llorando.

Marta observa a Nena, que inclina la botella hacia su boca y bebe el resto de Coca. Luego pone la botella en la mesa produciendo un chasquido. Suelta un eructo. Más bien, es la Nena de noventa y tantos años quien eructa. Al mismo tiempo, Marta está viendo a una joven de pelo negrísimo y ojos oscuros, con la piel tersa, sin arrugas y los labios llenos. La nariz es demasiado grande, los pómulos muy marcados, y su rostro tiene una asimetría que lo diferencia de la belleza suave de Olga o los rasgos sofisticados y agudos de Luna. Esta se ve peligrosa, en un sentido en que solo pueden serlo los más jóvenes, que no tienen idea del daño que pueden llegar a hacerles a los demás y a sí mismos.

Marta se aferra a los brazos de la silla.

—Me siento rara, Nena. No, peor que rara. Veo antiguas construcciones de adobe.

Nena se le acerca.

—¿Sí? ¿Qué más ves?

—¿Voy a perder el conocimiento?

—No, si te comes el burrito.

—No me siento capaz.

—Tienes que hacerlo.

Marta se obliga a comer un bocado, y regresa a su cuerpo, como llenándolo de líquido, consciente de que es una bolsa de carne y huesos. Le da otro mordisco al burrito, tratando de no atragantarse. Cuando traga, la visión se le despeja. Su trasero está asentado en la silla plástica, sus pies en el suelo. Ha vuelto a ser la misma, pero a duras penas lo logra.

—¿Qué diablos fue eso?

—Vibraciones.

—¿De qué?

—Distintas épocas. Ojalá hubiera otra palabra para explicarlo. Eso de vibraciones suena tan "nueva era" como decir que soy una mujer que siempre lleva cristales.

—Pensé que te gustaban los cristales.

—Sí, pero solo porque son bonitos. No los utilizo en mi trabajo. La palabra más complicada es "cantar". Todo canta. El agua en esa taza, el anillo en tu dedo, los adoquines en la plaza. Las piedras tienen un pulso muy lento, así que es más difícil oír sus canciones. El canto ha estado ahí desde siempre y nunca terminará y, si *la vista* te lo permite, puedes oír los ecos de las vibraciones del pasado y del futuro, aunque no pueden decirte todo —explica Nena.

Puede ser que Marta haya enloquecido o que las cosas hayan sucedido tal como dice su tía abuela: que *la vista* le ha permitido oír las vibraciones de otros tiempos. Cuando niña, anhelaba que algo así le sucediera, y luego olvidó ese deseo, sepultado bajo la rutina diaria del trabajo y la familia. Puede ser que Marta no estuviera dormida, pero tampoco estaba del todo despierta.

—¿Es esto lo que esperabas que sucediera al venir aquí?

—Tengo que hacerte una confesión.

—Adelante.

—Quiero ver a mi hija de nuevo.

—Sí, Nena, eso ya lo sé.

—Quiero decir, haría lo que fuera por verla.

—Claro que sí.

—Perdona por haberte traído. No quiero herirte. Eres tan importante como Rosa.

—Estoy confundida. ¿Qué es lo que ha cambiado? De verdad quiero ayudarte lo mejor que pueda —dice Marta, y es cierto, ciertísimo de una nueva manera. Nena ha demostrado estar en lo correcto, y Marta quiere ver qué más podría mostrarle *la vista*. Es una sensación muy rara eso de estar fuera de su cuerpo, y a pesar de eso, no le disgustaría volverla a vivir. Necesita hacerlo de nuevo.

—Si vieras el verdadero poder de *la vista*, los millones de ojos y las plumas y el pelaje y los dientes, sentirías miedo. Entenderías lo que digo. Quiero que me escuches con mucha atención.

—Te escucho. Te he estado escuchando.

—Te vendería al diablo con tal de volver a ver a Rosa.

—¡Nena!

—Lo digo muy en serio. No es que me guste la idea. Otra vez he sido muy atolondrada. Quería arreglar algo que no tiene arreglo, y ahora me temo que he empeorado tu situación. He debido contentarme con lo que tengo ahora y lo que vendrá.

—A mí se me hace que hoy hemos cruzado más de un puente. Si *la vista* es tan peligrosa que hay que evitarla, ya es demasiado tarde. *La vista* me encontró, y ya no hallaré un escondite.

—Sí —dice Nena, meneando la cabeza—. Sí. Vi *la vista* en tu cara. Tienes razón. Quería darte la oportunidad de retractarte, pero esperé demasiado. Que Dios nos ayude y nos proteja. Tengo que estar ahí para ti y tu familia.

—Ya sabes que me gusta tener planes preparados, y aquí me siento andando a tientas en la oscuridad. Necesito que me digas qué viene a continuación.

—Déjame pensar —dice Nena, estirando el brazo para alcanzar la Coca-Cola de Marta. Toma un buen trago, y luego vuelve a poner la botella sobre la mesa con estrépito—. Saca el diente de tu bolsa.

Marta introduce la mano en la bolsa y lo saca.

—Ponlo en tu mano.

A Marta no le gusta tocarlo. Lo siente liviano y liso, con una línea amarillenta de placa en el borde superior.

—Dime si ves algo.

—Veo un diente —dice Marta.

—¡Obvio! ¿Qué más ves?

—Nada, Nena, en serio…

Pero Marta se siente arrastrada de nuevo. Está en el desierto, bajo un cielo oscuro lleno de nubarrones, un viento fuerte que se desplaza por encima de la meseta hace que los arbustos se estremezcan. Un relámpago destella produciendo un zigzag amarillo, como un dibujo infantil. La lluvia cae como una cortina. Hay polvo en los ojos de Marta, arena y sal en su lengua. La lluvia cae con más fuerza, sacándola del desierto para devolverla al mercado.

Cuando vuelve a mirar su mano, el diente ya no está.

—Nena, ¿adónde se fue? —pregunta Marta, agachándose para mirar debajo de la mesa.

—*La vista* vino a mí de nuevo, con fuerza —responde Nena, con voz emocionada—. ¿Qué viste?

—El desierto.

—¿Y la lluvia?

—Sí, pero era curiosa. Plana, como en los dibujos animados.

—Ese era Tláloc, el dios de la lluvia. Uno de los pictogramas que hay en las rocas de Hueco Tanks. Tenemos que ir allá.

—¿Y después? —pregunta Marta—. ¿Qué va a pasar allá?

—Rosa vendrá a nosotros.

—¿Quieres ir ya?

—Ahora mismo.

El teléfono de Marta emite un ruidito. Lo saca de su bolsillo y ve que tiene un mensaje del campamento de ciencias. Hoy solo había medio día de actividades, y ya está retrasada para llegar a recoger a los niños.

# 14

Sor Manuela, la hermana que insistía en que su lengua se había vuelto de plata, estaba ahora en la enfermería. Nena dispuso en una charola una taza de caldo con una tapa y una canastita con bolillos, los panecillos de los cuales las monjas comían montañas todos los días. Sor Benedicta le había asignado a Nena esa tarea, prohibiéndole que volviera a llevarle el chocolate de la tarde a la madre Inocenta, y ella había sentido alivio con ese otro encargo, pues no quería verse obligada a cantar el encantamiento de nuevo o a ver cómo la mirada de la superiora se volvía fría y codiciosa.

Nena depositó la charola en la mesita que había junto a la angosta cama de sor Manuela, y la hermana hizo un esfuerzo por enderezarse. Tosió, sujetándose al brazo de la otra mientras el acceso de tos le sacudía el cuerpo. Gotas de saliva fueron a caer en la mejilla de Nena. Se limpió con una servilleta.

—Le traigo una sabrosa sopa, hermana —le dijo, tratando de ocultar el desagrado en su voz. Sentía deseos de salir huyendo de la celda, pero no podía hacerlo hasta que sor Manuela hubiera comido algo. Tomó la cuchara y la hundió en el caldo—. Abra la boca.

Sor Manuela sacó la mano de debajo de las cobijas, extendiendo hacia Nena un dedo índice tembloroso.

—El día del Señor llegará como un ladrón en la noche —dijo la enferma.

—Sí, hermana —contestó Nena. Sabía que esa frase estaba en la Biblia, pero no tenía idea de en qué parte.

—Mientras las personas hablen de paz y seguridad, la destrucción les llegará tan repentinamente como los dolores a una parturienta, y no podrán escapar —gritó sor Manuela.

Eso hizo que Nena se acordara del hombre de la barba sucia que se plantaba frente a la estación del tren a pregonar sobre el fin del mundo. Las historias de sor Manuela sobre la lengua que se convertía en plata o de orinar hilo tenían mucho más sentido ahora que Nena se daba cuenta de que la pobre estaba loca.

—¿Tal vez podría tomarse unas cucharadas? —preguntó Nena—. Tiene que conservar las fuerzas para ponerse bien.

—No tengo hambre.

—Tengo que quedarme aquí hasta que usted haya cenado —explicó Nena, llenándose de impaciencia.

—¿Sabe por qué no tengo apetito?

—No —contestó Nena.

—Contraje la viruela.

—¿Cómo lo sabe?

—Cuando uno no siente hambre es porque tiene viruela. Todos lo saben —afirmó sor Manuela. Pero al momento cambió de opinión y permitió que Nena le diera un poquito de caldo, y se comió un bolillo entero. Cuando terminó, volvió a acostarse y apoyó la cabeza sudorosa sobre la almohada, cerrando los ojos.

Nena le puso la mano sobre la frente. Estaba ardiendo. ¿Sería posible que tuviera viruela? Había personas en la época de Nena que todavía tenían cicatrices, como testimonio de los estragos provocados por la enfermedad. Bien podía ser que sor Manuela estuviera metida de lleno en otra de sus descabelladas historias. Pero si decía la verdad, sería mejor decírselo a alguien más, por si acaso. Como ya había aprendido la lección, fue a buscar a sor Benedicta y no a la madre Inocenta, pues la hermana vicaria le parecía el menor de los dos males.

No la halló en su despacho, ni en la cocina, ni en el almacén, ni en la portería, ni en la capilla ni en el comedor. Buscó en el patio y en las dependencias de la servidumbre, pero tampoco la encontró. Fue a la celda de la hermana vicaria y tocó a la puerta. Adentro oyó voces lejanas, y como le pareció que alguien le decía "Adelante", abrió la puerta.

Sor Benedicta y la madre Inocenta estaban sentadas muy juntas en la estrecha cama, ambas sin velo. La cabeza de la superiora estaba cubierta por una pelusa muy corta, como si le hubieran rasurado el cráneo recientemente. El pelo de sor Benedicta le caía hasta la cintura. Tenía la jícara del brebaje sobre el regazo, y le estaba limpiando la boca a la superiora con un trapito. La madre Inocenta volvió los ojos azules acuosos hacia la recién llegada, pero no la veía a ella sino a través de ella, y Nena no sintió más que frialdad e indiferencia. Contuvo la respiración, paralizada por un miedo helado.

Sor Benedicta le lanzó una mirada fulminante cargada de odio.

—Vete —le dijo, sacándola de su celda con su aliento candente.

Nena corrió de la habitación a la cocina. Allí encontró a Eugenia, tarareando mientras pulía una olla de cobre con una pasta preparada con cremor tártaro y vinagre, cosa que la sorprendió porque jamás había visto a la otra disfrutar de sus quehaceres.

—Cuando me case, no volveré a pisar la cocina —dijo Eugenia, inspeccionando su reflejo en la superficie de la olla de cobre reluciente. Y luego tosió, cubriéndose la boca con un pañuelo con borde de encaje. Eugenia tosía y tosía. Como a Nena no solían darle resfriados, se sintió superior a Eugenia, que le pareció demasiado delicada.

Mientras trabajaba, Nena le dio vueltas en su mente a lo que había visto, lo que la madre Inocenta y sor Benedicta estaban haciendo. ¿Sería eso lo que Eugenia había insinuado antes? ¿Qué tenía de malo que entre ambas mujeres existiera una amistad especial? A Nena la tenía sin cuidado. Lo que le preocupaba era que la madre Inocenta estuviera comiendo del brebaje sin la protección del aquelarre, y que parecía empeñada en encontrar una manera de vivir en *la vista* todo el tiempo, aprovechándose de cualquiera para lograrlo. Nena no podía imaginarse vivir en el lugar al cual el brebaje la había llevado, en donde saltaba de una criatura a la otra y su sentido de identidad se perdía. Pero, al parecer, a la madre Inocenta le gustaba o, peor aún, lo necesitaba. Nena sintió desazón. Ella había traído el brebaje a este mundo y estaba segura de que sor Benedicta la haría pagar el precio del deseo de la madre Inocenta.

Las primeras marcas aparecieron en la cara de sor Manuela al día siguiente, ronchitas pronunciadas que cubrían el lado derecho, cubriendo el párpado, las mejillas y bajando por el cuello. A la mañana siguiente, la niña Leonor cayó enferma, y en la tarde, sor Carlota tenía tos. Al siguiente día, Eugenia no pudo salir de la cama.

Las noticias volaron por el convento: el padre Iturbe había sido el primero en contagiarse del mal. Nadie quiso señalarlo como culpable en voz alta, pero era la única persona que vivía fuera del convento que pasaba más allá del torno de la entrada. Se sentaba frente a las monjas en el confesionario. Había confesado a sor Manuela, la primera de las hermanas en caer enferma.

El viernes, Nena ayudó a Carmela a cerrar la mortaja de sor Manuela. El hombre que traía la leña al convento se llevó el cuerpo y lo enterró fuera de la ciudad, en una tumba llena de cal, junto con todos los demás cadáveres que la viruela iba dejando.

Tres días después, Eugenia seguía con vida, pero tan mal que no reconoció a Nena cuando trató de darle de comer. Tenía un brote por toda la cara, unas pústulas tan grandes e inflamadas que parecían a punto de explotar. Si llegaba a recuperarse, quedaría con cicatrices de por vida. Si era un castigo para Eugenia por su vanidad, a Nena le pareció extremadamente cruel. El hermano de sor Benedicta probablemente rechazaría casarse con una mujer desfigurada. Sintió pena por Eugenia, porque sus planes hubieran resultado truncados de esa manera. El padre Iturbe ya no podría destituir a sor Benedicta porque ahora estaba muerto junto con todos los demás.

Cada noche, Nena se iba a dormir con la preocupación de levantarse con tos. Si perdía la vida en esta época, la cubrirían con cal para luego enterrarla, y sus hermanas jamás se enterarían.

Al día siguiente, una de las sirvientas le dijo a Nena que la esperaban en el despacho de sor Benedicta, un cuartito pequeño junto a la capilla, atiborrado de legajos encuadernados en cuero rojo, donde ella llevaba las cuentas del convento. A Nena le intrigaba que hubiera escogido esa habitación para ella, tan estrecha y polvorienta, que contrastaba con la sala espaciosa y fresca de la madre Inocenta. Cuando entró al despacho, se encontró a la vicaria haciendo apuntes en el legajo. Esparció arena sobre la página para secar la tinta, y levantó la vista hacia Nena.

—Necesito que hagas algo por mí —dijo sor Benedicta.

—Sí —contestó Nena, con cierta aprehensión pues no sabía de qué se trataba. Aún no la habían regañado por entrar a la celda de la vicaria donde la encontró con la madre Inocenta.

—Mi hermano está gravemente enfermo. Viajarás a casa de mi padre para ocuparte de él.

—¿Quiere que salga fuera del convento? —preguntó Nena.

—Le darás del brebaje.

—¿Qué? ¿Por qué?

—¿No te has dado cuenta? Ninguna de las que lo probamos nos hemos enfermado. El grupo del aquelarre está completo.

—Sí, pero ¿cómo sabe que es el brebaje el que nos protege? A lo mejor no nos hemos contagiado hasta ahora porque somos brujas.

—Te advertí que no usaras esa palabra —bufó sor Benedicta—. Y entiendo de estas cosas más que tú. Me doy cuenta de que lo que le da la fuerza al brebaje es la vida que tiene dentro. Dale a probar a mi hermano. Es el último del linaje de los Gálvez, y no permitiré que nuestro apellido se extinga. Una vez que se lo des, canta el encantamiento de volar para él.

—Si el brebaje sirve para curar a los enfermos, ¿por qué no se lo hemos dado a Eugenia y a Leonor?

—No podemos dejar que sucedan milagros en el convento. Atraerían todavía más la atención del obispo, y eso es algo que no queremos.

—¿Más?

—El padre Iturbe se las arregló antes de morir para transmitirle sus quejas al obispo. No creí que llegara tan lejos o que fuera tan tonto.

A Nena le daba miedo hacer la pregunta, pero no puedo evitar formularla.

—¿Es por eso que la viruela se ha extendido por el convento? ¿La atrajo para que el padre Iturbe no pudiera deshacerse de usted?

—Eso sería un acto muy malvado, jovencita. ¿Me crees capaz de semejante cosa?

—No, no la creo capaz de eso —contestó Nena, con cierta seguridad.

—Bien, pero hay algo que tienes que saber. Si hubiera podido cometer tal cosa, lo habría hecho. Fuera de mi hermano, para mí no hay nada más importante en el plano terrenal que este convento. No hay nada más importante que proteger a personas como nosotras. Tu presencia aquí es una amenaza para todas. Es por eso que, una vez que hayas cumplido con tu tarea de curar a mi hermano, te quedarás en la casa de mi padre hasta que él te encuentre un marido.

—¿Un marido? —exclamó Nena.

—Será lo mejor, para que todas estemos a salvo, que tú abandones el aquelarre.

—¿A qué se refiere? —preguntó Nena, con pánico de que la echaran del convento.

—Si no hubieras cantado el encantamiento, mi hermano no se salvaría de la muerte. Pero ¿a qué costo? Mientras sigas entre estas cuatro paredes, la madre Inocenta te utilizará para que prepares más brebaje. Ella ya ha comido demasiado. Todas ya recibimos lo que nos corresponde.

—Por favor, no me mande lejos de aquí —suplicó Nena.

—Quiero que te marches por el bien de la madre Inocenta y por el bien del convento. Por nuestras almas —dijo sor Benedicta, y Nena se sorprendió de verla asustada por primera vez.

—¿Y qué hay de mi propio bien?

—Partirás mañana al amanecer. María te acompañará —contestó la vicaria, poniendo un bote en las temblorosas manos de Nena.

# 15

Tengo náuseas —dice Pablo.
    —Tengo hambre —dice Rafa.
    Todos van apretujados en el carro, Marta, los niños, Nena, camino
al parque Hueco Tanks. Marta hubiera preferido ir sola con Nena,
pero Jane no podía quedarse con los niños y Alejandro tenía que visitar
pacientes en el hospital. Marta recogió a los niños, apagó su teléfono
para que nadie del trabajo la fuera a llamar y ahora va conduciendo
rápido, exigiéndole a su carro.
    —Comeremos algo tan pronto como lleguemos —les dice.
    —¿Cuánto falta?
    —Otra media hora.
    —¡Una eternidad!
    Marta los entiende. Se acuerda de lo grande que le parecía El Paso
cuando era niña, cada trayecto en carro un viaje de meses. Los carros
de sus papás jamás habían tenido aire acondicionado ni ventanillas
que se abrieran al oprimir un botón, y ellos iban de visita en verano,
cuando el calor era atroz y las columnas de humo de las chimeneas
de ASARCO, la fundidora de cobre, se elevaban por encima de la

autopista, las llamas de la refinería se mantenían constantemente encendidas, lamiendo el cielo.

El cielo está muy azul, la tierra amarilla, los cerros circundantes salpicados de parches oscuros con arbustos de creosota y mezquites. A lo largo de la autopista crecen plantas rodadoras, pero hay algo diferente en esas plantas tan familiares, en el cielo tan azul, en el disco del sol, con sus bordes líquidos, y en el cielo que se funde con la tierra.

Como no quiere que Nena se preocupe, Marta no le ha comentado que desde la visión de esa mañana en Juárez, el zumbido que había estado oyendo se ha intensificado, y las vibraciones resuenan en su mandíbula, transmitiéndose hasta las muelas. No le permiten concentrarse, pero todavía son manejables, solo que la ponen irritable. El camino resplandece, una serpiente larga y delgada se desliza hacia la distancia. De verdad necesita comer algo.

—Nena, ¿podrías sacar las naranjas de la bolsa y pelar una para que nos la comamos? —pregunta Marta. Necesita comer, eso fue lo que Nena le dijo en Juárez, que la comida ayudaba con *la vista*.

—Quiero una Oreo —dice Rafa.

—No trajimos galletas.

—O papitas fritas.

Marta reconoce el tono terco de Rafa, y también lo que quiere decir, que está dispuesto a echar a perder los planes por el simple hecho de que puede hacerlo. Su única esperanza es distraerlo. De otra forma, va a hacer un berrinche, y Nena y ella no podrán dejarlos solos un rato.

—Niños, ¿saben la historia de cómo fue que los kiowa terminaron atrapados en Hueco Tanks? —les pregunta.

—Eso suena aburrido —opina Rafa.

—No tengo que contar la historia si no quieren.

Nena le entrega a Marta un gajo de la naranja, y a ella le parece la cosa más deliciosa que ha probado en su vida.

—No le hagas caso a Rafa. Yo sí quiero que la cuentes —dice Pablo.

—Una vez, una banda de kiowas vino desde el norte para saquear

El Paso, pero antes de que llegaran al pueblo, los tigua los emboscaron
—empieza Marta.

—¿Qué son los tigua? —pregunta Pablo.

—Indios pueblo. ¿Se acuerdan cuando fuimos al museo de la re-
serva india?

—También había un casino.

—Así es —dice Marta, no muy contenta de que sea eso lo que
Pablo recuerda—. En Hueco Tanks hay dibujos que rememoran lo
sucedido, y vamos a verlos cuando estemos allá. Son antiguas pictografías de aquel entonces. ¿Quieren que les explique lo que es una
pictografía?

—¿Y mataron personas? —pregunta Rafa.

—Algunas.

—¿Cuántas exactamente?

—Entonces, ¿quieres que cuente la historia? No lo haré si crees que
va a ser aburrida.

—No, no, no. ¿A cuántos mataron?

—Cuando los centinelas tiguas vieron venir a la banda saqueadora
kiowa, mandaron mensajeros corriendo hasta el pueblo. Las mujeres,
los niños y los ancianos se alistaron para el ataque, consiguiendo agua
y comida, y levantando las escaleras que llevaban a las entradas de
las edificaciones. Después, los guerreros tiguas cargaron sus rifles y se
internaron en el desierto. Rodearon a los kiowas, y luego se lanzaron
al ataque con gritos de guerra y disparos. Los kiowas salieron al galope
hacia el norte, y los tiguas los persiguieron por el desierto. Pero antes
de que los pudieran atrapar en el abierto, los kiowas encontraron una
cueva para esconderse en Hueco Tanks.

Nena le entrega a Marta un nuevo gajo de naranja. El resto de la
fruta lo pasa al asiento trasero, y después empieza a pelar otra. En el
carro se siente un intenso olor a cáscara de naranja.

—¿Y por qué el sitio se llama Hueco Tanks? —pregunta Pablo.

—Porque es una formación rocosa que tiene pozos y huecos, como una gigantesca esponja enterrada. Hay manantiales de agua que llenan esos huecos, de manera que ahí hay agua, aunque el resto del desierto alrededor esté seco.

—O sea, es un oasis —dice Pablo.

—Justamente esa es la palabra. Todo tipo de animales se reúnen allá, y desde hace miles de años también la gente se ha detenido ahí.

—¿Y por qué no estás contando la historia de los indios? —pregunta Rafa—. ¿Qué armas tenían?

—Cuando los kiowas iban huyendo de los tiguas, debieron saber que Hueco Tanks era un lugar en el que podían ocultarse y donde encontrarían agua para beber y animales para cazar. Era un buen plan, solo que los tiguas sabían a dónde ellos se dirigían, y rodearon la cueva. La única manera de meterse a la cueva era bajando por un túnel muy empinado. Los tiguas no podían entrar y los kiowas no podían salir.

—Bueno, pero si los kiowas estaban en el fondo de la cueva, no tenían nada de comer o beber, y los podían matar así, de hambre y sed.

—Tienes razón, ese era el problema. No tenían más alimento que el que habían llevado.

—Y entonces, ¿qué pasó?

—Los tiguas gritaron desde la boca del túnel que los querían ayudar e iban a lanzarles comida desde arriba. Les dijeron que se acercaran a la salida del túnel para que pudieran recibir la bolsa.

—¿Y qué tipo de comida les mandaron por el túnel?

—No fue comida, sino serpientes de cascabel, vivas.

—¿Y las serpientes picaron a los kiowas? —pregunta Pablo.

—Eso no lo sé, pero los tiguas tenían otro plan para hacer que los kiowas salieran de la cueva. Les prendieron fuego a unos manojos de chiles y los aventaron por el túnel para que el humo sacara a sus enemigos. ¿Se imaginan cuánto picaría el humo de los chiles en los ojos y en la piel?

—¿Y se murieron adentro?

—Ocultándose en la humareda, uno de los kiowas pudo escabullirse, y se fue hacia el norte a buscar ayuda.

—¿Y que les sucedió a los que quedaron en la cueva?

Marta mira por el espejo retrovisor y ve que los dos niños están preocupados. Hasta donde recuerda, la mayoría de los kiowas recibieron heridas terribles y tuvieron muertes espantosas.

—Los demás encontraron otra salida y volvieron a su hogar sin problemas —termina rápidamente, sin quitarles la vista a los niños por el retrovisor.

—¿Y vamos a ver el lugar en donde sucedió todo eso?

—Sí. Y vamos a ver la pictografía, las pinturas en la piedra que alguien hizo para mantener viva esa historia —dice—. Traje papel y lápices de colores para que ustedes hagan sus propias pictografías.

—¿Por qué querían atacar El Paso los kiowas? —pregunta Pablo, preocupado.

—Los tiguas eran agricultores. Otras tribus, como los apaches y los kiowas, eran cazadores y guerreros. Me imagino que pensaban que era más fácil robar caballos que cazar.

—Pero ¿quiénes eran los buenos y quiénes eran los malos?

—Creo que eso depende de cuál es tu tribu. Pero yo siempre me he identificado con los que pelean —dice Marta.

—Siempre pensé que estabas del lado de los desvalidos y los perdedores —dice Nena—. Papá me contó otra versión de esa historia. Decía que eran los soldados mexicanos y no los tiguas los que habían emboscado a los kiowas. Uno de nuestros antepasados pudo haber estado allí, chicos.

—Tal vez, Nena, pero eso es lo curioso de todo esto. Que la historia se cuenta en ambas tribus. Los kiowas tienen su versión, y los tiguas, la suya. Los kiowas decían que peleaban contra los soldados mexicanos, y no fue sino hasta que se encontraron con los tiguas no hace mucho y confrontaron ambas versiones que se dieron cuenta de que habían estado relatando la misma historia.

—El abuelo de papá pudo haber estado allí. No fue hace tanto tiempo, ¿sabes? —agrega Nena.

Marta siempre había pensado que era una historia de un pasado remoto, inalcanzable, pero su tía abuela tiene razón. El pasado permanece, y el relincho de los caballos, las vibraciones de siglos de vida resuenan a través de su cuerpo y el de Nena. Mientras más se acercan a Hueco Tanks, más fuerte se va haciendo el zumbido. Marta parpadea. Espera estar lo suficientemente bien como para poder seguir manejando. Concentra toda su atención en el camino, aferrándose al timón.

Un correcaminos se planta en la línea blanca que separa un carril del otro, exactamente igual que en las caricaturas.

—¡Miren, niños! —dice Marta, señalándolo justo cuando el pájaro se larga a correr y se pierde más allá del borde del camino.

—¿Dónde está el coyote? —pregunta Pablo.

"Buena pregunta", piensa Marta.

—Solo había venido una única vez a Hueco Tanks, y eso fue cuando Olga besó a Beto —dice Nena.

—¿Eso hizo nana Olga? —pregunta Rafa.

—¿Eso se puede hacer? —pregunta Pablo.

—No creo que ella fuera capaz de semejante cosa —dice Marta.

—Las personas hacen cosas inesperadas en su juventud —explica Nena—. Y cuando uno tiene mi edad, todo el mundo parece joven.

Marta se detiene en el estacionamiento junto a la antigua casa de la hacienda mientras las llantas crujen sobre la gravilla. Los niños se bajan y empiezan a correr por el sendero que lleva al comienzo de la ruta de las pictografías. No hay manera de que se pierdan, pero Marta se angustia, pensando en las serpientes de cascabel y en los cactus con sus púas afiladas.

—¡Espérenme! —les grita, abriendo la cajuela para sacar la mochila que llenó con botanas y bebidas, además de grandes botellas de agua como si se fueran de campamento.

Las lluvias fuertes del verano han enloquecido a las plantas del desierto. Los nopales y los saguaros, y hasta los pequeños cactus que parecen alfileteros gigantes, se ven henchidos de agua y exhiben púas sanas. El zacate, la creosota, la yuca y la lechuguilla también se ven exuberantes, llenos de retoños verdes, y el aire está cargado del aroma vegetal, tan denso que Marta sospecha que *la vista* le ha aguzado el sentido del olfato hasta el punto de permitirle detectar el olor de los pozos de agua.

Al final del sendero, los niños están inmóviles, muy juntos, mirando algo.

—¿Qué pasa, chicos? —les pregunta.

—Quiero hacer eso —dice Rafa, y señala a un grupo de adolescentes que escala por una pared de roca. Abajo hay dispuestos unos enormes cojines que parecen colchonetas negras.

Marta supone que están ahí para que, si alguien llega a caerse, tenga algo blando donde aterrizar. Y a pesar del grosor de las colchonetas, le parecen inadecuadas, como si fuera muy fácil no atinar en ellas. Ve pasar por su mente tobillos fracturados, columnas rotas, idas a urgencias en el hospital, imágenes oleosas que permanecen, como si estuviera ante algo que ya sucedió.

—¿Podemos comernos las botanas ahora? —pregunta Pablo.

—¡Qué buena idea! —dice Nena—. El sol no está en la posición adecuada para ver a Tláloc. Podemos comer mientras esperamos.

Marta saca de la mochila una bolsa de pretzels, un frasco de pepinillos, lunetas M&M y unas ciruelitas duras, lo que encontró en casa cuando saqueó la despensa antes de salir. Pone todo en una de las mesas de pícnic que hay junto a la zona de acampada.

Rafa inicia una plática con Nena sobre basquetbolistas, y ella parece saber muy bien de lo que habla, mientras que Pablo le da mordisquitos minúsculos a una ciruela hasta mucho después de que Marta termina de recoger lo que queda de la comida.

—¿Cuándo vas a terminar? —se queja Rafa—. ¡Siempre te demoras tanto!

Marta busca algo para distraer a su hijo mayor.

—¿Quieres ver los camarones?

—¿Cuáles camarones? —pregunta Pablo.

—Los que viven en los pozos, allá.

—Los camarones viven en el mar —dice Rafa.

—¿Estás seguro? Ven conmigo.

Marta lleva a los niños por un caminito que atraviesa una enorme peña. En la parte más alta hay un pozo negro, parcialmente cubierto por otro pedrusco gigantesco, de manera que la mitad del pozo refleja el cielo, mientras que la otra mitad se ve negra como la tinta. Se hinca de rodillas y señala. Los niños la imitan, y Nena se agacha. Marta mira el agua. Nada de nada, hasta que de repente se ven unos pequeños destellos plateados por aquí y por allá.

—No veo nada —dice Pablo, y se nota el pánico en su voz.

—Yo veo millones —contesta Rafa, pero Marta sabe que solo lo dice para irritar a su hermano.

—¡Oh, son chiquititos! —exclama Pablo, fascinado porque al fin logra distinguir los camarones.

Rafa patea una piedra para que vaya a dar al pozo.

—¿Vamos a ver los dibujos de los kiowas?

—Sí. Y después tú y Pablo van a regresar a la mesa de pícnic a dibujar.

—¿Y qué van a hacer ustedes?

—Nena y yo vamos a… —Marta piensa en algo que pueda parecerles terriblemente aburrido a los chicos—. Vamos a rezar un rosario por nana Olga.

—¿Qué es eso? ¿Qué es un rosario? —pregunta Rafa.

—Ay, Marta —se queja Nena—. ¿Cómo es posible que estos muchachos no sepan qué es un rosario?

—No estamos lejos de las pictografías —los anima Marta, y continúan por el camino.

Nena avanza despacio, mirando donde pone los pies. El grupo se detiene bajo un saliente de la roca, donde Marta señala firmas con fechas de 1849 de personas que se dirigían a California. Más arriba en el camino, ven un pictograma de un sol estilizado dentro del cual hay un rectángulo con una flecha apuntando al norte, que es de donde son originarios los tiguas, cerca de Albuquerque. Pablo se queda mirándolo, mientras Nena lo contempla a él, con una mirada intensa en los ojos.

—Si seguimos hasta dar vuelta en esa curva, veremos la pictografía grande de la batalla entre los kiowas y los tiguas —dice Marta, mirando el mapa que tiene en su teléfono.

Los niños pasan un buen rato examinando las diferentes partes de la pictografía. Hay un guerrero, y una serpiente, y un hombre con la cintura muy delgada.

Nena tironea del codo de Marta.

—El sol ya debe estar en la posición adecuada para el Tláloc.

—Aquí están los útiles para dibujar. Vayan a sentarse a una mesa de pícnic y allá nos esperan —le dice Marta a Rafa, entregándole la mochila. El chico se la cuelga de los hombros, ajustando una tiranta y luego la otra, con un cuidado y una precisión que le recuerdan a Alejandro.

—Vamos —le dice Nena.

—Van a quedarse en la mesa, ¿cierto? —le pregunta Marta a Rafa.

—No te preocupes, no voy a dejar que se vaya por ahí —le dice Rafa, tomando a Pablo de la mano. Los ve alejarse por la curva del sendero.

—Vamos allá arriba —señala Nena, apuntando a un caminito.

—¿Cómo sabes adónde tenemos que ir?

Nena la mira, frunciendo el ceño.

—No tengo que acordarme de nada. Puedes oírlo, ¿verdad?

Marta escucha.

—¿Ese zumbido?

—Ese, sí. Mientras más fuerte lo oigas, más cerca estaremos de donde tenemos que ir.

Nena tiene razón. El zumbido se hace más fuerte.

—También huele a *la vista*. Ozono. Lluvia reciente, como la visión en el mercado —dice Marta.

En la parte más alta del camino, empiezan a bajar hacia una pequeña barranca, con lo cual salen del sol directo, un alivio.

—Aquí, este es Tláloc —dice Nena, dándole palmaditas al pictograma, como si le estuviera presentando un amigo suyo a Marta. Y esta se da cuenta de por qué su tía abuela prefería esperar. Al sol, el dibujo habría sido casi invisible, demasiado tenue para verlo, pero en la sombra reluce.

—Tócalo —la invita.

No le parece correcto poner la mano sobre él, causándole un daño potencial a un artefacto histórico que tiene miles de años. No obstante, Marta apoya la palma de su mano en el dibujo, pigmento amarillo sobre la piedra gris, aún tibio por el sol.

—Ahora, canta.

—¿Que cante qué?

—¿No dijiste que podías oír el zumbido?

—Sí, pero no es una canción.

—No lo es hasta que la cantas.

Marta hace unos ruidos feos y torpes, intentando imitar el zumbido que ha venido oyendo. Nena se le une, y a Marta le sorprende oír cierta melodía. La canción está hecha de vocales, largas notas que suben y bajan en la escala, aaa, uuu, ooo, aaa, um, um, um. Las voces de ambas se funden en sincronía y rebotan contra las piedras. La canción cambia la textura del aire, y Marta siente que su mente empieza a tocar la de Nena. Percibe la férrea determinación de su tía abuela, con una concentración que nunca antes ha experimentado. Deja de ser un sustantivo para convertirse en verbo, burbujeando fuerza creativa.

—Esa es mi niña —dice Nena cuando terminan de cantar.

—¿Qué fue lo que hice?

—Me has devuelto la canción del aquelarre.

—¿Eso qué quiere decir?

—En el convento cantábamos la canción dos veces, la primera para abrir la reunión del aquelarre, y la segunda para cerrarla. Entre una y otra, se nos permitía usar encantamientos en la sala. Pero aquí no tenemos esas reglas. Podemos dejar la puerta abierta y recibiremos el encantamiento para el brebaje cuando sea el momento indicado para *la vista*. Así es como atrapas un encantamiento, abres la puerta y luego aguardas a que te llegue.

—Un momento, ¿cuánto vamos a esperar? —le pregunta Marta, volviéndose hacia ella.

—No mucho.

—Pero pensé que íbamos a ver a Rosa aquí.

—Te lo dije, *la vista* encuentra su propio tiempo.

—¿Voy a seguir oyendo el zumbido?

—Tal vez. Ahora *la vista* está en ti —dice Nena, con una expresión rara y dolorida que Marta no puede definir bien.

—¿Hasta cuándo?

—Hasta que te suelte —dice Nena simplemente, y Marta se da cuenta de que su tía abuela en verdad no lo sabe, y que no es que esté ocultando algo. Se sintió tan cercana a Nena cuando estaban cantando, en una forma de intimidad que también la llevó a sentirse muy cerca de sí misma, de esa parte suya que subyace a todo lo que ella ha ido apilando encima. Esa parte de su ser sigue zumbando, la puerta en su interior está abierta a *la vista*, eso lo tiene claro. Nena dijo que *la vista* era poder, poder en bruto, la naturaleza implacable, y eso es lo que Marta siente. Si lo que dice su tía abuela es cierto, entonces la canción que cierra el aquelarre no puede cantarse sino hasta que aparezca el encantamiento. Hasta que eso suceda, Marta seguirá en *la vista* de la misma forma que está ahora, alerta y vibrante, demasiado viva. No, no es eso. Muy viva y vital. No quiere perder eso. Ya no está haciendo todo esto solo por Nena, sino también por ella misma.

En el camino de regreso por el sendero, Marta se da cuenta de que

Nena va andando con una nueva confianza, tan decidida y veloz que ella tiene que acelerar el paso para ir a la misma velocidad. Cuando llegan a la zona de pícnic, la mochila está sobre una mesa, pero los niños no se ven por ningún lugar.

Marta revisa la zona, llena de pánico, y luego se tranquiliza al ver a Pablo junto con un grupo de escaladores, agrupados en torno a una de las colchonetas negras dispuestas en el suelo. Los muchachos están mirando la pared rocosa que hay frente a ellos. Marta se hace visera con la mano para ver mejor. Distingue a Rafa a mitad de la pared, docenas de pies por encima del suelo.

Sale corriendo hacia el grupo de muchachos, y se detiene al llegar junto a una colchoneta negra. Podría gritarle a Rafa que baje, pero no quiere que pierda la concentración. Da vueltas de aquí para allá, observando los movimientos seguros de su hijo al trepar por la pared. ¿En qué estaba pensando cuando dejó a los niños solos? Aunque se vea flaco, Rafa también es fuerte, y se mueve con decisión. ¿Qué tanto va a subir? Más arriba. Eleva su pie derecho, con la pierna de ese mismo lado extendida muy lejos de su torso. Empieza a pasar su peso al pie izquierdo, para subirlo. Una vez que se afirma en ese punto, extiende más arriba la mano izquierda. Se prepara para el siguiente paso. Repite los movimientos, subiendo un poco más. Justo cuando Marta se va calmando, Rafa pierde su agarre y cae, para aterrizar con un fuerte golpe en la colchoneta.

Marta corre hacia él, arrodillándose. El niño se agarra el estómago, y tiene los ojos en blanco por el pavor. Marta desearía que Alejandro estuviera allí. Los muchachos escaladores se apiñan a su alrededor, demasiado cerca, y huelen a sudor, a perfume y a marihuana. Uno de ellos, con el pelo largo recogido en un chongo despeinado, le tiende la mano a Rafa, que la toma y se pone de pie en la resbalosa superficie de la colchoneta.

—¡Muy bien, chico! ¡Qué buena caída!

Rafa intenta sonreír. Si estuviera a solas con Marta, lo que haría sería llorar.

—¿Te lastimaste? —pregunta Marta, con la adrenalina corriéndole por las venas.

—Estoy bien. Todo bien —contesta él, jadeando, pues el golpe le sacó el aire. Se acerca al borde de la colchoneta cojeando, y desde allí salta al suelo y se dirige hacia Nena, que saca un dulce de su bolsillo y se lo da. Marta lo persigue, y tira de él para examinarlo más de cerca. Rafa está quitándole la envoltura al dulce que Nena le dio, y eso le preocupa a su madre. Cuando los niños están callados quiere decir que algo anda muy mal.

—Vamos al hospital a que tu papá te pueda revisar —dice.

Rafa niega con la cabeza, pero no dice nada.

Marta se siente como una tonta. Todas las ideas sobre cómo ayudar a Nena a encontrar a Rosa desaparecen de su mente, son barridas por la imagen del niño que tiene al frente. Fue a Juárez porque temía que algo malo iba a suceder, y luego dejó a los niños solos para poderse ir con Nena a practicar su magia, para sentirse poderosa, aunque sabía lo que podía suceder.

En el camino de regreso a casa, los niños se duermen, las cabezas inclinadas hacia atrás, las bocas abiertas.

"Por favor", reza, "por favor, que Rafa esté bien. Prometo que no lo volveré a poner en peligro".

La canción del aquelarre le dio a Marta una probada de algo fuerte, pero ahora siente que ya no está. ¿Se le habrá quitado con el susto? Quiere más, con tal intensidad que casi desearía no haber cantado nunca la canción ni haber sentido su poder.

Nena dice que tendrán que esperar, que el encantamiento llegará, pero Marta no quiere esperar. Detesta esperar. Tal vez haya una manera de acelerarlo todo.

# 16

Nena había querido salir del convento, y ahora que iba cruzando el portón con María, deseaba poder volver. El pueblo se veía tan sucio como la primera vez que lo vio, pero sin el bullicio de entonces. En una de cada diez casas, más o menos, había una X roja pintada en la entrada. Nena y María atravesaron la plaza, frente a la iglesia, que estaba firmemente cerrada.

—¿Sabe que ese vestido que lleva puesto era de sor Benedicta antes de que se fuera al convento de la ciudad de México? —le comentó María—. Lo tenía guardado para ella, pensando que tal vez se arrepintiera de meterse a monja. Cuando llegué al convento para ser su sirvienta, traje un baúl con todas sus cosas.

A Nena no le sorprendió que el vestido fuera viejo. Olía espantosamente a guardado y era demasiado grande para ella. María tuvo que voltearle los extremos de las mangas y el ruedo con unas cuantas puntadas apresuradas, pues no había tiempo para nada más.

—¿Usted trabajaba para sor Benedicta antes de que se hiciera monja? —preguntó Nena, sorprendida.

—La familia Gálvez me acogió cuando yo tenía once años. Cuando sor Benedicta era niña, yo era su doncella, y cuando se fue al convento, me convertí en nodriza de Emiliano.

—¿Nodriza? ¿Y le dio el pecho? ¿También usted tenía un bebé?

—Mi hijo murió en la peste de 1780, al igual que la madre de Emiliano. No quiero que se me vaya a morir, señorita Elena. Es lo más cercano que tengo a un hijo.

Nena no supo qué responder. No creía poderle prometer que el brebaje sirviera de nada, a pesar de las ideas de sor Benedicta. Nena era la que había traído esa poción al mundo, y era un misterio incluso para ella. No estaba segura de poder cantar de nuevo el encantamiento para volar.

Las dos siguieron hasta el otro lado de la plaza y se metieron por una callecita estrecha entre altos muros de adobe.

—Ya llegamos —dijo María, y Nena no podía creer lo cerca del convento que estaba la casa de los Gálvez, a una breve caminata de distancia.

El portón se abrió. Un hombre descalzo con una sencilla camisa y pantalones de fabricación casera le hizo una reverencia. Nena y María entraron al patio de tierra apisonada. A la derecha había establos. A la izquierda, una pequeña construcción con una chimenea de la cual brotaba humo. En la pared de enfrente había una puerta, por la cual entraron, pasando por un bonito patio con una fuente que burbujeaba y árboles de cítricos. Al ver la casa en la que sor Benedicta había crecido, Nena se sintió a una distancia enorme del aquelarre.

Atravesaron un salón con una mesa enorme y ennegrecida, con sillas de madera tallada y cuadros al óleo de hombres vestidos con cuellos altos. Luego pasaron por una sala con alfombras y baúles de madera, y más adelante por un patio interior hasta llegar a un pasillo. Al final de este, entraron a una habitación oscura, con los postigos cerrados y una vela encendida en una mesita junto a la cama, en la cual yacía un hombre. Nena se llevó la mano a la nariz, y los ojos se le llenaron de lágrimas al percibir el olor a enfermedad y podredumbre.

María se arrodilló al lado de la cama, tomando la mano de Emiliano entre las suyas, para rezar en susurros apresurados.

Cuando Nena cuidaba a sus sobrinos, Chuy y Valentina, había tenido que lidiar con todo tipo de olores fuertes, pero esos comparados con el hedor que desprendía Emiliano parecían naturales y hasta sanos. Nena lo miró. Tenía el rostro demacrado y las pústulas hinchadas hasta casi reventar.

Abrió su bolsa, y sacó una cuchara y el botecito que sor Benedicta le había entregado. Raspó el tapón de grasa que lo sellaba. Olisqueó el brebaje. Tenía un olor terroso, como si estuviera casi a punto de volverse agrio. Nena metió la cuchara en la mezcla.

—Permítame —dijo María, tomando el utensilio y el botecito de manos de Nena y llevando la cuchara a la boca de Emiliano, que cerró la mandíbula alrededor de la cuchara. Nena vio la manzana de Adán que se movía cuando tragaba. María le fue dando el brebaje, una cucharadita tras otra, hasta que se terminó.

Nena se preparó, sin saber qué iría a suceder después. Cuando ella y las monjas lo habían probado, la magia las había alcanzado, arrastrándolas hacia el sol mientras sus cuerpos caían a tierra. Nena observó la cara de Emiliano, atenta a cualquier cambio, aunque sin saber qué esperar. Podía ser que ya fuera en su viaje al sol, pero no podía asegurarlo porque su cuerpo se mantenía inmóvil y su respiración era la misma. Sor Benedicta le había dicho a Nena que cantara el encantamiento para volar, para así curar a Emiliano, pero ella no podía hacerlo en presencia de María.

—Necesito hacer algo —dijo Nena.

—¿En qué puedo ayudarla?

—Es que debo hacerlo yo sola.

—Permítame quedarme aquí. He visto muchas cosas de las cuales no le contaría a nadie. Sé quién es sor Benedicta y lo que puede hacer —dijo María, mirando a Emiliano.

Nena vislumbró brevemente la vida de María, la vida de una

sirvienta, siempre presente, observándolo todo, oyéndolo todo, pero invisible a los ojos de sor Benedicta. A pesar de eso, Nena no quería entonar el encantamiento en su presencia.

—Por favor, señora, déjeme sola —le dijo Nena.

María pareció perpleja. Probablemente nadie le daba un tratamiento respetuoso como para llegar a llamarla señora. Asintió sin pronunciar palabra.

—Hay una campana sobre aquella mesa. Vendré de inmediato si me llama.

Cuando María se retiró, Nena tomó el botecito y lo ladeó para encontrar lo que necesitaba: los restos minúsculos del brebaje que se hubieran quedado en los bordes. Con la punta del dedo meñique recogió lo que pudo.

Se llevó el dedo a la boca, y al instante se sintió diferente, con el pelo vibrando. Se sentía muy despierta, y veía las corrientes de electricidad que recorrían la habitación. Veía cómo ardía la vela, el calor irradiando en círculos a partir del pabilo. Volvió la mirada hacia Emiliano, y ahora podía ver las distintas capas de su cuerpo e investigar todas las partecitas que sus ojos normales no detectarían. Distinguió el virus, cantando su propio encantamiento, replicándose una y otra vez en el cuerpo.

Percibió un movimiento en la cama, y al mirar hacia abajo vio con asombro que Emiliano le sujetaba el brazo. Abrió los ojos y la miró con la misma expresión perdida y ebria que habían tenido las monjas tras probar el brebaje.

—¿Quién eres? Dime tu nombre.

—Mi nombre no importa —contestó ella, asustada.

—Eres un ángel.

—No.

—Has venido del cielo a salvarme —dijo Emiliano.

—Está confundido —respondió ella.

—Acércate. Déjame verte —dijo él. Alargó la mano hasta la cara de Nena, y puso la palma en la mejilla de ella, moviéndola hacia la oreja, atrayéndola y guiando la boca de Nena hacia la suya. Sintió la lengua de él tratando de deslizarse al interior de la de ella, y la horrorizó sentir las pústulas contra su mejilla, su densidad carnosa. Se enderezó.

—¿Por qué no me besas? Eres muy bella.

—No, señor, por favor —dijo ella.

—Ven aquí —dijo Emiliano, agarrando a Nena con sus dos brazos y con más fuerza de la que ella se imaginó que tendría en su estado, para recostarla en la cama junto a él.

—No —reviró ella, alejando la cabeza con un empujón poderoso. Rodó fuera de la cama y fue a caer de rodillas, golpeando la mesa y tirando la campana al piso.

No tenía tiempo que perder. Le abrió su mente a *la vista*, y al momento sintió el encantamiento que se retorcía en su lengua. Cantó las vocales, profundas y graves en su pecho, concentrándose en Emiliano, pidiéndole a Dios que lo sanara. Mientras cantaba, le llegó el aroma de las plantas del desierto creciendo hacia el cielo, henchidas de agua de una tormenta, hambrientas de sol. Emiliano se levantó de la cama, flotando sobre ella. Las pústulas se derritieron en su cara, como si estuvieran hechas de cera.

Nena oyó que María entraba en la habitación. Si la dejó perpleja ver a Emiliano levitando en el aire, no dejó traslucir ninguna emoción. Bajó la cabeza ante Nena.

Nena no sabía qué hacer para que Emiliano bajara de nuevo a la cama.

—Sabía que sor Benedicta haría todo lo que tuviera en sus manos para salvarlo —dijo María, mirando a Emiliano que ahora dormía—. Pero nunca la vi hacer nada semejante. Esta no es la magia de ella sino la de usted. Que Dios la bendiga, Elena. Dios la envió para que lo salvara.

Nena miró alrededor. Frente a la cama había un armario grande y oscuro. Las botas de Emiliano estaban ordenadas en hilera y brillaban de una forma que su papá hubiera aprobado. Un mapa de Nuevo México colgaba en la pared. Había una navaja en una mesa, al lado de un tintero y una carpeta de cuero llena de papeles.

Todos en este lugar hablaban de Dios. Pero, al igual que sucedía en la época de Nena, cada quien tenía su propia idea de quién era Dios. En las historias de su papá, Dios siempre estaba del lado de los colonizadores de Nuevo México. Ese no era un dios mágico o femenino. Era masculino. Era el rey, y el rey era el imperio. Dios siempre había estado con los Montoya, sin importar en qué imperio vivieran, incluido el de los Estados Unidos, de manera que cuando su papá fue a Europa a combatir, Dios iba a su lado. Su papá había caído herido, pero hubiera podido morir, cosa que para él era la prueba de que su Dios, el dios de los patriarcas, siempre había estado ahí.

La mamá de Nena creía en el Dios de Jesús, que protegía a los pobres.

El Dios de sor Benedicta controlaba el caos.

No era el mismo de María, que hacía milagros.

Emiliano parpadeó, abriendo los ojos y esforzándose por sentarse. La mirada ebria había desaparecido y sus ojos se veían claros y despejados.

—¿Quién es ella? —le preguntó a María, mirando a Nena como si jamás la hubiera visto.

Solo una parte de Nena se alegraba de haberlo salvado. El resto de su ser estaba asustado, temeroso de haber hecho lo que sor Benedicta le había pedido.

Porque el Dios de Nena nunca permitía que un acto de magia quedara sin castigo.

# 17

Al día siguiente en la oficina, a Marta la reciben las noticias de que Soto demandó a cada una de las mujeres por un millón de dólares. La simple cifra es mera intimidación, algo equivalente a enviar hombres armados a fiestas de cumpleaños o a la iglesia para acosar a las clientas de Marta.

Linda y ella están al teléfono con Belén Flórez, cuya voz se estremece. Es aterrador recibir de un funcionario judicial unos papeles en los que figura su nombre y, justo al lado, una cifra con un montón de ceros, como si se le estuviera dando una cuenta.

—Usted nos prometió que llegaría a un arreglo en seis meses —dice Belén—. No parece que lo vaya a lograr.

—Tenga fe en Dios —dice Marta. Linda levanta una ceja.

—Dios es grande —contesta Belén con un suspiro.

Belén acude casi todos los días al servicio en una iglesia evangélica, y a Marta no le agrada utilizar su religiosidad de manera tan cínica. Hasta donde ha podido ver, Dios no compensa la devoción de los oprimidos, a pesar de lo que la Biblia diga al respecto. Quisiera poderle decir que tenga fe en ella, en Marta. Siente el zumbido de *la vista* que resuena en sus dientes, que vibra a lo largo del borde exterior de su mano derecha y que golpetea en todo su cuerpo con cada latido de su corazón. *La vista* le habla, le susurra a través de la piel. Cuando Marta le mencionó al viejo Soto el nombre de Silvia Soto en la fiesta para recaudar fondos, él sintió el golpe. La demanda por difamación era culpa de ella, y *la vista* le está indicando cómo propinarle un nuevo golpe a Soto.

—¿Estás bien? —pregunta Linda.

—Demasiado café —dice Marta, a pesar de que no ha tomado ni una gota—. ¿Sabes qué es lo extraño de esta demanda por difamación? Sofía no figura entre las acusadas.

—Pero es lógico, ¿o no? Ella te dijo que iba a cambiar su testimonio, ¿recuerdas?

—Quiero hablar con ella. Si no ha contactado todavía a los investigadores, entonces estamos a tiempo de evitar que se perjudique a sí misma y al caso. Las otras mujeres están en una situación extremadamente vulnerable ahora. No quiero que las vaya a convencer de retirarse.

Linda hojea una libreta, deteniéndose en una página con horarios.

—Hoy tiene turno de trabajo en la empacadora, si quieres podemos ir a verla allá.

En el lugar donde estacionan los camiones de Soto y donde se encuentra la empacadora, una resistente malla ciclónica coronada con alambre de púas recorre todo el perímetro. La mayoría del espacio está ocupado por almacenes con plataformas de carga de concreto que sobresalen en las entradas. Es un sitio bullicioso, con tráileres que entran y salen rugiendo. La única señal de que este lugar solía ser un antiguo puesto de venta de nueces es un anuncio que se encontraba en la antigua construcción de madera, y que ahora está colgado en un lado de uno de los almacenes.

Adentro, unas gigantescas lámparas circulares proyectan una luz verdosa hacia un espacio abierto dominado por maquinaria ruidosa.

Las mujeres que se encuentran en las instalaciones van vestidas con amplios overoles azules y vaporosas mallas blancas que les recogen el pelo, haciéndolas ver muy parecidas entre sí, e incluso cuando Marta las mira más de cerca, no puede distinguir a Sofía en la fila.

Una mujer que ha estado moviéndose por la sala, una supervisora, se les acerca.

—¿Hay algo en lo que les pueda servir?

—Buscamos a Sofía Hernández.

—Ella ya no trabaja aquí.

—¿Renunció?

—No sé nada al respecto —dice la mujer. Sus ojos miran hacia una cámara que apunta al área de trabajo de la empacadora.

Ya que Sofía no se encuentra allí, Marta no quiere hacerle las cosas más difíciles a la supervisora, que, sin quererlo, le ha permitido enterarse de algo valioso. En estos tiempos, todo se graba. En el camino hacia la salida, Marta cuenta otras tres cámaras. Soto recibió una notificación judicial para entregar los videos de las cámaras de seguridad. No han encontrado nada que lo perjudique, pero a lo mejor hay videos que no entregó.

Al salir, Marta le hace un gesto de despedida a la cámara que hay justo encima de la puerta.

—¿Qué haces? —pregunta Linda.

—Saludo y me despido —contesta ella. Quiere que Soto sepa que estuvo en la empacadora, dándole caza. Quiere que él haga su siguiente jugada. *La vista* sigue latiendo en su interior, y sabe lo que debe hacer ahora.

⁂

La casa de Sofía es diminuta, con un jardincito cuidado, con pasto amarillento y bordeado de arbustos de junípero que parecen sedientos. En la entrada hay un carro nuevo, un pequeño Kia blanco, que aún tiene las calcomanías de la agencia.

—¿A qué viene aquí? —le pregunta Sofía a Marta cuando abre la puerta del frente, pero por detrás de la puerta de mosquitero. Tiene una expresión impávida, y su mirada va de Marta a Linda, como si no pudiera decidir a cuál de las dos odia más.

—He venido a disculparme. Lamento mucho lo que dije el otro día.

Sofía abre la puerta mosquitera apenas una ranura.

—Pásele —dice, sin la menor calidez. Es evidente que ha estado llorando.

La casa huele a aceite de cocina, cebollas fritas y amoníaco. Una mujer mayor, con oxígeno, está sentada en una silla reclinable con la televisión a todo volumen. Marta siente el apremio de parar un momento y hablar con esta mujer, pedirle que le cuente todo lo que sabe. La señora mayor la mira, sorprendida.

—Buenas tardes —la saluda Marta.

—Dios te bendiga —contesta la señora, y se ve más enferma que antes.

Marta y Linda siguen a Sofía hacia la cocina, y allí ella pone una cafetera en la estufa.

—¿Por qué renunció? —le pregunta Marta.

—Ya no quiero trabajar más en ese sitio. Tengo que hacerme cargo de cuidar a mi mamá — responde Sofía.

Marta oye preocupada una canción que resuena muy aguda en el aire. "¿Cómo? ¿Cómo podré pagar las cuentas de sus medicinas, el hospital, la luz y el agua, y, Dios me guarde, la renta?". La huella de esos pensamientos flota en el aire, y su repetición los convierte en parte de la atmósfera de la cocina. Marta siempre ha sabido a qué se enfrentan sus clientas, pero desde un punto de vista intelectual. Ahora, *la vista* parece estarle dando información más personal y privada, del tipo que ella siempre ha preferido evitar. Pero admitir ese dolor le da más poder a Marta.

—¿Soto la obligó a renunciar? —pregunta.

—No.

—¿De quién es ese carro que está en la entrada?

Una vacilación repentina cruza el rostro Sofía.

—Mío.

—Es un carro bonito —dice Linda. No hace falta tener *la vista* para entender lo que sucedió.

—¿Sofía? ¿Mija? —la señora la llama desde la otra habitación con una voz débil.

Marta oye susurros: "Diabetes, un pie que tal vez haya que amputar, una infancia en Villa Ahumada, una madre costurera".

—Ya voy, mamá —contesta Sofía—. Tengo que llevarla a una cita médica.

— Ya sé por qué quiso cambiar su testimonio. Necesitaba el dinero de inmediato.

La mirada de Sofía va y viene entre Marta y Linda.

—Comprendo que quisiera recibirle cosas a Soto, pero lo cierto es que él le debe mucho más que eso.

—No sé de qué me habla.

—¿Qué más le ha pedido que haga? ¿Qué más además de cambiar su testimonio? ¿Qué trato fue el que hizo con Benjamín Soto?

—Nadie me pidió que hiciera nada.

—Si alguien la amenazó, eso podría servir para nuestra demanda. Hay reglas en contra de la retaliación, y la señora Torres puede ayudarla —le dice Linda en español. El término es represalias, no retaliación.

—Váyanse —dice Sofía, y se oye el dolor en su voz.

—No quiero que hable con las otras —dice Marta. Tiene que reducir al mínimo el daño que Sofía pueda hacer.

—Haré lo que tenga que hacer, todos tenemos que comer —contesta Sofía, con la voz temblorosa y la mirada desafiante.

—Se lo advierto, no vaya a perjudicar este caso —insiste Marta, mirando a Sofía a los ojos. *La vista* aflora en ella. El rostro de la otra se desfigura por el miedo.

—Vámonos —dice Linda, tocando levemente el hombro de Marta.

En el trayecto de regreso a la oficina desde San Elizario, Marta sigue el curso del río Bravo, pasando por campos de algodón que se convierten en desarrollos de vivienda y que se extienden por muchas millas de distancia, para luego pasar frente a una de las entradas del Fuerte Bliss.

El fuerte tiene la misma área que el estado de Rhode Island. Durante las guerras en el Medio Oriente, muchos soldados llegaron al Fuerte Bliss, el lugar ideal donde entrenarse para combatir en el desierto de Irak o en las montañas y peñascos de Afganistán. Cuando los soldados volvieron de la guerra, traían heridas en la mente y el cuerpo, y la violencia de la guerra tenía que desahogarse. Volvieron esa violencia contra sí mismos y contra las personas más cercanas a ellos. Esa es la naturaleza del abuso, que es un desahogo del abuso cometido contra nosotros.

Marta está en modo de combate ahora, y agradece esa conocida sensación de furia profesional bajo control. El aquelarre está abierto, y *la vista* fluye a través de ella. No le importa si Rosa aparece o no en algún momento. Espera que se mantenga alejada, porque no quiere que el aquelarre se cierre nunca más.

# 18

Nena fue invitada a cenar con los señores Gálvez para celebrar la recuperación de Emiliano y el final de la cuarentena de la familia.

Durante la comida, Emiliano y don Javier hablaron de las acequias, de los toneles de vino y de los precios de los caballos. No incluyeron a Nena en la conversación, pero a ella no le importó, contenta de estar con otras personas tras tantos días de comer a solas. Emiliano tenía puesta una camisa blanca, pantalón negro y un fajo colorado. Parecía una persona completamente diferente en comparación con ese cadáver en descomposición que ella había encontrado en su cama dos semanas antes.

Nena vio que don Javier se zampaba las albóndigas en la boca y hablaba al masticar. Como no quería echarse a perder el apetito, bajó la mirada para concentrarse en su propio plato. Las albóndigas eran exquisitas, servidas con un caldillo rojo de tomate. Después vino el lomo con zanahorias y papas, y después de eso, café e higos. Esta era la primera cena de adultos a la que Nena había asistido.

Cuando don Javier terminó con el último higo, se dio unos toquecitos con la servilleta en las comisuras de los labios. Sacó una pipa y la llenó de tabaco, que procedió a prender con un encendedor de yesca, y el olor húmedo del tabaco impregnó el comedor.

Por primera vez en toda la velada, don Javier volvió su atención hacia Nena.

—Me han encargado encontrarte marido —dijo.

—Bueno —contestó Nena, con una objeción lista a salir de su boca.

—No será cosa fácil. No tienes dote. Eres huérfana. Eres pequeña, pero no menuda, y tu cabello no está peinado como el de una dama —dijo don Javier, y la miró sopesando sus características, como si estuviera examinando ganado—. Aunque no podría definir con exactitud qué es lo que está mal.

—No, señor —dijo Nena. Era cierto que su pelo se estaba tardando bastante en crecer luego de que se lo cortara para verse como Ingrid Bergman.

—Mi hija me dice que eres buena trabajadora.

—Sí.

—Que sabes llevar una cocina y decirles a los sirvientes qué preparar.

—Sí.

—Entrenada en el convento. ¿Así que podrías enseñarles el catecismo a los niños?

—Sí, supongo que sí.

—Con esta peste, muchos hombres han perdido a sus esposas. Podrías casarte con un viudo. Uno que no necesite la dote. Iremos al concierto en el Palacio Municipal. Allí estará Urrea.

Emiliano rio.

—¿Qué es lo que te parece tan gracioso? —preguntó don Javier.

—Urrea no es una mala persona, pero es más feo que el hambre o la noche sin sueño.

—¿Y eso qué importa?

—¿Y qué tal Fonseca? Por lo menos es alto. Y ya ha perdido a tres esposas. ¿Por qué habría de oponerse a una cuarta? —Emiliano le hizo un guiño a Nena.

—¿Por qué tienes que tomarte todo a broma? —preguntó don Javier—. Escapaste de las garras de la muerte, pero sigues sin comportarte como un hombre.

Emiliano se rio con eso también.

—¡Ojalá el matrimonio te haga madurar! —gritó, y se volteó hacia Nena—. ¿Conociste a la novia de Emiliano en el convento?

—Sí, a Eugenia.

—Ella vendrá con diez mil.

Nena supuso que el número se refería a una cantidad en pesos, y diez mil parecía ser un montón. ¿Acaso don Javier y Emiliano no sabían que Eugenia había caído enferma? Nena se preguntó qué diría don Javier si se enterara del estado de la cara de Eugenia. ¿Sería que el dinero de la dote compensaría las cicatrices? Sonaba a que era posible que sí. No es que Eugenia fuera la principal preocupación de Nena. Las dos semanas que había pasado donde los Gálvez habían sido monótonas, pero también tranquilas. Por primera vez en su vida no había tenido que mover un dedo y se había podido dedicar a las ensoñaciones, pensando en cómo sería la vida que podría tener en El Paso del Norte. Pero ahora entendía que, en casa de los Gálvez, se encontraba en una situación más complicada que en el convento.

No quería casarse con nadie. No podía casarse. Tenía que volver a su casa. Sin la magia del aquelarre, salir de El Paso del Norte sería aún más complicado, por no decir imposible. La última gota de brebaje se había utilizado para salvar a Emiliano, y desde ese día ella no había vuelto a sentir más vibraciones de *la vista*. Durante las dos semanas a solas, había abierto su mente a menudo, invitando todo tipo de encantamientos, pero ninguno apareció.

❊

La noche del concierto, María ayudó a Nena a quitarse el vestido de paño para que se pusiera uno de seda rosa clara que reflejaba la luz y crujía cuando se movía. Ese vestido le quedaba mucho mejor que el que había venido usando, y se preguntó de dónde provendría. Costaba imaginarse a sor Benedicta con semejante vestido. Nena no se la imaginaba con nada que no fuera negro. María hizo que se sentara en un banquito, y sacó un cepillo con el mango de plata del tocador. Con movimientos largos y uniformes, recogió el cabello de Nena en lo que parecía ser un trenzado muy elaborado en la parte de atrás de la cabeza, dejando que unos cuantos mechones le cayeran en la cara.

María tomó el espejo de plata y lo sostuvo ante Nena.

La cruz de Carmela pendía de un listón atado al cuello de Nena. El corsé le había levantado los pechos, de manera que daba la impresión de que tenía busto. Se veía como una mujer de verdad, adulta. Olga y Luna a duras penas la reconocerían si se presentara en la puerta de su casa. Rápidamente se deshizo de ese pensamiento porque la hacía sentir perdida, cosa que no le venía bien en ese momento. Tenía que estar serena y ser muy lista, para así poder tomar las decisiones correctas.

Cuando llegaron al Palacio Municipal, don Javier guio a Nena a través de las salas. Los hombres les hicieron una leve reverencia, mientras que las mujeres les mostraron unas sonrisas tensas y falsas. Don Javier cruzó la gran sala con Nena, y la llevó hasta otra con el techo bajo y un candelabro de madera, con docenas de velas cuyas llamas parpadeaban. Una cantidad de sillas rústicas estaban dispuestas en filas que se curvaban alrededor de una pequeña espineta. Don Javier llevó a Nena hasta la fila intermedia, y allí se sentaron.

Ella oyó el abrirse y cerrarse de los abanicos. Percibió el aroma a perfume y ese otro olor que empezaba a entender como propio de esa época, el olor de los cuerpos sin bañar y de ropa poco ventilada.

Los otros invitados fueron encontrando sus lugares. Delante de Nena se sentaron dos señoras, con sus altas peinetas y mantillas bloqueando el escenario. Nena se enderezó, ladeándose un poco para poder ver por en medio de las dos cabezas.

—Perdón —se disculpó Emiliano, deslizándose en la silla que

había junto a ella, sus piernas eran tan largas que debía estirarlas debajo de la silla que tenía al frente. Nena le echó un vistazo fugaz, y alcanzó a ver las largas pestañas, la nariz prominente y orgullosa. Y luego fijó la mirada en el centro de la sala.

Una mujer irrumpió en el espacio al frente de las sillas. Llevaba una peluca muy alta, la cara densamente empolvada con colorete en las mejillas y los labios pintados de rojo sangre. Se veía muy poco atractiva con tanto maquillaje. A Nena le dio un poco de pena. Pero luego cantó, proyectando su voz hacia la parte de atrás del salón. La gente dejó de hablar. Nena se inclinó hacia adelante. Todas las emociones que sentía pero que no podía expresar, parecían sostenerse en la voz de la cantante, allí estaban la rabia y el miedo y la esperanza, todas entretejidas. Nena escuchaba atenta cada canción, sintiendo que las notas tocaban partes adoloridas de su ser. La última canción le erizó el pelo. La hizo sentir que, si era posible hacer música como esa, todo era posible.

Cuando la cantante terminó su interpretación, aplaudió y aplaudió.

—Oh, oh, oh —dijo, sin poder contenerse.

—¿No había oído ópera antes? —le preguntó Emiliano.

Nena se volteó hacia él, y observó su bigote bien peinado y sus grandes ojos negros.

—¡Estuvo magnífica! —exclamó Nena—. Jamás había oído nada igual.

Emiliano se levantó y le hizo una leve reverencia a Nena, como si acabara de conocerla. Le tendió la mano, y ella extendió la suya para que se la besara.

—Encantado.

Era muy buen mozo, pero ella lo había visto en sus peores momentos, agonizante y cubierto de pústulas. ¿Y qué tipo de hombre era el que besaba así la mano de una chica? Le pareció tal tontería que se echó a reír.

Emiliano dio un paso atrás, y le miró el busto con los pechos comprimidos hacia arriba. Quiso darle a entender que lo que veía no era para tanto.

—Usted proviene de la rama de la familia que vive en Santa Fe, según nos dijo papá. ¿Por qué nunca había oído hablar de usted?

—La cantante era divina, ¿no cree? —preguntó Nena, pensando que esa era la palabra adecuada para describirla.

—¿Sabe que se supone que no deba interesarse en la música y esas cosas demasiado? Ni siquiera se supone que la escuche con atención, sino que, como esas otras mujeres, hable durante el concierto.

—Eso sería una grosería.

—No digo que no lo sea. ¿Quiere algo de tomar? —le preguntó.

Nena miró a don Javier, buscando su permiso.

—No se tarden, que quiero presentarle a ella unas cuantas personas —dijo el señor.

Salieron al pasillo. Emiliano tomó un par de copas de una bandeja que sostenía un sirviente.

Nuevamente clavó la mirada en el busto de Nena mientras le hablaba.

—Esta champaña viene de Francia, pero se echó a perder durante el viaje por mar. Deberían servir de nuestro vino, el mejor del Nuevo Mundo.

—¿Y cuándo podré probar yo el mejor vino del Nuevo Mundo? —preguntó Nena.

—¿Cuándo? Todos los días que se siente a la mesa con nosotros.

Nena se rio de nuevo, aunque no sabía muy bien por qué. Los dos sorbitos de champaña la habían hecho sentir risueña y acalorada.

—Le parecerá que soy gracioso, pero yo pienso otra cosa de usted —le dijo, acercándose tanto a ella, a su rostro, que Nena sintió el roce de sus largas pestañas en la mejilla y su aliento en la oreja.

Emiliano posó una mano en su cintura, y ella sintió que le cubría medio cuerpo.

—¿Puedo contarle un secreto? —preguntó él.

—Sí —contestó ella, tocándole el antebrazo.

—A mí también me gusta oír música.

—¿Y puede oír la... la otra música? —preguntó Nena, sin saber cómo averiguar si él también tenía visiones o si percibía los encantamientos, al igual que ella. Era pariente de sor Benedicta, y tal vez haber probado el brebaje le había despertado algo por dentro.

—¿Se refiere a cosas como la cuadrilla? Claro que sí. Me encanta bailar —contestó.

—Ah, a mí también —añadió Nena, a pesar de que era pésima para bailar. A lo mejor Emiliano podría enseñarle.

Nena lo miró. Quería que le acariciara la mejilla con sus pestañas una vez más. Quería que no retirara la mano de su cintura nunca más. Él la miró desde su elevada estatura y sonrió.

—Se estaba riendo hace un momento. ¿Por qué tan seria ahora? —preguntó.

—Porque estoy hablando en serio —repuso ella.

—Ahí están —don Javier apareció junto a ellos—. La cantante está por empezar de nuevo. Vamos a ocupar nuestros lugares.

Al día siguiente, Nena fue con María a misa de doce a la catedral. Vigas oscuras atravesaban el techo, y negras chapas de madera se apoyaban en las vigas, para dar la impresión de que el techo era todavía más alto. El lugar olía a establo, con caca de pájaro en la pila de agua bendita y palomas anidando entre las vigas, aleteando y arrullando. Las bancas rústicas estaban dispuestas en hileras, también sucias de porquería de pájaros. El área detrás del altar servía también como bodega, con cajas y barriles apilados unos sobre otros. Nena jamás había visto una construcción tan mal cuidada, y menos aún una iglesia. Se preguntó qué pensarían sus hermanas de esta catedral.

Nena y María se hincaron de rodillas. Nena cerró los ojos, más para pensar que para rezar. No podía casarse con nadie en esta época, ni siquiera con Emiliano. Él tampoco era una opción para ella. No tenía un solo peso, y menos los miles que se esperaban de una dote. Y no es que ella quisiera casarse con él. Pero si estuvieran en la época de ella, le permitiría invitarla al cine. De pensar en el cine, sintió una terrible añoranza, un deseo de sentarse en una butaca de terciopelo en la oscuridad y oír la música inicial, con la emoción de internarse en un mundo nuevo durante un par de horas.

Sintió que algo le caminaba por el zapato y abrió los ojos. Un ratón. Mantuvo la boca bien cerrada, conteniendo un alarido, mientras sacudía el pie para sacárselo de encima.

—Shh —dijo María, aún con los ojos cerrados.

Cuando la misa terminó, María y Nena cruzaron la plaza hacia el mercado. Trozos de tela de colores estaban extendidos en lo alto para hacer sombra sobre unas mesas muy toscas, pero le daban al mercado una apariencia de festival.

Al acercarse al mercado, Nena sintió el olor a fritura, el humo del fuego de mezquite debajo de la cazuela de pozole, que vendía una mujer menuda que le recordó a su mamá. Un vendedor gritaba "¡Masa! ¡Masa!". En uno de los puestos, un hombre vendía bolsas de trigo. En otro, de café. En los puestos de los carniceros había hígado y piezas de carne y piernas de cabrito enteras. De la carne emanaba un fuerte olor a podrido, y las moscas cubrían por completo las patas de cabrito, haciéndolas ver negras. Cuando el carnicero sacudía la mano, las moscas levantaban el vuelo al mismo tiempo, y luego se posaban todas otra vez, moviéndose unas sobre otras.

Nena oyó un ruido, carcajadas sonoras, estrépito de vidrios rotos, y junto al mercado, en la plaza, vio a Emiliano sentado a una mesa frente a una rústica construcción de adobe. Estaba bebiendo con amigos. Estos jóvenes hablaban a los gritos, recostándose hacia atrás en las sillas. El mesero se inclinó para recoger los trozos de vidrio.

—No está bien que una dama se quede mirando así —dijo María, tironeando a Nena por el brazo.

—Anoche fue muy amable conmigo —contestó Nena, y al instante se reprendió por haber dicho eso.

—El señorito coquetea con todas las muchachas bonitas —le contó María.

—¿Le parece que soy bonita? —preguntó Nena. Era una tontería, pero no pudo evitar averiguarlo.

—Ay, Elena —contestó María, con lo cual no contestaba la pregunta. Quería decir que no. Negó con la cabeza—. Tenga mucho cuidado.

Nena de verdad trataba de comportarse lo mejor posible. Era cierto que a veces se equivocaba al tomar decisiones, pero eso era solo porque trataba de ayudar a otros.

—Señorita Elena —oyó que la llamaba Emiliano desde su mesa.

Nena se acercó. Emiliano trató de saludarla con una reverencia, pero tropezó y volcó su silla. Olía a alcohol. Le pasó el brazo por los hombros a un hombre de pelo rojo.

—Joaquín, te presento a la señorita Elena, nuestra protegida —dijo Emiliano—. Le encanta la ópera.

—A mí también —dijo Joaquín, haciéndole una venia.

—Pero no sabe mucho de cómo comportarse en un recital. No sabe que se supone que no debe escuchar y atender sino hablar y abanicarse, que es lo que hacen las verdaderas damas —explicó Emiliano.

—Mi hermana podría darle lecciones sobre cómo hacerlo —dijo Joaquín.

—Ella conoce a tu hermana. Estaban juntas en el convento.

—Entonces sabrá que Eugenia es tan sofisticada que nunca cierra la boca —anotó, riendo.

—No digas esas cosas de ella —dijo Emiliano, y una sombra invadió su rostro.

—Puedo hablar de Eugenia como me plazca —replicó el otro.

Nena se dio cuenta de que, aunque se veía firme sobre sus dos piernas, también estaba borracho.

—Te lo advierto —dijo Emiliano, y se acercó a su amigo.

Joaquín le puso la mano en el hombro y se lo apretó.

Emiliano le dio un empellón a Joaquín, que cayó de espaldas en el polvoriento empedrado. Joaquín se levantó, con la cara tan colorada como el pelo, y le dio un puñetazo a Emiliano en el ojo. Este le devolvió el golpe, y los dos fueron a dar al suelo, donde se trenzaron en una trifulca.

Los otros tres amigos les gritaban "¡Pégale!", riendo, pero a Nena la pelea le parecía cosa seria, y una sombra negra se apresuraba a meterse bajo los pies de los jóvenes. Empezó a sentirse acalorada y mareada. El zumbido en sus oídos se hizo más fuerte. Tocó la cruz de Carmela. Se obligó a pensar en la sólida orilla del río mientras la arrastraban las aguas de *la vista*. Vio imágenes fugaces de hombres a caballo. Hombres vestidos con pieles, portando lanzas, emitiendo un ruido terrible desde el fondo de la garganta, agudo y destinado a aterrorizar. Un tiro de mosquete. Un cuchillo que relumbraba al sol. Nena sintió el cuchillo en su estómago, y se ahogó, tosiendo sangre en el camino que salía de El Paso del Norte.

Cuando volvió en sí, estaba tendida en el suelo y María le estaba aflojando el vestido por detrás. Los jóvenes la miraban, desde arriba.

Se levantó demasiado aprisa, con la sangre que le latía en la cabeza, avergonzada por lo sucedido. Había pensado que *la vista* ya no la haría desmayarse.

Emiliano se reía, con una mano sobre el ojo golpeado.

—¡Pensamos que la habíamos perdido!

Le parecía terrible que él la viera así, desmayada y desvalida, tendida en el suelo. María ya la estaba arrastrando hacia la casa de los Gálvez, y Nena se alegraba de alejarse. Había bajado la guardia.

—Le dije que tuviera cuidado —insistió María—. Si se desmaya así, ante todos, va a empezar a ganarse una mala reputación, ¿y entonces qué podrá hacer? Nadie la querrá por esposa. ¿Por qué cree que sor Benedicta tuvo que irse al convento?

A Nena no le permitirían volver al convento, así que ¿adónde podría irse? Esa pregunta la llenaba de miedo.

Esa noche, a la hora de la cena, Nena sentía un dolor de cabeza sordo que le latía detrás de los ojos, y Emiliano parecía más despierto y fresco de lo que podría ser posible después de la borrachera del día. Se veía bien peinado y se había cambiado de ropa. Tenía un ojo negro, pero eso no alteraba para nada el buen color de su tez.

—Eres demasiado impetuoso —sentenció don Javier, comiéndose su pastel de paloma a dentelladas—. Tienes que aprender a disciplinarte.

—Los muchachos y yo solo nos estábamos divirtiendo.

—Deberías pasar tu tiempo trabajando.

—Elena me dijo que quería conocer los viñedos —dijo Emiliano, guiñándole a ella el ojo bueno.

—¿Los viñedos? Ese no es lugar para mujeres —contestó don Javier.

—Dice que no me cree que tengamos las mejores uvas de todo el Nuevo Mundo —insistió Emiliano.

—Yo no dije eso —intervino Nena.

—¿No crees que nuestro vino sea el mejor? —preguntó don Javier.

—Eso no fue…

—No podemos permitir que se extiendan ese tipo de rumores, ¿verdad? —preguntó Emiliano.

—No entiendo nada de vinos. Jamás he visto cómo se cultiva el vino —dijo ella, molesta con la insistencia burlona de Emiliano.

Don Javier dejó de comer. Se limpió la boca con la servilleta, pero pasó por alto una mancha de grasa en su barbilla. Miró a Elena a los ojos.

—Cómo se cultiva el vino… ¿Crees que vas a ver eso? La estupidez de las mujeres nunca dejará de sorprenderme.

—¿No cree que debíamos ayudarla a reducir su ignorancia? —preguntó Emiliano, sonriente.

—Podemos hacer algo aún mejor. Cuando te llevemos a los viñedos, invitaremos al señor Urrea. Me dijo que te había visto en el concierto y que quería conocerte —dijo don Javier.

—No quiero ir a los viñedos —repuso Nena.

—Tengo el caballo ideal para llevarla —agregó Emiliano.

Nena calló, furiosa. Ahora se daba cuenta de que Emiliano era el tipo de persona a la que gustaba jugar con los demás. Pero ella no era un juguete sino una bruja.

Y no es que eso sirviera de mucho.

Era verdad que el brebaje la había protegido de la viruela, pero haber preparado ese cocimiento era lo que había llevado a su expulsión del convento.

Sus visiones nunca le habían traído más que tristeza y penas.

❋

Haber predicho cuándo y dónde moriría el señor Echeverría no había evitado que los sacaran de la casa donde vivían. El señor estaba vivito y coleando cuando se plantó frente a la casa, con el motor del carro encendido, para ver la mudanza de la familia. Los tíos habían enviado un camión junto con algunos trabajadores para sacar los muebles. La casa a la que se iban tendría dos habitaciones: una para los papás de Nena y la otra para todo lo demás: para estar, comer, y sería también el sitio donde las niñas dormirían. Las paredes tenían la pintura pelada. Había un baño afuera, junto a la cocina, pero era solo el sanitario y no tenían ducha ni bañera.

Luego de la ida al Jockey Club y de la mudanza, su papá no volvió a salir y a duras penas dejaba el dormitorio, pero le seguía encantando contar historias. Cuando Nena regresaba a casa de la escuela, dejaba sus libros, servía dos vasos de agua, preparaba algo de comer para su papá y se lo llevaba en un plato, se sentaba en el borde de la cama, atenta mientras él relataba sus narraciones entre jadeos. Por lo general, tenía que parar para recuperar el aliento en el punto en que los soldados se enfrentaban a los apaches, erizados de armas, al otro lado del río.

—Ahora, óyeme bien: No creerías que una mujer de nombre Eduviges podría haber sido hermosa, ¿cierto? Pero lo era —contaba su papá, la historia de dos de sus antepasados: Eduviges, la hija del dueño de una mina de plata en Zacatecas, y Dionicio, un ingeniero ferroviario de Nuevo México. Luego de un cortejo en secreto, Eduviges se montó en su caballo y se lanzó tras el tren de Dionicio, que avanzaba lentamente, para saltar de la silla a los brazos de su amado que la esperaba, dejando atrás una fortuna a cambio del amor. ¡Qué nombres tenía la gente en esas épocas! A Nena le encantaba oír cuentos sobre las minas de plata de su familia, incluso a pesar de que las habían perdido hacía mucho.

Lo que no le gustaba era cuando su papá contaba historias de brujas, como esa en la que una bruja le enseñó a una mujer la manera de ver en una palangana de agua para encontrar a su hijo, que era pastor. Ese tipo de historias le producían a Nena punzadas de vergüenza y pena, y le aterraba que fueran a descubrir que ella era también una bruja. No quería terminar como doña Hilaria, en una casa sucia y llena de perros, gritándoles maldiciones a las niñas. Ella más bien quería ser valiente y lista como sus hermanas, cada una a su modo.

Cuando Olga estaba en último año de la preparatoria, había fundado un club de español, para poder hablar en español y protestar contra la prohibición de hacerlo en el colegio. Los integrantes del club, un grupo pequeño, se reunieron por primera vez un día durante el almuerzo, en la cafetería, sentados todos alrededor de una mesa, con Olga en la cabecera. Todos esperaban ver lo que haría la directora, pero transcurrió la hora del almuerzo y nada sucedió. Al día siguiente, los miembros del club platicaron solo en español durante el almuerzo, y la directora siguió sin decir nada. Al tercer día, Luna fundó el club de inglés exclusivo, y el grupo fue a sentarse en la mesa vecina a la del club de Olga.

Luna y Olga empezaron a pelearse en la escuela ese día, y seguían haciéndolo cuando fueron a recoger a Nena a la salida de clases. A Nena le gustaba cuando se peleaban porque así se les olvidaba insistirle en que hiciera la tarea u ordenarle que se lavara las manos. En español, Olga le dijo a Luna que preparara la cena, y Luna se hizo la que no había entendido. Olga, que era tan obstinada como su hermana pero a su manera, se negó a hablar en inglés, y así siguieron, con la mayor diciéndole a la del medio lo que debía hacer en español, y la otra contestándole en inglés, que se dirigiera a ella en el idioma de los Estados Unidos. La cosa empeoró tanto que Nena empezó a preocuparse. Dijo que se mantendría fuera de la pelea y se encargaría de preparar la cena.

Ambas le ordenaron que se callara, Olga en español y Luna en inglés. Nena empezó a llorar, y luego oyeron a su papá gritándoles desde la habitación. Le costaba mucho hablar en susurros, que era lo que podía hacer, así que la cosa era seria, evidentemente.

Cada una le relató su versión de lo acontecido. Tras oírlas, el papá le dijo a Luna que tenía que disolver su club, y le recordó que su familia había sido una de las fundadoras de Albuquerque y que los Montoya habían hablado en español en esa región del mundo desde 1584, casi doscientos años antes de que existieran los Estados Unidos como país. Lo decepcionaba el comportamiento de Luna, y seguramente igual se sentían sus antepasados.

Aunque a Nena le encantaba que su papá contara cosas sobre sus antepasados, sintió algo de lástima por Luna. Mientras la veía cambiarse, poniéndose el uniforme de mesera para ir a su turno de trabajo nocturno, trató de ayudarla. Encontró el cinturón del uniforme hecho una bola arrugada en un rincón del clóset, y se metió bajo la cama para recuperar uno de sus zapatos. La vio sacar su labial del escondrijo, uno de los postes de su cama, y meterlo en su bolsa. Esto asustó a Nena, pues quería decir que Luna tenía planes de irse a otro lugar después de salir de trabajar.

Cuando al fin regresó a casa, era ya muy tarde. Mamá, Olga y Nena la esperaban, sentadas en el sofá. Luna olía a cigarrillo, llevaba un vestido que no era suyo y el labial se destacaba en su cara. Se veía hermosa y muy vital, y a Nena le dio lástima que fuera tan atrevida.

—¿Dónde estabas? —preguntó la mamá en español.

—En ninguna parte.

—¿Y con quién?

—Con un par de chicas del restaurante. Fuimos a bailar —contestó, y luego reconoció que había salido con un hombre también, uno de los meseros.

Se armó tremendo escándalo con lágrimas y portazos, y el papá dijo que no aceptaría que su hija fuera la vergüenza de la familia, pero al final de la discusión se decidió que Luna podía dejarse ver en público con Beto, que así se llamaba el mesero, siempre y cuando fueran acompañados por Olga.

Beto tenía veinticuatro años, y a Nena le parecía un anciano. Se peinaba con gomina, dejando el pelo bien tirante hacia atrás, y tenía un par de grandes ojos cafés. Su cara parecía algo aplastada, como si alguien lo hubiera golpeado con una sartén de fierro. Tenía manos y antebrazos grandes, y tenía ese tipo de atractivo que hace pensar que todo el mundo, menos uno, se da cuenta de lo buen mozo que es.

La primera vez que Olga hizo de chaperona para Beto y Luna, iba con un vestido de cuello muy cerrado y el pelo recogido y tirante sobre el cráneo. Llevó su libro de matemáticas para hojearlo durante el trayecto en tranvía, para no perder tiempo. Pero a medida que los meses pasaron, Nena la vio transformarse. Empezó a encresparse el pelo. Alteró algunos de sus vestidos para darles un nuevo estilo, acortándolos. Y antes de salir con ellos se aplicaba de su propio labial, también secreto, y luego se limpiaba el exceso con el pañuelo. Cuando andaban calle abajo, Beto rodeaba con un brazo a una de las hermanas y con el otro brazo, a la otra, y cuando se despedía, no le daba un beso a ninguna sino que hacía una pequeña reverencia, como todo un caballero.

Una semana, Beto les dijo que le habían prestado un carro y que las iba a llevar a todas a un pícnic en Hueco Tanks. En realidad, en ese entonces no era un parque, pero Beto era pariente lejano de los Escontria, la familia dueña de esa zona. Luna llevó Coca-Colas y panes comprados en una tienda, y Olga preparó unas albóndigas diminutas en salsa roja. Y el sábado que tenían planeado ir, uno de los garroteros del restaurante fue hasta la casa para avisarle a Luna que la necesitaban allá para cubrir un turno.

—Vayan sin mí —les ordenó a sus hermanas.

Por el camino, la voz de Olga se hizo muy aguda, y ella se reía de todo lo que Beto decía, incluso de tonterías como "Miren, un correcaminos". Una vez que llegaron a Hueco Tanks, pasaron frente a la casa de adobe de los Escontria, siguiendo un sendero a través de una maraña de mezquites, que luego salía hacia las piedras rojizas. Una familia de jabalíes cruzó el sendero a toda prisa, y fue a desparecer entre la salvia y el sotol. En las pozas de piedra, caminaron por ahí mirando las pinturas en las rocas, hechas por diferentes bandas de indios a lo largo de muchos siglos.

Beto señaló las pinturas apaches de hombres a caballo y de venados corriendo. Bajo una cornisa saliente, como si fuera algo previsto para permanecer oculto, les mostró a las chicas una pictografía geométrica de triángulos amarillos dispuestos en hileras horizontales, cinco hileras de cuatro triángulos. Incluso en ese momento, Nena supo que se trataba de algo poderoso, sin entender que era una plegaria para atraer la lluvia o quizás una ofrenda en forma de mapa al dios Tláloc, para que pudiera encontrar el camino desde el centro de México hasta ese rincón reseco del planeta. Mientras contemplaba los triángulos, Olga hizo un chiste sobre la geometría, algo relacionado con la hipotenusa, que Nena no captó y Beto tampoco, pero se rio y se acercó a ella, posando el dedo en los mismos triángulos que ella había tocado. Bajo otra saliente, los tres tocaron las firmas de los viajeros que recorrían la ruta Butterfield, escritas con la grasa de los ejes de las diligencias, por encima de los dibujos que habían dejado los indios. A mediodía comieron, sentados en una piedra grande junto a una poza de agua que se mantenía fresca a la sombra de un saliente. El aporte de Beto a la comida fue una caja de cerezas cubiertas de chocolate. Eran la cosa más deliciosa que Nena hubiera probado, y se alcanzó a comer cinco antes de que Olga la hiciera parar.

Nena sintió ganas de ir al baño. Rodeó la colina y se metió tras un arbusto, donde se acurrucó. Luego de terminar, caminó por ahí sin rumbo fijo. Tocó una de las pictografías, una de un pájaro del trueno, poniendo sobre él la palma de su mano. Se tendió bocabajo para mirar el agua de una de las pozas, tratando de ver los camarones de agua dulce que supuestamente vivían allí, y consiguió distinguirlos, diminutos cuerpecitos como fantasmas, flotando en el agua. Oyó un cascabel, tenía que ser una serpiente, y corrió de regreso adonde había dejado a Olga y a Beto. Se estaban besando, y cuando la vieron, tuvieron la desvergüenza de seguir abrazados.

Cuando volvieron a casa, Luna los estaba esperando. Había raspado el bloque de hielo de la hielera con un cuchillo de mantequilla, y se lo estaba poniendo en la cara, con los pies metidos en una palangana de agua. Olía a tortillas y a grasa y se veía cansada. Al verlos, se dio cuenta enseguida. Y Olga supo que la otra lo sabía. Las dos hermanas no se hablaron en una semana y, a pesar de lo terribles que fueron esos días, Nena había llegado a querer más a Olga por haber hecho eso, por no ser perfecta.

Ese recuerdo le dio algo de consuelo a Nena. No era el simple hecho de que Olga cometiera errores, como todos los demás, sino lo que sucedió después. Beto le llevó a Luna un anillo, y fijaron la fecha para la boda. Cuando Beto fue a visitarla a la casa por primera vez luego de eso, Olga le preguntó si quería un café, y fue a la cocina a prepararlo. Nena la encontró de pie frente a la cafetera, y las lágrimas le resbalaban por las mejillas, sin más ruido. Nena la abrazó, pero los brazos de Olga pendían inertes a cada lado de su cuerpo, y las lágrimas no dejaban de brotar. Nena terminó de hacer el café, puso las tazas en una charola para llevárselas a Luna y Beto, a quienes encontró en pleno beso en el sofá. Le pareció que era muy cruel por parte de Luna echárselo en cara así a Olga.

Nena vio cómo, con el paso de los meses, Olga iba sanando. Con el tiempo empezó a salir al cine con un muchacho que la había invitado algunas veces a los bailes de la escuela, un muchacho del cual Olga y Luna se habían burlado por cuenta de sus gruesos lentes y de la grasa que se le quedaba entre las uñas por trabajar los fines de semana en el taller de reparaciones de su papá. Estaba lejos de ser tan guapo como Beto, pero tenía algo de lo que el otro carecía: leía libros, y a Olga nada le gustaba más que leer.

A Nena no le interesaba la lectura. No era el tipo de chica que atraería a un hombre buen mozo. Ella era así y ya. Sus hermanas tenían talentos, y ella tenía los suyos. Era hora de que se aceptara a sí misma.

Ya no era la niña afligida por las visiones, la que había tratado de no ver lo que *la vista* le presentaba. Nena era una adulta ahora, y había traído al mundo un encantamiento poderoso. Lo había hecho ella, ella misma, Elena Eduviges Montoya, y no sor Benedicta ni la madre Inocenta.

Nena era una bruja de verdad, y cuando fue a los viñedos tenía el plan de utilizar sus poderes para enderezar el curso de las cosas e irse a casa.

A la mañana siguiente, Nena se encontraba sentada, en ropa interior, mientras María la peinaba, pasándole el cepillo decenas de veces hasta dejarle el pelo chispeante y cargado de electricidad, en lugar de alaciarlo y peinarlo.

Podía oír a Emiliano que cantaba en el patio de los establos, a voz en cuello como un ranchero una canción de vaqueros sobre una muchacha desjuiciada. No tenía buena voz y era desafinado, a pesar de la potencia. Nena deseó poder desquitarse de sus burlas.

—Levante los brazos —le dijo María, y le puso una enagua completa por la cabeza. Era la primera de muchas capas de ropa.

Cuando terminaron, Nena quedó vestida con una amplia falda blanca vaporosa, una chaquetilla ajustada con mangas sueltas, un sombrero con velo y botas de montar.

Afuera en el patio, el sirviente de Emiliano, Antonio, ensillaba los caballos con la ayuda del palafrenero. Un burrito gris se tambaleaba bajo un montón de canastas que le habían puesto en el lomo, tantas que parecía que salieran a un largo viaje y no a una simple cabalgata y a comer en el campo. María sostenía al burrito por la rienda, acariciándole la nariz. Emiliano iba vestido con una preciosa camisa de lino y una casaca de gamuza café, y pantalones ajustados con botones dorados. El pelo lo tenía muy bien peinado, el cuello grueso por el ejercicio. Los bordes del ojo morado se estaban haciendo amarillos. Poco le faltaba para verse feo, se dijo Nena, con el deseo de que fuera verdad.

Don Javier también iba vestido para montar, con prendas similares a las de Emiliano, solo que los botones dorados que tenía a los lados de los pantalones parecían estar a punto de reventar. Pero una vez montado en su caballo, se sentó muy derecho en la silla, con una elegancia que no tenía al nivel del suelo. Tenía unas enormes espuelas, cada una con cinco puntas de una pulgada de largas. A Nena le dio lástima pensar en el pobre caballo.

Emiliano se le acercó, llevando un caballo grande de color gris.

—Le presento a Palomita —dijo, haciendo una venia.

El animal podía llamarse Palomita, pero fuera del color grisáceo, no se parecía en nada a una paloma. Tenía unas fosas nasales enormes y grandes músculos en las patas traseras, músculos que bien podía usar para quitarse a Nena de encima. Nena sintió que se le iba el alma a los pies al pensar que debía treparse al lomo de esa criatura. Se dijo que quería ser como Pilar, la que luchaba contra los fascistas en España, tan diestra para cabalgar como para disparar con un arma, y ahora tenía la oportunidad de aprender a montar. Le tocó el costado a la yegua, dándole palmaditas y sintiendo su calor. Retiró la mano, y vio que tenía pelitos en la palma. Con desagrado, se limpió la mano en el traje de amazona.

—Es una yegua muy buena, dulce —dijo Emiliano.

Palomita le mostró sus grandes dientes. En el vecindario donde vivía, Nena había visto una cantidad de caballos de tiro… el que llevaba el carro de la leche y el del que recogía la basura, pero ella era una chica de ciudad y no había montado nunca a caballo fuera de una yegua vieja y mansa llamada Margarita. La gente pagaba cinco centavos por tomarse una foto con ella, con el sombrero del dueño y una cartuchera en bandolera, para verse como los mexicanos de la revolución que habían vivido por ahí no hacía tanto tiempo.

—Antonio —le gritó Emiliano al hombre que les había abierto el portón el día que Nena llegó a la casa de los Gálvez—. ¿Viene a ayudar a la señorita Montoya a subirse a la yegua?

Antonio se hincó de rodillas, y entrelazó los dedos para que Nena apoyara el pie en ellos. Ella sintió que todos le clavaban la vista. Puso el pie en las manos de Antonio y luego trató de pasar la otra pierna por encima del lomo del animal.

María y don Javier se quedaron boquiabiertos. Emiliano se rio.

—¡Ja ja ja! —Otra vez se reía de ella.

—Así no —le dijo Antonio en voz baja, mientras María meneaba la cabeza—. ¿No sabe montar de medio lado?

Nena lo intentó de nuevo.

—No, no. Mantenga la rodilla derecha doblada, así, ahora apoye el pie izquierdo en el estribo. Inclínese hacia atrás, suma el estómago y voltee el cuerpo hacia la cabeza del caballo.

Nena siguió las instrucciones, cediendo. Palomita volteó las orejas y miró a Nena mientras ejecutaba una especie de baile y movía el trasero. Nena sintió que la pellizcaban y tiraban de ella, que los pies, el pecho y las piernas se le volteaban. Apretó la rodilla con más fuerza contra la silla de montar. Ni Pilar ni Ingrid Bergman montaban así, de medio lado.

Mientras Emiliano y don Javier se montaban a sus caballos, Antonio agregó unos cuantos bultos más a la carga del burro, y luego brincó para subirse a su caballo. No parecía molestarle ir descalzo ni tener que montar a pelo con apenas una cuerda por rienda. A María le tocó un pony gordo, que Nena hubiera preferido para ella en lugar de Palomita. El aprendiz del establo abrió la puerta y salieron por el patio hacia la calle.

Nena se mantuvo muy quieta en la silla mientras Palomita se abría paso por entre la basura que había en la calle. La yegua seguía muy de cerca al caballo de Emiliano, y ponía el hocico justo contra la cola del otro, aunque iba expulsando espantosas ventosidades. Nena respiró por la boca, para aspirar lo menos posible de ese aire hediondo. Cuando llegaron a la casa del señor Urrea, un muchachito salió corriendo.

—Papá no puede ir hoy —dijo—. Está muy malo de las almorranas y no puede montar a caballo.

Emiliano se rio. A Nena no le pareció gracioso, pero la tranquilizó saber que el señor Urrea no los acompañaría.

Cabalgaron hacia el embarcadero de los chalanes, para cruzar el río Bravo, que corría raudo y caudaloso. Al otro lado, siguieron en dirección norponiente, hacia Santa Fe. Nena siempre había imaginado el camino real como una majestuosa carretera empedrada y no como un sendero de tierra endurecida en donde solo en algunos tramos se veían las dos líneas excavadas por las ruedas de los coches, que atravesaba una llanura abierta salpicada de piedras, yucas y salvia. Estaba en el territorio de las historias de su padre, donde siempre había personas que resultaban asesinadas por los apaches en la "jornada del muerto", ese peligroso tramo del camino real en el desierto entre El Paso y Santa Fe.

Emiliano sacó su espada, lanzando unos tajos al aire, y luego golpeó a su caballo con los talones y salió a la carrera. Don Javier le dio un fuetazo a su caballo para que siguiera al de su hijo, y después, sin que Nena tuviera que hacer nada, Palomita también se largó a correr detrás de los otros, agachando las orejas hacia atrás y proyectando el morro hacia adelante. Nena se sujetó con fuerza. Corrieron por la orilla del río hacia el oriente, hasta llegar al límite de los viñedos, para detenerse junto a la acequia.

Los caballos bebieron. Antonio ayudó a Nena a bajarse de Palomita. Tenía la espalda tiesa de todo el movimiento y los sacudones de la cabalgata, y a duras penas podía caminar. Pero aquí, lejos de la ciudad, olía bien, a tierra fértil y al ancho río crecido con el deshielo. Los extremos de las ramitas de las vides habían retoñado, con lo cual le daban un viso de verdor a las hileras del cultivo en espalderas que se entrecruzaban con las acequias.

Nena se ajustó el velo, mirando a Antonio y María que, con rapidez, descargaban las canastas y soltaban un atado de leña para encender el fuego.

Emiliano se apuró a llegar hasta Nena. Se había quitado la casaca y se había abierto el botón de arriba de la camisa. Le presentó el codo, inclinándose hacia ella, como si esperara que deslizara su mano entre el brazo y el pecho de él. Nena lo hizo sin pensar, asombrada por la facilidad con la que cedía. A través de la tela de lino, podía percibir los músculos de Emiliano. Él la llevó por una de las hileras de viñas, deteniéndose en medio de una, donde quedaban fuera de la vista de los demás. Las aves revoloteaban por entre los viñedos, y el día estaba cálido, seco y para nada desagradable. Él sacó un cuchillo y cortó un tallito de una vid y se lo entregó a Nena.

—Estas vides las cultivamos a partir de esquejes traídos desde España.

—Vienen de muy lejos.

—Una vez que los apaches queden sometidos, voy a construir una casa aquí, justo por encima de la línea de la creciente.

—¿Apaches?

—Me pondré viejo y gordo, como mi papá, y plantaré jardines floridos para Eugenia. A ella le encantan las flores.

—A mí no —dijo ella.

Emiliano le sonrió. Nena le soltó el brazo, alejándose de él.

Él dio unos pasos rápidos para alcanzarla.

—Es usted muy graciosa. ¿Todos allá en el norte son así también?

—Sí, todas somos malas amazonas.

—¡Emiliano! —llamó don Javier.

—¡Voooy!

De regreso en la barraca, María le entregó a Nena un mantel para poner sobre la mesa rústica que usaban los vaqueros al aire libre junto a la casita. Nena lo desplegó y lo alisó sobre la mesa. Era de lino blanco, y estaba bellamente bordado con hilo de seda blanco. Parecía demasiado fino para usarse a la intemperie, y Nena se preguntó quién lo habría hecho. Tal vez la mamá de Emiliano. De los bultos que cargaba el burro, Antonio sacó la vajilla de porcelana, cubiertos de plata y tazas de peltre empacados entre paja, y fue poniendo los lugares en la mesa. Tenía agua hirviendo en un caldero de cobre que colgaba de una varilla de hierro sobre el fuego y había armado una parrilla. En ella había puesto una pesada sartén de hierro. Atizó las brasas y alimentó el fuego con más leña. Nena puso el zarcillo de vid que Emiliano le había dado en una de las tazas de peltre.

Miró al desierto, a las acequias tan bien delineadas, excavadas desde el río hacia los viñedos. Cayó en cuenta, por milésima vez, que no pertenecía a ese lugar, que esa no era su vida de verdad. Estaba en la orilla norte del río, un poco al oriente de donde se ubicaba su casa en su tiempo, pero lo suficientemente cerca como para poder regresar andando si fuera capaz de encontrar un encantamiento que la devolviera a su casa. Tenía sentido cantar la canción de sanación aquí, para poner las cosas en su lugar, y poder volver a su época en un abrir y cerrar de ojos, viajando como una mariquita.

—Comamos —gritó don Javier.

Nena y los demás se sentaron, encaramados en taburetes plegables. Don Javier se veía ridículo, manteniéndose en equilibrio en las tres patas del taburete, que parecían brotar de su trasero. A Nena la apenó admitir que Emiliano se veía aún más buen mozo al sol que bajo techo. Tenía unos huesos muy finos, que lo hacían ver casi delicado. Eso la enfureció. No quería pensar en Emiliano. Antonio circuló una canastilla con bolillos, un tazón con frijoles y un platón con calabaza. Luego sirvió la carne, bañando los trozos de puerco con cucharadas de salsa cremosa. Emiliano sirvió el vino. Nena bebió un sorbito. No le gustó el sabor, y ese poquitito la hizo sentir acalorada.

—Montar siempre me abre el apetito —comentó don Javier.

—¿Hay algo que no le abra el apetito? —preguntó Emiliano con socarronería.

—¿Quién te enseñó a decir esas cosas? Jamás le hubiera hablado a mi padre de esa forma —don Javier clavó su cuchillo en una chuleta—. Tendrás que calmarte cuando te cases.

—Le estaba contando a la prima Elena que planeo engordar tanto como usted.

—Deberías seguir mi ejemplo en algunas cosas. De no haber sido por la dote de tu mamá, solo tendríamos la mitad de los viñedos. Podrías aprovechar la dote de Eugenia para sembrar otra docena de hectáreas.

—Sí —contestó Emiliano, poniéndose serio de repente—. Podríamos obtener las tierras de los Chávez a buen precio. Hay una casa en esos terrenos que podría arreglar para Eugenia y para mí.

—Más tonterías. No puedes vivir allá —afirmó don Javier.

—Si el presidio no cumple con su labor con los apaches, tal vez deberíamos someterlos nosotros.

—No digas disparates.

—¿Cree que no sé pelear? —preguntó su hijo.

—¿Qué opina usted, señorita Elena? ¿Cree que este hijo mío, tan perezoso, tiene las agallas para enfrentarse a los apaches?

—No —contestó Nena, y Emiliano la miró sorprendido, con la ira deformándole la cara. ¡Qué bien!

Nena se levantó de la mesa y se alejó por su cuenta hacia los viñedos, con la esperanza de que don Javier y Emiliano siguieran concentrados en su discusión y se olvidaran de ella.

Tan pronto como tuvo la certeza de que no la habían seguido, tomó aire y abrió la boca para cantar el encantamiento de sanación, asombrada de recordarlo tan bien. La madre Inocenta había dicho que volvería a su época cuando llegara el momento. Parecía que había llegado, justo en ese instante. Nena se sintió segura de que en cualquier momento la tierra iba a girar y El Paso de su época aparecería ante sus ojos.

Cantó más fuerte. Sus pies se elevaron sobre el suelo. La canción parecía estar funcionando, pero ella seguía en El Paso del Norte.

—¿Señorita Elena? —oyó que la llamaban. Era Emiliano, muy cerca—. ¿Dónde está?

Dejó de cantar, y cayó al suelo en cuatro patas.

—¿Qué está haciendo, señorita Elena? —le preguntó Emiliano.

—Me tropecé —dijo ella rápidamente, pensando en qué alcanzaría a ver él.

Emiliano le tendió la mano para ayudarla a levantarse. Tenía el ceño fruncido y parecía confundido.

—Esa canción que estaba cantando…

—¿Sí?

—La he oído antes.

—No creo.

—Sí. Estoy seguro.

—La canté el día que llegué a cuidarlo —le confesó ella, demasiado frustrada como para mentirle.

—Entiendo —respondió él, y por la manera en que la miró, Nena sintió que era la primera vez que de verdad la escuchaba con atención.

# 19

Por Dios —dice Alejandro, contemplando a Marta. Esa mañana no salió a correr, y los dos se quedaron un rato más en la cama. Ya es tarde—. Por Dios, qué bella eres. Puede ser que en San Diego no salgamos nunca de la habitación del hotel.

—¿Y eso es muy malo?

—Quiero decir, no éramos así ni cuando empezamos a andar juntos.

—¿Y qué hay de Chiapas? —pregunta Marta. En las vacaciones de Navidad hacía muchos años, habían dormido en hostales de diez dólares la noche, y juntaban sus sacos de dormir, uniendo los cierres de ambos, y sentía el cuerpo de él, electrizado y ajeno a su lado.—Cierto. Chiapas. Yo tenía la mitad de los años que tengo ahora. Siempre pensé que llegaría a esta edad con canas, una panza de cerveza, un Porsche y ese tipo de cosas. Que la vida no me parecería satisfactoria.

—Y estás contento.

—Hago lo que me gusta. Y tengo mucho que hacer. Y tú también.

—Sí —dijo ella con cuidado—. Pasé por una temporada difícil. No sabía si estaba haciendo lo mejor. Una parte de mí quería arrasar con todo.

—¿Y no será que todo el mundo se siente así en algún momento? Tal vez es por eso que me gusta correr. Una vez que entras en el ritmo, dejas de preocuparte por todo lo que no sea mantenerte en pie y respirar. Es algo automático, pero supone un esfuerzo suficiente como para que el cerebro deje de pensar en arreglar cualquier otra cosa. Durante esas largas carreras, siempre llego a un punto en el cual me digo que no lo voy a hacer de nuevo, por ahí a la altura de la milla 20, pero luego paso al otro lado, y empiezo a sentir como si pudiera correr eternamente. Durante el resto del día, me siento libre del todo. —Alejandro no suele ser tan elocuente.

—¿Y entonces?

—¿Entonces qué?

—¿Qué sucede cuando esa sensación desaparece?

—Pues que tengo que repetir el ciclo de nuevo.

—Tus salidas a correr se han hecho cada vez más extremas en los últimos tiempos —le espeta Marta. No es eso lo que ella quería decirle, pero entre más corre, menos tiempo tiene para pasar con ella. Y mientras menos tiempo pasan juntos, más alejados se sienten. Ella solía conocerlo tan bien…

—No sé muy bien adonde quieres llegar, Marta.

—Estoy pensando si habrás empezado a correr más, en rutas más largas, por alguna razón en particular.

—¿Por la razón de que me gustan los retos?

—Porque tienes la edad que tienes.

Alejandro se voltea para quedar tendido de lado, con la cabeza apoyada en una mano.

—¿Estás tratando de que empecemos a discutir?

—Solo quería saber si crees que haya cosas de las que te has perdido.

—¿Eso es lo que crees? ¿De qué te has perdido tú?

—No sé. La Suprema Corte de Justicia, por ejemplo.

—¿En serio? ¿Es en eso en lo que pensabas? Porque no es que hayas estado buscando seguir ese camino, entre otras cosas.

—A pesar de eso.

—A ver, aclárame un poco… ¿de qué estamos hablando?

—De nada. Todo es maravilloso —dice Marta, y se sorprende al darse cuenta de que dice la verdad.

Tiene dos audiencias en el juzgado, y al ver el reloj que hay en el buró, se da cuenta de que está retrasada. Una hora después, los niños se están tardando. Rafa está en el baño, peinándose con gel, cosa que hace por primera vez. Pablo y Nena están platicando en la habitación de Nena. Marta asoma la cabeza.

—Al terminar el campamento, la semana que viene, uno de nosotros se lleva el ratón a casa —dice Pablo.

Nena sigue acostada, con su camisón de dormir.

—¿Te sientes bien? —le pregunta Marta.

—¿Has oído algún encantamiento? —le pregunta su tía abuela.

Marta niega con un meneo firme de la cabeza, indicando que no le parece bien hablar de eso frente a Pablo, pero también que no, no ha oído nada.

—¿Dónde pusiste mi mochila? —se queja Rafa desde el pasillo, como si Marta se la hubiera escondido.

Marta los hace ir hacia el garaje donde se ha concentrado el calor, y los sube al carro. En la casa de al lado, la señora Price les hace un gesto de saludo desde el porche delantero. Está apuntando la manguera hacia las plantas en macetas que tiene.

Marta pone el aire acondicionado al máximo. El sol se ha levantado por encima de la sierra, y baña con su luz el amplio valle. Marta conduce ladera abajo, a través del vecindario de casas largas y bajas de ladrillo o de adobe, con sus cuidados prados o jardines de cactus o de rocas en los antejardines, y luego por una calle bulliciosa, y pasan frente a centritos comerciales, hasta la calle que lleva a una escuela situada en el borde de una meseta polvorienta. Pablo y Rafa se bajan del carro corriendo, y sin voltear a mirarla, se dirigen a la entrada principal. Rafa arrastra su mochila por el piso. Pablo lleva la suya sobre la cabeza, como si fuera una cometa que quiere hacer volar. Ya casi nunca le dan un beso en público, con lo cual todas las despedidas le parecen incompletas.

Marta enciende la radio para tratar de ahogar el ruido de la ciudad, pasando de los murmullos de la radio pública a una estación mexicana que toca narcocorridos violentos. Le sube el volumen a la canción. "Never been afraid of death, tell Pac I'm coming soon", canta la voz masculina. Su carro se sacude. Una de las bocinas ya no funciona, y una piecita pequeña traquetea por dentro. Pisa el acelerador, haciendo que el motor gima, hasta que alcanza un sonido semejante al zumbido de *la vista*.

En la primera audiencia del día, Marta logra que se emita una orden de alejamiento en un caso de violencia doméstica. Reclama la orden firmada del ordenanza antes de volver al corredor a toda prisa, para ir a insistir con el fin de obtener una orden que obligue a Soto a acudir al juzgado a rendir testimonio. En la sala del juzgado hace frío. El tapete, las paredes y las láminas acústicas del techo se tragan los sonidos de las voces, el zumbido de las grabadoras, el traqueteo de la máquina de taquigrafía del juzgado. Y por debajo de todo eso, Marta percibe el zumbido de *la vista*.

El abogado de la contraparte lleva unas botas tejanas Tony Lama de piel de serpiente y corbata de bolo. Se confunde en la exposición de su argumento, mostrando una interpretación incorrecta de un estatuto.

—Objeción —dice Marta.

—Ha lugar —contesta el juez Sullivan, haciendo un movimiento de cabeza en dirección a ella—. Ya sé que no citó el estatuto al pie de la letra. —Marta siente la dicha de haber ganado un tanto. El juez le hace una pregunta, y el zumbido se hace tan fuerte que ella no alcanza a entender qué es lo que le dice. Le pide que repita la pregunta.

Un parche oscuro de hollín aparece en la pared, detrás de él, como tratando de atraer la atención de Marta. La mancha se desprende de la pared, transformándose en una pequeña nube. Ella lleva la nube más arriba, hasta situarla justo sobre la cabeza del juez. El estruendo de un trueno recorre la sala del juzgado, y se siente el olor del ozono, de la humedad de la lluvia y de los arbustos de creosota mojados, como durante una tormenta de verano. Marta mira la pared. La puerta que lleva hacia la oficina del juez ha desaparecido y ha sido reemplazada por las formaciones rocosas de Hueco Tanks.

El juez Sullivan levanta una mano para tocarse la cabeza, inspeccionando el agua que encuentra allí con los ojos entrecerrados.

—En el fondo no importa. Se aprueba la moción —dice.

Marta sale de la sala, caminando apresuradamente, sintiendo que todo su cuerpo es un diapasón, y que hasta sus ojos vibran. Mil abejas zumban bajo su cuero cabelludo. Tiene que comer. Eso fue lo que dijo Nena de *la vista*. Que hay que alimentarla. Busca en su bolsa, y encuentra un paquete de frutos secos y semillas, que devora… cacahuates salados, amargas semillas de girasol, uvas pasas dulces, aún con las gotitas de sol que les dieron ese dulzor. Marta traga el último puñado del contenido del paquete, y eso apacigua la tormenta hasta que puede ver de nuevo el mundo real.

Sofía está sentada en una de las bancas del corredor, muy erguida. Marta se sienta junto a ella.

—En su oficina me dijeron que estaría aquí —le dice.

—¿En qué le puedo servir?

Sofía toma la mano de Marta y la abre, con la palma hacia arriba. En ella deposita una pequeña pieza metálica.

—Anoche me quité esto de la lengua.

—¿Qué es?

—Me desperté porque pensé que mi mamá me estaba llamando. Fui a su cuarto y la encontré dormida. Tenía una sensación rara en la lengua, así que fui a mirarme en el espejo del baño. Saqué la lengua, y la tenía plateada, una pieza de plata en forma de lengua, sólida, pero tibia porque la tenía metida en la boca. Pensé que estaba soñando. La toqué. La plata se sentía suave. La raspé tres veces con una uña. Esta mañana, cuando fui al baño, encontré los restos metálicos en el lavabo. Usted me echó el mal de ojo —la acusa Sofía, y Marta puede ver el miedo profundo en el fondo de sus ojos.

—Yo no hice nada —contesta Marta. ¿Será verdad? Ahora ya no lo sabe.

—Sé lo que es usted. Mi mamá me lo dijo. Dijo que lo había olido al verla. Ayer me lo advirtió, cuando estuvo en nuestra casa. Fue en ese momento en que usted debió hacerlo. Me amenazó.

—¿Llegó a hablar con alguna otra de las demandantes?

—Llamé a Belén. Es amiga mía. ¿Por qué no me deja en paz? ¿No ha hecho lo suficiente ya? Yo solo pretendía cuidar a mi familia.

—¿A qué ha venido aquí?

—Quíteme el mal de ojo, y haré lo que usted quiera.

—Yo lo único que quería era que usted y las otras demandantes ganaran el caso contra Soto Pecans —explica Marta, pero ¿qué tal si fue ella la que le hizo eso a Sofía? Se habían mirado a los ojos y ella le había mostrado su furia. Si había sido capaz de provocar una tormenta en miniatura, ¿por qué no iba a poder materializar una lengua de plata?

—Por favor. Haré lo que sea, pero haga que esto no me pase más —le suplica Sofía.

—¿Se retractó de su testimonio ante los investigadores del estado?

—Sí. Lo hice justo después de salir de su despacho el otro día. Le dije que lo haría, y mantuve mi palabra.

—Soto le dio ese carro.

—Sí.

—¿Y le dio alguna otra cosa?

—Dinero.

—¿Cuánto?

—Diez mil dólares.

—Eso debió ser de gran ayuda para gastos de la casa.

—No alcanza para todo.

—No sé bien qué hacer con usted. El testimonio de la audiencia contradice lo que le dijo a los investigadores. Podría testificar una vez más, pero ya no se la considera una testigo fiable, a ojos de nadie. No tiene credibilidad.

—Por favor, debe haber algo que yo pueda hacer...

Marta reflexiona sobre qué tan lejos está dispuesta a llegar para ganar esta demanda. Sería por el propio bien de Sofía que Marta la encaminara en la dirección adecuada, alejándola de Soto. Si ganan el caso, podría recibir mucho más que diez mil dólares.

Marta piensa en la empacadora. En todas esas cámaras.

—¿Sabe dónde se guardan las cintas de video de las cámaras?

Sofía niega con un movimiento de cabeza.

—Pero yo hice unas grabaciones.

—¿Tiene copias de los videos de la empacadora?

—No, no. De conversaciones.

—¿Con Soto?

—Él me dijo que si les decía a los investigadores que había inventado lo que dije, me pagaría y me daría el carro.

Texas es uno de los estados en los que las grabaciones de audio pueden hacerse con el consentimiento de una sola de las partes, lo cual quiere decir que las que tiene Sofía pueden usarse en la demanda contra Soto. Vale la pena insistirle a Sofía que haga lo correcto. Marta no puede permitirse perder el control de sus sentimientos ahora que de verdad tiene una oportunidad de ayudar a todas sus clientas.

—Hágame llegar las grabaciones, y le quitaré el mal de ojo.

# 20

Nena estaba sentada junto a Emiliano, en el patio de la casa de los Gálvez, mirando una página del libro de oraciones, sin leerla. Este era uno de los únicos dos libros que había en la casa, además de la Biblia. Tenía ilustraciones bonitas que Nena había examinado durante horas, pero no le interesaban esos versos piadosos que le recordaban el convento. Emiliano sostenía un legajo encuadernado en cuero rojo sobre sus piernas. Allí llevaba las cuentas, haciendo anotaciones en las columnas. Como nunca había visto trabajar a Emiliano, Nena estaba sorprendida de que tuviera la capacidad de concentrarse y llevar la contabilidad.

María salió al patio, con una carta que le entregó a Emiliano. Este deslizó el dedo bajo el lacre y rasgó el papel. Nena vio que sus ojos recorrían los renglones. Tiró la carta al suelo.

—¿Qué sucede? —preguntó Nena.

—Dice que va a hacer profesión de fe.

—¿Quién? —preguntó nuevamente Nena.

—Eugenia.

—¿Quiere hacerse monja? —Eso no podía ser cierto. Emiliano

debía haber leído mal la carta—. Es lo último que Eugenia hubiera querido.

—Puede leerlo con sus propios ojos. Explica sus planes con toda claridad.

Nena tomó la carta de manos de Emiliano y la leyó en diagonal. Emiliano se levantó, y el legajo fue a dar al suelo.

—Ella bien puede hacer lo que le plazca, pero mi papá se enfurecerá cuando se entere de que no vamos a recibir esa dote. Hubiera sido muy útil —dijo él.

Nena no podía creer que no le hubiera dolido la noticia o que al menos no le hubiera producido cierta pena.

Joaquín llegó por el arco que llevaba al patio de los establos, con el sombrero en una mano y una botella de brandy en la otra.

—¿Algo de beber? —preguntó.

Emiliano contestó con un gruñido. Joaquín abrió la botella y sirvió un poco del contenido en los vasos en los que Nena y Emiliano habían estado tomando agua.

—Lamento mucho lo de mi hermana —dijo el visitante.

—¿Qué es lo que lamentas?

—Ella es la última persona que pensé que se metería a monja.

—Eso es lo que dicen todos —contestó Emiliano, lanzándole una mirada penetrante a Nena. Se bebió todo el brandy y puso el vaso en la mesa con un golpe seco.

—Seguro estarás mejor sin ella.

—Te he advertido que no hables mal de ella —dijo Emiliano, con tal frialdad que era como si estuviera cayendo nieve del cielo azul.

Nena sintió lástima por él.

—Es usted muy amable en haber venido —le dijo a Joaquín, y sintió que la mirada de Emiliano le congelaba todo un lado de la cara.

—Me da gusto saber que cuento con una persona amiga aquí, en casa de los Gálvez —contestó él.

—¿Una persona amiga? —preguntó Emiliano—. ¿Quién?

—¿Tal vez querría usted salir a dar una vuelta a la plaza el domingo? —preguntó Joaquín, haciendo una venia ante Nena—. Con el permiso de don Javier, claro.

—Sí, eso estaría muy bien —contestó Nena. Le urgía volver a su casa, pero si Joaquín la cortejaba, tal vez don Javier no intentaría arrojarla en brazos de un viejo cualquiera con catorce hijos.

—¡Que se lo lleve el diablo! —dijo Emiliano cuando el otro se fue.

—¿Por qué fue usted tan descortés? Solo venía a presentarle sus disculpas.

—Vino a coquetearle a usted —masculló Emiliano.

—Eso no debería tener mayor importancia para usted —explotó Nena. Tenía la esperanza de que no fuera ella la causa de su disgusto. No tenía ningún derecho sobre ella.

Emiliano se puso de pie, y caminó hacia Nena.

—¿Qué hace? —le preguntó, alarmada.

Él la rodeó con sus brazos y la levantó de la silla. Oh. Ella levantó la cara. Él se inclinó para besarla, y ella le respondió con un beso.

—Ahí está —dijo—. No quiero hablar más de Joaquín.

La noche tras su primer beso genuino, Nena se despertó, oyendo con *la vista* que Emiliano estaba despierto. Se envolvió en un grueso rebozo, y atravesó la casa a oscuras, guiándose por el sonido de la respiración de él. Lo encontró plantado en el patio.

—¡Elena! ¿Cómo supiste que quería que vinieras? —le preguntó él.

Nena no le había dicho que podían llamarse por el nombre ni tratarse de tú. Con eso, él cerraba la distancia entre ambos, aunque él fuera un hombre y ella, una mujer. Sabía bien lo que hacía al hablarle de esa manera. Sabía de su poder sobre ella, y sabía también que ella quería lo mismo que él quería.

Pero ella era una buena niña. No podía permitirse hacer algo que sabía que no era correcto. No estaba casada con Emiliano.

—No soy lo que tú piensas —le dijo.

—Sé exactamente quién eres —acarició la mejilla de Nena con el dorso de su mano.

—No soy como tú, sino como tu hermana… —Nena no quiso pronunciar su nombre. No quería atraer a sor Benedicta al patio, con ellos.

—Cuando te vi en el viñedo cantando, recordé lo que me habías hecho cuando estaba enfermo. Me besaste y me curaste.

—No —contestó ella—. Tú me besaste a mí.

—¿Hay alguna diferencia?

Emiliano se inclinó para besarla, y ella se estiró, parándose en la punta de los pies, y sintió que el beso le recorría el cuerpo entero. Hubiera querido quedarse ahí y seguir con los besos, pero Emiliano la apartó. Le puso el dedo en los labios, y luego tomó su mano para llevarla a través de la casa hasta su recámara. Levantó el cerrojo de la puerta, y la mantuvo abierta para que Nena entrara primero. Con delicadeza le quitó el camisón, con delicadeza le besó el cuello y los pechos. Se sacó la camisa por la cabeza y se quitó los pantalones y entonces, metió a Nena en su cama.

Tras esa primera noche, no pudieron mantener mentes y manos alejados del otro. Con ese primer beso, la puerta al núcleo candente de la tierra quedó abierta. Nena estaba segura de que eran los únicos en el mundo que se habían sentido así.

Cuando estaban juntos, eran como animales en el granero. A ella le gustaba. Hasta entonces no sabía que las mujeres pudieran anhelar el sexo de esa forma. Siempre le habían dicho que los hombres tomaban lo que querían, y que las mujeres debían cuidar su honra. Pero le habían mentido, protegiéndola de algo que era suyo por derecho propio. Nena ardía con una fiebre irresistible que le impedía pensar en cualquier otra cosa que no fuera su deseo, el mundo en llamas solo por ella.

Añoraba a Emiliano con cada parte de su cuerpo. Había estado equivocada con respecto a todo. *La vista* la había llevado a ese lugar por una razón muy clara, y Emiliano era el único encantamiento que ella quería tener en los labios. Este era el único lugar en el que quería estar.

Trató de encontrarse con él en todas las partes de la casa. Le daba gusto que la niña buena que llevaba dentro hubiera muerto. ¿Por qué no admitir lo que era el sexo en realidad? Había sudor y los demás olores corporales, y Nena producía ruidos desusados. No es que fuera nada bonito. Pero era hermoso en su misma ausencia de cualquier constreñimiento de buena educación.

Nena pensaba en Emiliano al levantarse, al lavarse la cara, y al ir y venir por la ciudad a lomos de Palomita. Pensaba en él cuando decía sus oraciones y también en sueños, y mientras soñaba, Emiliano soñaba con ella. Pasaron las semanas, un mes, otro mes. Cuando María le ajustaba el corsé a Nena y los cordones le sacaban el aire, la hacían sentir igual que cuando Emiliano estaba sobre ella, todo su peso en su pecho.

—Más apretado —le decía a María.

Cuando desayunaban, Emiliano encontraba el pie de Nena bajo la mesa. Ella deslizaba su zapato hacia el interior de la pierna de él, buscando el calor de su regazo.

Emiliano tuvo que viajar una semana a Chihuahua a vender el vino, y cada día que estuvo fuera, Nena sintió más y más hambre. Cuando María le llevaba el desayuno, ella quería cien bolillos más, una cubeta entera de chocolate en lugar de la tacita que se tomaba de un solo trago. Le desagradaba ver que se había llegado a obsesionar tanto con comer como don Javier.

—Pollo —masculló don Javier a modo de saludo cuando Nena entró al comedor ya bien entrada la semana.

—¿Pollo?

Don Javier señaló al sirviente que llevaba una charola con gallinas asadas. La cocinera había logrado un dorado perfecto en la piel. El interior olía a orégano y chile. María le sirvió un muslo. Nena cortó un trozo y tomó un bocadito, tratando de evitar que esa hambre desbocada la controlara. Tomó un segundo bocado. Estaba jugoso, y la piel crujiente y saladita.

Nena devoró hasta la última hilacha de carne que había en la gallina, y rompió los huesitos con los dientes para poder comerse la médula. Lo acompañó con media docena de bolillos, atiborrándose con ese pan esponjoso, y cuando se terminaron, se llenó la boca de arroz, bajando la cabeza todo lo posible hacia el plato, para facilitar el proceso de embutirse la comida.

Desde esa postura encorvada, levantó la vista y notó que don Javier la miraba, con el cuchillo en la mano. Se miraron directo a los ojos. Nena cubrió su plato con las manos, cual perro que protegiera lo que encontró en la basura. Don Javier desvió la mirada, como si temiera que Nena se lo fuera a comer a él, y si María no hubiera traído la carne en salsa de vino, tal vez lo habría hecho. Nena arrasó con la carne y la calabaza asada, llenándose hasta el punto de pensar que podía reventar los cordones del corsé.

Solo dejó de comer cuando ya no hubo más comida en la mesa. Mientras aguardaba su taza de chocolate, sintió que al fin podía respirar, respirar con el estómago también, como si hasta esa parte de su ser se hubiera quedado sin aire. Había comido más de lo que parecía posible, pero seguía teniendo hambre, y no era solo hambre de pollo y arroz, papas y carne, de la cesta de pan que se había tragado como un cerdo. Era un hambre mágica que se había apoderado de ella, pero no sabía qué la había provocado… el sexo, o su amor por Emiliano, o una manifestación de *la vista*.

—Mañana mando a matar un buey para ti —dijo don Javier, pensando que hacía un chiste. Nena no se rio. Le preocupaba lo que le había sucedido. Sabía lo que era no tener suficiente para comer, pasar todo el día sin nada, como durante los años más duros, hasta que regresaba a casa para encontrar una tortilla vieja y unos cuantos frijoles, pero esto era algo distinto.

Cuando Emiliano regresó, el apetito carnal desplazó el hambre de comer.

Nena aprovechaba todas las oportunidades para saciar su hambre de Emiliano. Se dejaban notas bajo la estatua de la Virgen que había en el patio de los limoneros.

"Te espero en los establos después de cenar", leyó Nena una mañana, y se metió la nota al bolsillo, comenzando la cuenta regresiva hacia el momento en que podrían tocarse el uno al otro nuevamente.

Para acudir a su encuentro, se dejó únicamente la enagua, sin más ropa interior, y así cruzó la casa hasta los establos. Oyó a los caballos en sus cajones, resoplando y pateando. Emiliano se las había arreglado para que Antonio y el caballerango no estuvieran esa noche por allí.

Nena sintió el olor del pajar, el estiércol y la orina de los caballos, y no quiso recostarse en el piso de tierra, así que se quedaron de pie, besándose. Nena le rodeó el talle con sus piernas y se levantó la enagua para que penetrara en su interior. Había tratado de guardar silencio, pero gritó.

—¿Te lastimé? —preguntó él, bajándola al piso.

—Hazlo de nuevo —le dijo ella.

—Eres una diablita —contestó él, besándola—. Cuéntame de nuevo de dónde es que vienes.

—He venido del futuro —dijo ella, y aunque no había planeado decirle eso, se sintió bien al contarle la verdad, aunque él no le creyera.

—¿Así es como se comportan las mujeres en el futuro? Entonces, llévame contigo. ¿Qué más hay en el futuro?

—No tenemos caballos sino que andamos en carros y volamos en máquinas que andan por el cielo. —Nena exageraba un poco. Ella nunca había volado. Al menos no lo había hecho así.

—¡Qué buenos cuentos cuentas! ¡Más, más!

—Sí —dijo ella. Él pensaba que se inventaba todo eso, así que podía contarle cualquier cosa—. Tenemos palacios en los que podemos ver imágenes que se mueven en una alta pared, y podemos oír las voces de las personas que hablan en esas imágenes.

—Ahora sí no sé de qué me hablas. Más bien dime qué es lo que quieres que te haga.

—¿Algo así? —preguntó ella. Introdujo su mano entre las piernas de él, acariciándolo, y un escalofrío la recorrió. Rio. Lo atrajo hacia ella y se besaron largamente y con fuerza, abrazados nada más. Nena hundió la cara en el pecho de él, oliendo su sudor. Él la besó de nuevo, y ella le mordió el hombro, marcándole los dientes.

—¿Lo ves? Eres una diabla.

Nena trazó la huella de los dientes con el dedo. La luz entraba por una ventanita, y hacía visible el polvo suspendido en el aire. Le besó el hombro, y él atrajo su cara, besándola a su vez y retirando los mechones de pelo con los pulgares. Nena quería decirle quién era en realidad y que podía hacer magia. Quería hacerlo volar, no en un avión sino haciéndolo levitar con su canción.

—¿Sabes por qué te repusiste cuando estabas tan enfermo?

—Me besaste.

—Sí, y te di algo que te curó.

—¿Una medicina?

—Un elíxir mágico. Soy bruja —le confesó.

—Te creo. Me hechizaste —dijo él, en tono de broma.

—No, óyeme bien. Soy capaz de hacer cosas que nadie más hace.

—Eso ya lo sé —contestó él, sonriendo. Metió la mano bajo el vestido de Nena, agarrando uno de sus pechos, recorriendo el contorno inferior del pezón, besándola.

Nena oyó que se abría la puerta y el repiqueteo de los clavos. Se plantó en el piso de un salto, se enderezó el vestido, se cubrió la cara con el velo y salió sin hacer ruido por la puerta de atrás, para atravesar el patio de las caballerizas y meterse por la cocina, donde la cocinera le ofreció un taburete.

—Siéntese, señorita —la invitó.

Hacía mucho calor allí. Una olla de frijoles burbujeaba sobre el fogón cenizo. La cocina olía a mezquite. La cocinera estaba desplumando pichones, y las plumas iban a parar a una canasta. Sin pensarlo, Nena empezó a ayudarla, sujetando uno de los pichones y arrancándole las diminutas plumas del pecho. Siempre había detestado desplumar pollos en casa, pero era mucho más fácil con los pichones. Desgarrar le producía satisfacción, acercarse cada vez más a la carne desnuda. Era lo más parecido a trabajar que había hecho en todo el tiempo que llevaba en esa casa.

—Señorita Elena, ¡no! —le dijo la cocinera, tratando de arrebatarle el pichón.

—Nadie entra aquí. Los señores no vendrán por aquí —dijo, pero justo cuando pronunció esas palabras, don Javier se apareció en la cocina.

—¿Qué estás haciendo aquí? —le preguntó.

—Echo de menos la cocina del convento —contestó ella.

—Vine a decirle a la cocinera que cambié de parecer con respecto a la sopa, pero me alegra que estés aquí —dijo don Javier. Nunca había dicho que nada lo alegrara. Se acercó a Nena y le retiró una pajita que se le había prendido en el hombro—. Ponte el vestido bueno para la cena. Tenemos buenas noticias que celebrar.

Esa noche en el comedor, don Javier descorchó una botella de champaña y la sirvió en copas de verdad, de cristal. Nena se preguntó qué estarían celebrando, pero tomó la copa y bebió, disfrutando la sensación de las burbujitas en la lengua, recordando aquella noche del recital, la primera vez que Emiliano le besó la mano. Terminó su copa, sintiéndose alegre, sorprendida por lo joven que era cuando ese recital. Entonces, no sabía nada de nada.

—Mi amor —dijo don Javier mirando a Nena. Ella frunció el entrecejo, sin saber bien por qué se dirigía a ella en esos términos—. He encontrado a un hombre para ti, que no necesita que aportes una dote.

—¿Quién?

—Yo.

Nena sintió que se le helaba el cuerpo, pero trató de controlar su expresión para parecer indiferente.

—¿Usted?

—¿Acaso no nos llevamos bien? Me gustan las mujeres con buen apetito, y has aprendido a montar mucho mejor que cuando llegaste.

—Sí —dijo Nena, recordando un día de la semana anterior en que había salido a cabalgar con Emiliano.

Habían mandado de regreso a Antonio y a María mientras ellos dos hacían el amor bajo la cobija que habían llevado, y Emiliano le había lamido los pechos. A pesar de que estaban en la orilla norte del río, Nena no había querido cantar el encantamiento para volver a su casa, pensando que quería quedarse con él para siempre.

Emiliano clavó la vista en su cuchillo, y Nena no pudo cruzar una mirada con él. ¿Acaso sabría de antemano que esto pasaría?

¿Qué podía hacer Nena? Don Javier no le había pedido que se casara con él, sino que había hecho el anuncio de su intención, como si ella no tuviera la posibilidad de negarse. Y si se negaba, ¿qué sucedería? No tenía adónde ir. Eso lo sabía don Javier mejor que ella misma. No podía más que aceptar los planes que él tuviera para ella, a pesar de que sabía que no la amaba. Para él, ella no era nada, sencillamente una mujer, a duras penas humana. Casi nunca hablaban. A veces daba la impresión de que el señor ni siquiera se daba cuenta de si ella estaba en la misma habitación. Incluso en ese momento, no esperaba una respuesta de parte de ella, y se estaba sirviendo otra copa de champaña.

—No creo que los compromisos largos sean una cosa sana. ¿cierto, Emiliano? Si uno se descuida, las mujeres se meten a monjas.

—Así es, papá —contestó Emiliano.

Nena esperó que él dijera algo más, que le contara a don Javier que ellos dos eran... ¿eran qué? ¿Cómo iba a contarle a su padre lo que ambos habían estado haciendo? Tanteó con el pie debajo de la mesa, buscando el pie de Emiliano, pero no pudo encontrarlo. Un toquecito de su parte le hubiera dado un rayito de esperanza.

Don Javier terminó la champaña, y pidió una garrafa de vino. Emiliano bebió solo agua, pero logró comerse todo: un pastel de pichón, trucha a la crema. Nena comió porciones pequeñas de todos los platillos, pero había perdido el apetito, y sentía un agujero en el centro de su ser que anhelaba una caricia de Emiliano. Sintió náuseas, como si fuera a vomitar. Cuando llevaron el coñac a la mesa, Emiliano se sirvió una copa llena. Nena a duras penas pudo tomarse su chocolate, y rechazó la bandeja de dulces y pasteles con un ademán de la mano.

—¿Qué pasó con tu apetito hoy? —le preguntó don Javier.

—Estoy demasiado feliz para comer, señor —dijo ella, sonriendo débilmente.

—Pues no te vayas a matar de hambre. Me gustan las mujeres corpulentas. Nos casaremos a finales del mes.

En su cuarto esa noche, Nena se sentó en el borde de la cama, con la espalda muy erguida, las manos cerradas y apretadas en puños, más furiosa que nunca antes en su vida. Estaba furiosa con Emiliano por ser tan cobarde. Estaba furiosa con sor Benedicta y la madre Inocenta que la habían arrancado de su casa. Con Luna y Olga que la obligaban a cuidar a los bebés todo el tiempo. Si no hubiera estado tan cansada, si no se hubiera sentido tan maltratada, no se habría ido. Estaba furiosa con el hambre que la devoraba por dentro.

Anocheció. Las paredes de adobe dejaban fuera los ruidos de la calle, y poco a poco los de la casa se fueron callando, a medida que los sirvientes terminaron sus labores del día, y la casa quedó tan silenciosa como el convento después de completas. A pesar de las náuseas que todavía sentía, había una sensación de vacío en su estómago que necesitaba llenar. A lo mejor una tortilla vieja y tiesa podría caerle bien.

Salió de su habitación y recorrió el pasillo, con una vela guiándola, camino de la cocina, cruzando el patio. Una lechuza ululó. Sintió el aroma de azahar de los limoneros y los árboles de lima que habían empezado a dar fruta. Se detuvo y recogió una naranja que procedió a pelar, y se comió los gajos uno por uno, saboreando el jugo. Percibió el olor a humo que venía del fogón de la cocina. Vio en su mente la comida en la cocina, los frijoles y las tortillas, los chiles verdes asados, el pozole bien condimentado. La cocinera dormía en un catre en la misma cocina. Nena no quería despertarla, pero la naranja no había bastado para saciar su hambre.

De repente sintió un par de manos fuertes en sus brazos. La arrastraron al comedor, y su vela se apagó en el incidente.

—No quiero que te cases con mi papá —susurró Emiliano—. Me crees, ¿cierto?

—Tengo que hacer lo que él me diga. No tengo adónde ir.

—No le debo nada a nadie —dijo Emiliano, estrujando los brazos de Nena.

Estaba siendo muy brusco, y ella lo empujó para alejarlo. No sabía bien qué quería hacer. ¿Darle una cachetada? ¿Huir corriendo del comedor? No iba a llorar.

Emiliano la siguió sujetando con mucha fuerza, pero las manos bajaban por su cuerpo, apretándole el pecho, la cintura, el estómago, hasta quedar de rodillas, con los brazos rodeando los muslos de ella.

—Soy tu siervo. Dime qué quieres que haga.

Nena le tocó la parte alta de la cabeza. Sabía lo que quería. Quería irse a su casa y empezar de nuevo. Pero también quería a Emiliano, en cuerpo y alma, tanto como era posible, por siempre. Quería podérselo llevar a su época, lejos de este El Paso donde tenía aún menos control de su propia vida. Se lo imaginó con uniforme militar, más buen mozo que Beto.

Pero Nena estaba allí, en ese El Paso. Nena siempre había sabido que Emiliano era malo, que la iba a meter en problemas. Nada de eso le había importado. Tiró de él para que se levantara y luego se besaron.

Él la alzó y la llevó cargada hasta la mesa grande y ennegrecida, y la tendió allí ante todos los retratos, los antepasados mirándolos desde la oscuridad. Nena sintió las vibraciones que venían de ellos, y eso también la excitó.

Se levantó el vestido. Él le tapó la boca con una mano.

—No grites —dijo, pero ella no lo pudo evitar. Hizo mucho ruido, sofocado por la mano de él, con lo cual todo quedó entre los dos. La naturaleza del deseo es tal que nunca tiene fin. Pero esa noche, en ese momento, Nena sintió que tenía todo lo que podía llegar a desear.

Cuando terminaron, Emiliano la besó en la mejilla, a un lado de la nariz, en la frente. La estrechó contra su cuerpo. Ella oyó los latidos del corazón del hombre, dichosa de sentir su brazo fuerte rodeándola. Pero mientras yacían allí, la mesa le fue resultando cada vez más incómoda, dura contra su espalda. Se movió, levantándose.

—Mi papá —empezó Emiliano, pero ella lo calló con un beso. No quería pensar en lo que vendría después.

—Tienes que escucharme —dijo él, levantándose de la mesa y tomando su ropa. Estaba tan oscuro que Nena no podía verle la cara, pero él se había acercado tanto que su susurro le acariciaba la piel—. No vas a casarte con él. No lo permitiré. Yo quiero casarme contigo.

Nena olió el vino en su aliento, y el estómago se le revolvió. Las náuseas regresaron, llevándole un regusto salado a la boca.

Saltó de la mesa, poniéndose de pie, y corrió hacia el patio. La lechuza ululó de nuevo. Vomitó en la maceta del limonero, con arcadas, aunque no tenía nada en el estómago.

Y entonces, Nena supo lo que le estaba sucediendo.

# 21

Un relámpago ilumina la cocina, y el ruido del trueno lo sigue un momento después, sobresaltando a Marta. A través de las puertas corredizas de vidrio que hay en la parte de atrás de la casa, ve cómo unos goterones enormes bombardean la superficie de la alberca. En cualquier caso, es un alivio. Marta no se había dado cuenta de que estaba esperando que empezara a llover.

La tormenta es muchísimo más grande que la que vio en la sala del juzgado en la mañana. Cuando movió la nubecita que llovió sobre la cabeza del juez Sullivan, él dictaminó a su favor. En casa de Sofía, la amenazó, y aunque fuera algo muy vago, también lo hizo de manera intencional, y la lengua de Sofía se transformó en un trozo de plata. Ahora Sofía le ha prometido entregarle evidencia que podría llevar a Soto a aceptar una conciliación. Si *la vista* le ha dado esos poderes, le da curiosidad saber qué más podría llegar a hacer. Tiene que ponerse a llamar a donantes para el despacho de abogados, claro, pero hay unas cuantas cosas más que quisiera arreglar en este mundo, cosas más importantes que financiar el bufete.

—¿Puedo comer algo? —pregunta Pablo desde la mesa del comedor, donde está dibujando con Rafa y Nena.

—Te ayudo a preparar quesadillas —le dice Marta.

A sus hijos no les importa si ella es una poderosa abogada o una bruja. Y está bien. Todo está bien ahora, salvo por la sensación de vibración, de un impulso eléctrico que le corre bajo la piel y por encima de los músculos.

Pablo acerca un banquito al mesón de la cocina y pone el viejo rallador cuadrado sobre la tabla de picar haciendo ruido. Toma el gigantesco bloque de queso Monterrey Jack y lo desliza contra uno de los lados del utensilio.

Rafa entra a la cocina y se sienta en un banquito junto a su hermano. Empieza a patear el gabinete con fuerza, pum pum pum. Marta detesta que haga eso, pero con las corrientes de *la vista* fluyendo a través de ella, el golpeteo hace que su corazón lata al compás.

—Si no dejas de hacer eso, no te voy a dar permiso para que veas televisión después de cenar —le dice Marta.

Rafa la mira, pensando. Pum.

—Voy a preparar flan de postre —dice Nena, levantándose de la mesa.

—¿Me gusta el flan? —pregunta Rafa.

—Tiene una salsa de caramelo.

—Yo te ayudo —dice, y se baja del banquito.

Marta no piensa decirle que el flan es gelatinoso, una textura que él odia.

Pablo alinea las tortillas, y con cuidado pone un montoncito de queso en el centro de cada una. Nena da vueltas por la cocina, reuniendo los ingredientes para el flan.

Marta engrasa el comal y lo pone a calentar en la hornilla. Cuando prepara quesadillas, tiene buen cuidado de dejar algunas de las tortillas tostaditas en los bordes, tal como le gustan a Pablo, y de dejar otras suaves, tal como Rafa las prefiere.

—Dedos —ordena Pablo, mientras Marta saca las primeras del comal. Corta las quesadillas en tiras. "Dedos" es como su mamá llamaba esa manera de cortarlas. Y también Olga. Pone los dedos de quesadilla en un platón azul, y toma uno para comérselo.

Pablo se lame la grasa de los dedos.

—Cuenta el chiste de la oreja.

—¿Otra vez? —pregunta Marta.

—Cuenta el chiste, y quiero un poco de leche —dice Pablo.

—Se dice por favor.

—Por favor. Cuenta el chiste.

Marta sirve la leche en vasos de plástico, y pone uno frente a cada niño.

—Había una vez un abogado que estaba defendiendo a un hombre acusado de haberle mordido la oreja a otro en una riña en un bar —empieza Marta.

—¿Qué es una riña en un bar? —pregunta Rafa.

—Una pelea.

—¿Pero era en un bar? ¿Donde la gente va a tomar cerveza?

—Lo importante —dice Marta—, es que el abogado era muy, muy joven, y muy inexperto. Está seguro de que va a ganar, y empieza a interrogar al testigo del demandante: "¿Usted vio a mi cliente peleando con la presunta víctima?", pregunta. "No", contesta el testigo. "¿Vio que mi cliente mordiera a la víctima?", sigue el abogado. "No". Y entonces, sintiéndose seguro de que tiene al testigo contra la pared, le pregunta: "¿Y entonces cómo es que sabe que le mordió una oreja hasta arrancársela?". "Porque lo vi escupirla".

A Pablo le salen chorros de leche por la nariz. Marta seca la leche con un trapo de cocina. Las comisuras de la boca de Rafa se levantan un poco y luego vuelven a bajar; no va a darle a Marta la satisfacción de sonreír.

—¡Qué chistoso! —exclama Nena—. Ese nunca lo había oído.

—La moraleja es que, en un juicio, uno no pregunta las cosas para saber qué pasó, sino que solo pregunta lo que ya sabe —explica Marta.

Eso es algo que la mayoría de los abogados tienen que aprender a las malas, incluida la propia Marta. La información es poder, y la manera de obtener la información es investigarla. Así es como Marta ha organizado su vida profesional, para estar siempre preparada. O al menos así había sido hasta ahora. Pero ahora, con *la vista*, parece que lo único que tiene que hacer es pensar en lo que quiere, y luego el mundo entero se pliega a sus deseos. Podría preocuparle porque todo ha sido demasiado fácil, pero a lo mejor lo que sucede es que es como el agua que fluye colina abajo, la naturaleza que sigue su camino.

Quesadillas y trozos de zanahoria y apio se convierten en la cena, así de fácil y rápido. Marta se mete en su estudio mientras que Nena y los niños aprovechan el flan y ven televisión juntos. Es bueno que Nena esté allí para cuidarlos. Incluso los acuesta a dormir.

Alejandro llega tarde, se ducha, y cuando Marta va a la recámara a saludarlo, lo encuentra acostado en la cama, los lentes en su lugar, los ojos cerrados y un libro sobre veleros abierto boca abajo sobre su pecho. Marta le quita los lentes, desliza un sobre entre las páginas para marcar por dónde iba la lectura y apaga la luz. Mira la boca pequeña y oscura de su marido, sus cejas pobladas. Quisiera ponerle la mano sobre la mejilla o meterle los dedos entre el pelo, acariciarle el cuello, y entonces… pero niega con un meneo de cabeza. Eso puede esperar hasta la mañana.

Se pone su traje de baño. El agua de la alberca reluce con un brillo verde, y hay silencio afuera, el aire fresco por la lluvia, aterciopelado con el calor que ha retenido. Marta nada un par de largos de la alberca, despacio y con facilidad.

Cuando nadaba en equipos, de niña, y a lo largo del bachillerato, su pelo siempre tenía un tono castaño verdoso y una textura como de paja reseca, pues la alberca era su segundo hogar. En la universidad, ya no era tan buena como para entrar en competencias, pero casi todas las mañanas se despertaba cuando aún estaba oscuro y se iba a toda prisa al gimnasio, bajo el cielo cerrado de los inviernos de la parte occidental de Massachusetts, y pasaba junto a árboles desnudos, a través de la nieve y el frío, para abrir la puerta hacia la alberca y sentir el golpe del olor a cloro y la tibieza del aire húmedo. Después de nadar y ducharse, Marta corría de regreso a los dormitorios, y unos cuantos mechones de pelo mojado se le salían de la gorra de lana, y se congelaban en su carrera hacia su desayuno de avena y café requemado. Era en esas frías mañanas que Marta más añoraba estar en El Paso, soñaba con el calor y el cielo azul y el sol, recordando lo que Nena le había dicho cuando tenía ocho años, que terminaría viviendo en El Paso en una casa con alberca, niños y un marido. Y ahora ahí está ella, en esa alberca.

El Paso siempre ha sido mágico para Marta, incluso sin *la vista*. En El Paso, se le permitía jugar con pistolas de agua. En El Paso, salía a cazar arañas, viudas negras. Marta y Juan se robaban cerillos y servilletas de la cocina de Olga, y los escondían en el cobertizo de los caballos en la parte de atrás del solar, y atrapaban las arañas bajo frascos de vidrio y las quemaban vivas. El regusto del humo lo podía sentir todavía en su interior; ha habido tantas arañas en su vida que ella ha querido atrapar.

Arrancaba las semillas espinosas de las plantas rodadoras para abrirlas y comerse las pepitas del interior. En la taquería Chico's, las órdenes de tacos traían tres tortillas crujientes rellenas de carne picada, servidas sobre un charco de salsa roja picante y cubiertas con filamentos de queso de color amarillo naranja. Al salir de misa, iba a Luby's, una cafetería muy diferente a cualquier otra con ese mismo nombre en California. A Marta le encantaba seguir la fila para comer, tomando los cubiertos que venían enrollados en una servilleta de tela planchada, viendo al hombre con su alto sombrero de chef hecho de papel, que cortaba gruesas rebanadas de carne de primera, sentado bajo una lámpara anaranjada y cálida. Marta siempre pedía pollo frito, puré de papas y habas verdes, aunque odiaba tenerse que tragar esas cosas resbalosas para que le permitieran comer postre, que escogía de una vitrina con varios niveles al final de la fila. En la parte inferior de la vitrina había postres y tazones con cubitos de gelatina roja coronados con crema batida, y en la parte superior había rebanadas de pay de cereza, de manzana y de nuez. En El Paso nevaba en invierno, y en el verano todo ardía de calor.

El Paso era mágico porque de allí era la mamá de Marta, y allí era de donde ella y sus primos habían huido, como los personajes de un cuento de hadas, para cambiar su suerte. Habían asistido a las mejores escuelas a las que habían podido ingresar, convirtiéndose en médicos y abogados y profesores y trabajadores sociales. Y en El Paso en el que crecieron, había anuncios en las vitrinas de las tiendas que prohibían la entrada de perros y de mexicanos. Una vez, cuando estaban en primer grado, cuando Chuy habló en español en clase, la maestra le había cerrado la boca con cinta. Los anglos ocupaban todos los puestos de elección popular hasta hacía poco. Esa era la palabra que se usaba, anglos, o sea, los que no eran hispanos, una antigua palabra que solía tener significado. Desde entonces, las cosas habían cambiado en El Paso, y los antiguos prejuicios, aunque seguían estando allí, eran solo parte de la mezcla de culturas. Todo el mundo habla algo de español, y hay muchos que son completamente bilingües, y nadie es una sola cosa, y esta mezcla es la razón por la cual Marta vive allí. La propia Marta es una mezcla, su parte de bruja que hace poco despertó era lo que le faltaba. Adora con toda su alma a Nena y a Alejandro y a los niños y este, El Paso, el lugar que le ha traído *la vista*.

Rafa y Pablo abren la puerta corrediza de la sala y se acercan con su traje de baño.

—¿Qué están haciendo aquí? Vuelvan a su cuarto, los dos.

—Oímos que estabas nadando. Queríamos meternos a la alberca contigo —dice Rafa, y antes de que ella pueda impedirlo, salta al agua y nada hacia ella.

No tiene un mal estilo al nadar, pero mantiene los brazos tiesos y sus movimientos son un poco torpes. Tiene que aprender a relajarse y estirarse. Cuando Marta estaba en el equipo de natación, jamás se imaginó, jamás se hubiera podido imaginar que llegaría a estar donde se encuentra ahora, y que tendría un hijo como Rafa. Pablo se mete al agua más despacio, camina hasta las escaleras, y se acerca a ella nadando como un perrito.

Cuando Pablo llega hasta ella, le pone los brazos alrededor del cuello.

—Mamá, tengo que contarte algo.

—¿Qué? —le pregunta Marta, suponiendo que tiene alguna travesura por confesar.

—Vi a la viejita vestida de negro.

— ¿Qué viejita?

—Dijo que era la hermana de Nena.

— ¿Y dónde viste a esta persona?

—En nuestro cuarto. Dijo que tenía un recado para ti.

—A ver, dime —dice Marta, rodeando a Pablo con los brazos, estrechándolo y moviendo las piernas para mantenerse los dos a flote.

—Me dijo "Ven aquí", en español —le cuenta Pablo.

"Ven aquí", imperativo pero informal, tuteándolo. Era una orden, no una petición.

—¿Dijo algo más?

—Cantó una canción —agrega Pablo.

—Son mentiras —dice Rafa, nadando hasta quedar junto a Marta—. El otro día oímos que Nena y tú hablaban de monjas. Es tan tonto que no sabe que hermana quiere decir monja —explica Rafa. Tiene una mueca de enojo en la cara.

—Fuera del agua —dice Marta, tomando a cada uno de los niños por el brazo, prácticamente sacándolos a rastras. Los envuelve a ambos con una toalla de playa y les frota los brazos para secarlos.

—Ay —dice Rafa.

Nena le advirtió a Marta que *la vista* era peligrosa. Marta no pensó que tuviera que temerle a esto, que sor Benedicta o la hermana

Benedicta, fuera a acudir a Pablo. Marta es capaz de matarla si llega a acercarse nuevamente a su hijo. ¿Cómo se atreve a usar a Pablo de mensajero?

"Ven aquí".

Marta podría no hacerle caso al llamado de sor Benedicta. No tiene que contarle a Nena nada de esto. Podría quedarse en este momento y lugar, más feliz de lo que nunca ha sido antes.

Una mariquita va a posarse sobre el hombro de Pablo.

—Si un bichito camina sobre ti, está haciendo pipí en tu piel —dice Rafa.

—¡Quítamela! —se queja Pablo.

Cuando Marta se acerca para quitársela, la mariquita se desvanece en el aire.

—Cántame la canción que te cantó la viejita —le dice a Pablo, y él pega la boca a su oreja.

# 22

Nena abrió los postigos de su habitación para que entrara el aire fresco y para sentir la brisa en la cara. Era una mujer caída en desgracia, sin familia, sin dinero y sin un lugar a donde ir. ¿Qué iba a ser de ella ahora?

Un día, de niña, estaba jugando en el antejardín y oyó ladridos y unos gritos terribles. Afuera, en la banqueta, había un perro parado encima de otro. La perra, abajo, se veía contrariada, pero cuando Luna salió y los roció con la manguera, huyeron juntos, mordisqueándose el uno al otro, listos para volver a empezar.

Así había estado Nena durante dos meses... sin pensar, sin que nada le importara, con un apetito sin fin. Y ahora iba a terminar como esas perras del vecindario con sus panzas redondas y las tetas hinchadas, sin nada más que sus dientes para defenderse. ¿Cómo había podido ser tan ingenua? Sabía que el sexo producía embarazos; pero no había pensado que pudiera sucederle a ella. Era demasiado joven, no se había casado y tampoco estaba preparada para eso. Había pensado que lo que hiciera en esa época no tendría consecuencias reales.

Nena no había podido dormir esa noche, y había vomitado dos veces en la bacinica durante la madrugada. Cuando María llegó a vestirla, le dijo que se sentía mal, cosa que no se apartaba mucho de la verdad.

María asintió rápidamente, y regresó pronto, llevándole una tisana que depositó en manos de Nena.

—Tal vez pueda ayudarla.

—¿Con qué?

—Ay, señorita, no hacerle caso al problema no servirá de nada. ¿Qué va a hacer?

—Tengo un resfriado. Me pondré bien muy pronto.

—No me venga con esos cuentos. Yo sé lo que está pasando. Hay hierbas que pueden ayudarla a deshacerse del problema. Estoy en deuda con usted. Podría pagarle de esa forma.

—No, no quiero hacer eso.

—Entonces, él tiene que ocuparse de usted.

—¿Cómo?

—Emiliano es un buen muchacho.

—¿De verdad?

—Le voy a contar lo que sucede.

—No, por lo que más quiera —dijo.

Además de todo lo demás, Nena se sentía avergonzada. Emiliano no la entendería. A los hombres simplemente les crece eso que tienen, para luego volver a su tamaño habitual, y eso es todo lo que experimentan. Sin embargo, el bebé estaba creciendo dentro de ella, y pronto todo el mundo vería con sus propios ojos lo que ella acababa de descubrir. María salió de la habitación, dejando a Nena sobre la cama. Esta se tomó la tisana, y se obligó a comer unos bocados de bolillo. Una hora después, oyó que la cerradura se abría.

Emiliano estaba en el umbral, sonriendo, cosa que no parecía adecuada.

—María me dijo que viniera a hablar contigo.

—No podemos estar aquí a solas —respondió Nena.

La presencia de Emiliano solo podía empeorar las cosas todavía más. Nena sería la que tendría que pagar los platos rotos si los descubrían juntos y a solas.

Él se acercó, cerrando el espacio entre ambos, y se paró junto a la cama. Puso las manos muy abiertas sobre el estómago de Nena.

—Deja eso —le dijo ella.

—Qué bien que nos vamos a casar.

—No, no podemos casarnos.

—¿Hay algo que no me has contado? ¿Hay otro hombre en tu corazón? ¿Joaquín? —preguntó Emiliano, riendo.

—Nunca. No digas esas cosas.

—¿Entonces?

—No soy la persona adecuada para que tú te cases. Tu padre jamás lo permitirá.

—Podemos hacer lo que queramos.

—No tengo familia aquí, nadie que se ocupe de mí. Tu padre ya hizo planes...

—Sí, así es.

—¿Ya me entiendes? —insistió Nena, con el corazón roto ante la cobardía de él.

—No voy a permitir que se case contigo. Eres mía. Pero tienes razón, no nos podemos casar aquí. Tendremos que irnos a otra parte. Juntos. —Emiliano se sentó en el borde de la cama.

Nena lo miró, levantando la cabeza. Necesitaba saber si él sería capaz de dejar atrás todo lo que poseía en el mundo. Lo miró fijamente a los ojos, y no vio más que los irises oscuros, las venitas en el blanco vidrioso. Sus ojos no le dijeron nada. ¿Qué era lo que esperaba ver? ¿Qué más necesitaba saber más allá del testimonio de su presencia? Él sabía que ella estaba embarazada. Quería cuidarla.

—Si nos vamos, tendrá que ser lo más pronto posible —dijo ella.

—Mañana en la mañana, entonces.

—¿Y cómo lo haremos? —preguntó Nena.

—Si nos vamos los dos juntos a caballo, sospecharán algo, así que partiremos cada uno por su lado.

—Sí.

—Yo me iré a los viñedos temprano en la mañana, y me llevaré a Palomita. María y tú dirán que salen a misa, pero tomarán el chalán hacia el norte. Nos encontraremos en el cruce de los caminos.

—¿Y después qué?

—Cabalgaremos hasta la misión de San Elizario, y allí nos casaremos. Mañana por la noche serás la señora de Gálvez. ¿Sí?

—Sí. ¿Y dónde vamos a vivir?

—¿Adónde quieres ir?

—Al norte. A los Estados Unidos —dijo Nena—. A St. Louis.

—¿Pero eso no es territorio francés?

Nena no estaba muy segura, pues sus recuerdos de historia eran bastante nebulosos. Solo quería poner tierra de por medio con don Javier, lejos de México y la Nueva España.

—¿Qué tal si nos vamos a Nueva Orleans?

—¡No sabía que te gustaran tanto los franceses! Podríamos viajar por mar desde Veracruz, pero sería un viaje muy largo. Vamos mejor a Santa Fe. ¿Acaso no tienes parientes allí?

—Sí —dijo Nena, aunque no conocía a nadie. Lo importante era irse lo más pronto posible. Ella ya sabía montar a caballo—. ¿Y qué haremos con respecto al dinero?

—Yo me ocupo de eso. No te preocupes —dijo Emiliano, rozando sus labios con los de ella.

A la mañana siguiente, Nena y María salieron de la casa como si fueran a misa muy temprano. Nena sentía una emoción que parecía un dolor que iba y venía, y le recorría todo el cuerpo. Las dos atravesaron el pueblo con rapidez, primero cruzaron la plaza, pasaron frente a la iglesia y siguieron hacia el norte para alcanzar el chalán, que las llevó al otro lado del río Bravo.

Los insectos del desierto zumbaban, y el viento pasaba barriendo la arena y rozando los arbustos de salvia y creosota. El sol iba subiendo por el cielo. El sudor hacía que a Nena se le pegara la mantilla a la frente, y sentía una picazón en la muñeca. Se levantó la manga, y no vio que tuviera un brote en la piel. Se rascó con fuerza.

—Va a conseguir que la comezón sea peor —le dijo María.

Caminaron alejándose del pueblo por la carretera. Con cada paso, el desierto se hacía más grande y las montañas más altas. Con cada paso, Nena veía más claramente los obstáculos que se interponían en el plan que Emiliano y ella habían trazado. Incluso si llegaban hasta San Elizario y se casaban allí, ¿qué pasaría después? Aún les quedaba seguir el viaje hasta cruzar El Paso. Una vez al otro lado, les aguardaban cientos o miles de millas de camino, y la mayor parte de ese trayecto era a través de tierras de nadie, donde serían presa de animales salvajes y de los apaches. ¿Qué iban a comer? ¿Dónde encontrarían agua para beber? ¿Cómo iban a alimentar a los caballos? Nena no tenía nada más que los panes que habían sobrado del desayuno. Se habría podido llevar los candelabros de plata o un pichón asado de la cocina, cualquier cosa que hubiera encontrado.

Se dijo que no debía pensar de esa manera. Que debía confiar en que Emiliano llegaría preparado, con caballos y agua y vino y oro. Miró hacia el sol. Se suponía que él iba a estar allí antes de que ellas llegaran. ¿Qué iba a contestar si alguien le preguntaba qué hacían allí en el cruce de caminos dos mujeres solas, sin un hombre que las protegiera? Quienquiera que las viera les diría que volvieran al pueblo. Pero también podían pasar cosas peores. Había apaches en la zona. Si las atacaban, ¿qué podría hacer ella? ¿Escapar volando? Nunca había volado en realidad, solo había levitado… ¡la magia era inútil!

El viento arreció, soplando en oleadas, y cubrió a Nena con una capa de polvo amarillo. Lo sintió en los labios, en los pliegues de los párpados. Su lengua ya era como la de un lagarto, escamosa y áspera. Se sintió enferma, mareada de sed.

—Algo debió suceder —dijo María—. Volvamos a casa.

—No, quedémonos un poco más —contestó Nena.

María asintió, sacando el rosario de su bolsillo para ponerse a rezar. Nena no quiso acompañarla. Necesitaba conservar la fe en que Emiliano aparecería.

El viento dejó de soplar y el cielo se despejó. Hacía una tarde preciosa, la más bonita que Nena había visto en su vida. Esperaron hasta que el sol llegó al punto más alto, y luego más, una hora, dos. Nena vio que el sol empezaba a bajar por el cielo. Y luego divisó un caballo con su jinete que venía en su dirección, acercándose con rapidez. No, no era un caballo sino un burro, montado por Antonio, que se bajó de un salto y sus pies descalzos levantaron nubecillas de polvo. Sacó una carta del interior de su camisa y se la entregó a Nena. Ella desplegó la hoja de papel y reconoció la letra de Emiliano: "Antonio las acompañará de regreso a la casa. Hoy no es un buen día para una cabalgata hacia el norte".

Dobló la carta de nuevo, guiándose por los pliegues originales. ¿Por qué se permitió abrigar esperanzas? ¿Por qué se le ocurrió dejar su futuro en las manos de un hombre? Ya sabía que Emiliano era malo, que bebía demasiado, que se preocupaba mucho por sí mismo. Su gran error había sido pensar que podía cambiarlo. A él le gustaba lo que tenía, un futuro promisorio, y le gustaba tener a Nena en la casa para su disfrute. ¿Por qué iba a rechazar esas comodidades?

Nena no podía volver a la casa de los Gálvez. Si lo hacía, tendría que aceptar a Emiliano por lo que era. Si regresaba, tendría que casarse con don Javier.

—Vámonos al convento —le dijo a María.

—Sí —respondió María—. He estado rezando para que sor Benedicta se apiade de usted.

Nena entonó el encantamiento para invocar a las mariquitas, y tuvo la ya conocida sensación de tironeo en el cerebro al conectarse con el otro lado.

Tres mariquitas se aparecieron, y fueron a posarse en la mano de Nena. Ella les abrió las mentes diminutas, y allí inscribió el mensaje de que llegaría al convento. Y luego, con la canción, se las envió a Carmela. Se quedó esperando a que se desvanecieran.

# 23

Antes de cantar el encantamiento, Nena había insistido en apagar el aire acondicionado y abrir todas las puertas y ventanas que daban al patio de atrás. Ahora hacen al menos 38 grados centígrados en la cocina de Marta.

Alejandro y los niños estarán en las cuevas Carlsbad todo el fin de semana. Alejandro no podía entender por qué él se tenía que llevar solo a los niños y por qué Marta no podía acompañarlos, y entonces ella, en su frustración, conjuró una pequeña tormenta que llovió sobre la cabeza de su marido. Luego, Alejandro empezó a hacer el equipaje para él y los niños, y en cosa de una hora se habían ido.

—La vez pasada no fueron solo insectos y cosas viscosas las que acabaron en la olla. Había venados y aves y otros animales. Era más como un estofado y no este polvo, y sabía muy bien —cuenta Nena.

Marta y su tía abuela tienen la vista fija en una olla de hierro fundido esmaltada que Kika le regaló a Marta una Navidad. La olla está llena de un polvo fino que huele a azufre. La gruesa tabla de picar en la cual pusieron la olla está chamuscada porque Nena puso sobre ella el manojo de creosota ardiendo.

—¿Qué hacemos con esto? —pregunta Marta.

—Hay que comérselo.

—¿De verdad crees que sea una buena idea?

—¿Conoces el chiste de los inmigrantes que cruzan el río?

—Ay, no, Nena, no estoy para chistes en este momento —le dice Marta.

—¿Por qué los inmigrantes siempre cruzan de dos en dos?

—¿Por qué?

—Porque ven un letrero en la frontera que dice "No tres-passing", así que nada de pasar la frontera de tres en tres, sino de dos en dos.

—Es un chiste muy malo, Nena.

Marta a duras penas alcanza a creer que tras cantar el encantamiento de sor Benedicta que le llegó a través de Pablo, las hormigas y los escorpiones y los caracoles y las lombrices aparecieran, cubriendo hasta el último centímetro de los azulejos del piso, y que luego se treparan por los lados de la isla de la cocina y se abrieran paso agresivamente, luchando entre sí, para llegar a la olla, donde se cocieron mientras sus conchas castañeteaban entre sí.

Nena se moja el dedo índice y lo hunde en el polvo para luego llevárselo a la boca.

—Ahora te toca a ti —le dice a su sobrina.

Marta ha llegado muy lejos en ese camino como para venir a titubear ahora.

El polvo no sabe tan mal como esperaba. De hecho, es más bien soso, como probar harina cruda. Marta se prepara, suponiendo que de repente algo la lleve hacia el sol, como Nena le había advertido, pero lo que siente es como si la hubieran encendido, una especie de conciencia muy alerta, una versión extrema de lo que siente todas las mañanas cuando se pone los lentes al despertarse.

El hollín afelpado que había en la pared de la cocina de Nena ahora está en la de Marta, igual de renegrido, cubriendo la pared junto a la despensa. En casa de su tía abuela, ella no sabía qué estaba sucediendo, pero esa mancha de tizne que pulsaba era algo demasiado insólito como para que ella se fijara en cualquier otra cosa. Ahora, con la claridad de *la vista*, se da cuenta de que la mancha de hollín se pliega sobre sí misma, y que en el centro es de un negro más intenso. En la negrura no hay puerta, pero sí algo como una solapa, una aleta, como la entrada a una tienda de campaña.

Marta toma a Nena de la mano, y se internan juntas hacia el otro lado.

Llegan a un lugar que es frío, con aire refrigerado, y los ruidos amortiguados por una alfombra que tiene un diseño rojo y azul que les resulta conocido, un patrón intencionalmente abigarrado que disimula migajas de comida y derrames de bebidas. Las velas están encendidas en las mesas de "La Sirena" y brillan con una luz roja. Marta y Nena se quedan de pie en el largo pasillo con bancas en la entrada. Tras ellas están los baños y la máquina de cigarrillos. Al frente, el gran arco por el cual se accede al comedor, el anuncio con letras doradas sobre fondo negro "Please Wait to Be Seated", para que los que llegaban esperaran allí.

Marta mira hacia el bar, esperando ver a Luna inclinada sobre sus papeles, con una taza de café al lado. Pero en "La Sirena" no hay nadie, a pesar de que todas las mesas están puestas y que el restaurante está listo para la llegada de los comensales. Marta no cree que hayan viajado en el tiempo… entonces ¿dónde está ahora?

—¿Qué estamos esperando, Nena? —pregunta, pero su tía abuela no la escucha. Está mirando a la puerta de entrada, de madera tallada, que alguien está abriendo en ese preciso momento.

# 24

El convento se veía y se sentía igual a cuando Nena llegó por primera vez, saturado con los olores ya conocidos de incienso y humo de mezquite, y el eco de los cantos lejanos. Nena les agradeció a los gruesos muros que mantuvieran a raya el sol y el calor del desierto.

En el despacho de la madre Inocenta, sor Benedicta estaba sentada tras el escritorio, y los legajos del convento, encuadernados en rojo, estaban ordenados en pilas a su alrededor. Sor Benedicta señaló con un gesto de la cabeza el banquito, y Nena se sentó sin saber bien cómo iniciar la conversación. No tenía sentido ocultarle el embarazo a la hermana, pero no encontraba las palabras para contárselo.

Sor Benedicta sirvió vino de un botellón en dos tazas de peltre, en lugar de las rústicas tazas de barro que usaban las monjas por lo general. Eso parecía una buena señal. La hermana le tendió una de las tazas, y Nena la recibió con tanta sed que bebió un buen trago, pero se atragantó al reconocer el sabor: era vino proveniente de los viñedos Gálvez, que en su boca sabía a vinagre.

—Regresé al convento porque no tengo otro lugar adonde ir —dijo Nena, agachando la cabeza, dispuesta a humillarse.

—No puedes ser una de las niñas si estás esperando —la voz de sor

Benedicta se notaba tensa, y Nena supuso que debería estar pensando quién sería el padre de la criatura.

—No.

—Pero puedes quedarte como sirvienta.

—Sí, sor Benedicta.

—Una vez que nazca el bebé, le encontraremos una familia.

Nena permaneció en silencio, agradecida porque al menos no la iban a enviar de regreso con don Javier. Si no le quedaba más remedio que vivir como una sirvienta, eso haría. Sabía hacer ese tipo de trabajo. Estaba a salvo por ahora, y tenía todavía tiempo para encontrar la forma de escapar del convento con su bebé y cruzar el río hacia el otro lado y buscar el camino de regreso a su casa.

—¿Ahora es usted la superiora? —le preguntó a la hermana.

—Soy la encargada, pues la madre Inocenta está enferma.

—¿Tiene viruela?

—No.

—¿Qué tiene, entonces?

—Comió del brebaje hasta que se terminó, y quedó atrapada en *la vista*. Su mente está lejos, viviendo en otra parte. No fue bueno que te hubieras ido.

Nena percibió el dolor en la voz de sor Benedicta, y tenía la certeza de que aún la culpaba a ella por lo que la madre Inocenta se había autoinfligido, por más injusto que eso fuera. Ella no había pedido que la llevaran a El Paso del Norte ni había pedido tener el terrible poder de *la vista* en su interior. Pero sabía que decirle eso a la hermana vicaria no cambiaría las cosas.

Esa misma noche, ya vestida con el tosco uniforme de las sirvientas, Nena volvió a la cocina. Aspiró los olores acogedores de los tomates asándose, la cebolla frita y la terrosa dulzura de la masa de maíz. Le dio gusto que sor Benedicta no le hubiera asignado un oficio peor, como cuidar a los cerdos.

Nena miró hacia todos lados en la cocina, buscando a Carmela. Una de las sirvientas estaba pelando papas. Una monja preparaba una sopa junto a un caldero. Al fondo de la cocina, otra monja, con velo blanco, picaba zanahorias, y ya había dejado una montaña de cebolla cortada a un lado de la tabla de picar. Y entonces, vio a Carmela hablando con la sirvienta que preparaba el chocolate. Carmela se le acercó de prisa, limpiándose las manos en el delantal.

—Ven conmigo —le dijo.

La tomó por el brazo, tirando de ella para meterla al almacén repleto de sacos de arroz y frijoles, barriles de arena y chiles secos colgando de garfios. Carmela se le echó encima, metió la cara en el pecho de Nena, mientras su cuerpo se estremecía. ¿Acaso estaba llorando? ¿O riéndose? No, lloraba. Nena le acarició la cabeza.

—Ay, Nena, ¿cómo permitiste que esto sucediera? —preguntó Carmela, y su voz sonó asordinada por el cuerpo de Nena.

No había nada que Nena pudiera decirle para que entendiera por qué Emiliano y ella habían sido tan atolondrados y se habían dejado llevar por el amor y el deseo. Pero Carmela tenía razón en llorar. Nena había caído en desgracia, sin importar cuáles fueran sus intenciones o lo que pudiera sentir por Emiliano.

—Sor Benedicta va a quitarme al bebé tan pronto nazca.

—No puede hacer eso —dijo Carmela, apartándose de ella y limpiándose las lágrimas de las mejillas—. No sé en qué te pueda servir, pero haré lo que tú quieras. Preguntémosle a Eugenia si se le ocurre algo.

—¿A Eugenia?

—Ya verás —dijo la otra, abriendo la puerta del almacén.

❋

De vuelta en la cocina, y con Carmela unos pasos detrás de ella, Nena se quedó estupefacta al darse cuenta de que la monja a la que había visto picando zanahorias era Eugenia. Su cara estaba llena de horribles cicatrices, sus ojos, abiertos, pero incapaces de ver. La infección la había dejado ciega. ¿Cómo era capaz de cortar y picar sin lastimarse?

—¿Eres Elena? —preguntó Eugenia.

—Hermana —dijo Nena, sin estar muy segura de cómo dirigirse a ella.

—Estás encinta —afirmó Eugenia, era una declaración y no una pregunta, así que Nena permaneció en silencio. Eugenia continuó hablando. Su actitud era diferente ahora, con esa firmeza que solo confiere una gran pérdida.

—¿Cómo? —preguntó Nena. ¿Acaso todo el mundo lo sabía?

—Puedo verlo con *la vista* —explicó Eugenia en voz baja, de manera que solo Nena la pudiera oír.

—¿Qué sabes tú de *la vista*?

—Como no me recuperaba de la viruela, me dieron un poco del brebaje. Carmela le insistió a sor Benedicta que lo hiciera. Como yo estaba muy enferma, al probarlo, vi a todos los animales que componían el brebaje entrando al cuarto, fue horrible. Y luego los sentí, patas, garras y pezuñas abriéndose paso por mi garganta. Y ahora soy como tú.

Cuando Emiliano comió del brebaje, sanó por completo, pero no recibió nada más. Había seguido siendo una persona normal, con la capacidad normal de ver el mundo. A Nena le costaba entender ese carácter azaroso de *la vista*, su fría crueldad y sus dones fabulosos. Así era como funcionaba el mundo, dones y castigos distribuidos en forma dispareja e injusta.

—*La vista* me salvó la vida, pero ahora mis visiones me impiden abandonar el convento —dijo Eugenia—. Por eso hice profesión de fe. Tampoco es que alguien quisiera casarse conmigo ahora. Nadie quiere decirme cómo se ve mi cara.

—Tienes salud y vida, y eso es lo importante —dijo Nena prontamente, impactada por la espantosa manera en que unas cicatrices oscuras habían estropeado el rostro de Eugenia. Pero una vez que se tomó un momento para examinarla de verdad, le sorprendió la vitalidad que irradiaba. Sí, tenía cicatrices, pero su piel se veía fresca y lozana, y su pelo, sedoso.

—No puedo perdonarte lo que hiciste con Emiliano —agregó Eugenia, en voz baja.

—¿Y por qué iba a importarte? ¿Tú no estabas en lo tuyo con el padre Iturbe?

—Lo hice solo porque necesitaba irme de aquí de inmediato, y el padre Iturbe prometió que me ayudaría.

—¿No podías esperar a que Emiliano se casara contigo? —preguntó Nena.

Eugenia negó en silencio, volteando la cara hacia el piso.

—No me entristece que el padre Iturbe muriese. Dios lo castigó por lo que hizo. Y también a mí. —Sus ojos ciegos se volvieron hacia Nena—. Así como tú también recibiste un castigo por tus pecados.

Nena sintió una oleada de orgullo que salía al encuentro del duro juicio de Eugenia, y habló sin pensar.

—¿Y qué hay de Emiliano? ¿No crees que él también recibirá su castigo?

La risa de Eugenia fue glacial.

—¿Y por qué habría de castigarlo? Muy pronto se casará con una mujer de su clase. Y cuando se case con ella, ya será un hombre con experiencia —dijo Eugenia.

Nena percibió el dolor que irradiaba Eugenia, su amargura mezclada con el poder amplificador de *la vista*, la tristeza de haber perdido lo que nunca llegó a tener, que le fluía justo bajo la piel. Nena entendía perfectamente lo que significaba que ese mundo la hubiera cambiado, que la hubiera dejado desfigurada y la hubiera descartado. Ahora Eugenia y ella eran como hermanas.

—Voy a necesitar tu ayuda para poder regresar a casa —dijo Nena, tomando a Eugenia por el brazo para acercarla a ella y a Carmela.

—¿Regresar a casa? —El rostro de Eugenia se llenó de confusión.

—Necesito volver a la época a la que pertenezco. La madre Inocenta dijo que se abriría una puerta cuando el momento fuera el adecuado, y ese momento ha llegado —dijo Nena.

—Yo sabía que no eras de los Montoya de aquí o de los de Santa Fe —murmuró Eugenia, mirando sin ver más allá de Nena, inmersa en sus pensamientos. Nena no podía saber qué era lo que veía Eugenia, pero cuando volvió a mirarla, tenía una expresión decidida—. ¿Qué tenemos que hacer?

—Necesito encontrar la puerta y volver a casa antes de que nazca el bebé. Si no, sor Benedicta me lo quitará y lo enviará a quién sabe dónde, y quién sabe qué hará conmigo. Me culpa por lo que le sucedió a la madre Inocenta, estoy segura. Tengo miedo de que sea capaz de hacer algo para perjudicarme —dijo, y se volvió hacia Carmela—. ¿Crees que la madre Inocenta pueda ayudarnos?

—Creo que no —respondió Carmela, afligida—. Me temo que la madre Inocenta ya no es lo que era. Ya ni siquiera habla. Ninguna de las monjas entra a su celda. Allí suceden cosas raras. Las tazas saltan de la mesa. La silla se arrastra por el piso por sí sola. A veces las sábanas se levantan y flotan en el aire por encima de ella.

—Si *la vista* se manifiesta de esas maneras, entonces tengo algo con qué trabajar —afirmó Nena, con la esperanza de que eso fuera verdad—. ¿Crees que habrá forma de que pueda encargarme del cuidado de la madre Inocenta?

—No hay manera de que hagas eso sin que sor Benedicta se entere —comenzó Carmela, y se volvió hacia Eugenia, que asintió—, pero podemos hacerte entrar a su habitación por unos momentos.

—Eso será suficiente —contestó Nena.

❋

Cuando Nena logró meterse en la celda de la madre Inocenta gracias a Carmela, le impresionó lo flaca que estaba la superiora. La encontró en su cama, con la piel colgándole de los huesos y los ojos hundidos en sus órbitas, parecía más bien una calavera. Tenía los labios entreabiertos, y de su boca salía un jadeo muy leve. Nena se agachó para acercar la oreja a la boca de la madre, y lo que oyó, la paralizó: se trataba del encantamiento para volar y sanar.

Nena le habló a la madre superiora, con la esperanza de que alguna parte de su ser comprendiera qué le decía.

—Yo le di ese encantamiento. Está en deuda conmigo y tiene que ayudarme a volver a casa con mis hermanas. No pertenezco aquí. Olga y Luna me cuidarán. No les importará que esté embarazada —le suplicó Nena, aunque sabía que iban a enojarse con ella y a sentir una terrible vergüenza—. Si ahora usted se encuentra en *la vista*, el tiempo y las puertas no significan nada para usted. Abra el camino y ayúdeme a volver. Haría lo que fuera por poder volver. Por favor.

Nena no esperaba una respuesta de la madre superiora, pero a pesar de eso la decepcionó que no hubiera ninguna. El cuerpo de la abadesa no iba a mantenerse durante mucho tiempo más. En ese momento, estaba en un espacio intermedio, de transición, y todas las posibilidades y el poder de *la vista* la rodeaban, por encima y por debajo, por dentro y por fuera. Nena temía que, si llegaba a morir, la madre superiora fuera a cerrar todas las puertas tras de sí.

Durante los siguientes meses, el bebé creció. Nena sentía que sus células se iban reuniendo en el lento movimiento de la encarnación hasta que un día, percibió una patada, algo que se aceleraba. Sabía que le quedaba apenas un puñado de meses antes de que naciera la criatura.

Pasaba los días trabajando en la cocina. En las noches dormía en un petate sobre el piso de tierra de un cuarto para toda la servidumbre. Una vez a la semana, los domingos, iba a misa.

Cuando se confesó con el nuevo cura, le dijo que echaba de menos a su familia. Confesó haber tenido pensamientos impuros, pero no dijo nada de cometer actos impuros. Confesar era quedar absuelta de sus pecados, pero no quería que la absolvieran de lo que había hecho con Emiliano. Él le había dado este bebé. El bebé era todo lo que tenía de él, y era lo único que ella tenía en el mundo.

Cada vez que podía, Carmela metía a Nena a la celda de la madre Inocenta. La superiora y el bebé se comunicaban entre sí, con toques eléctricos que pasaban de uno a otro. Nena tenía la esperanza de que estuvieran armando un plan, pero no sabía lo que se decían, pues la corriente eléctrica estaba en una frecuencia que ella no podía detectar.

A medida que la panza de Nena crecía, la madre Inocenta se volvía más y más débil. Un buen día, dejó de cantar, y Nena se angustió. Carmela le dijo que no debía preocuparse, que incluso si la madre superiora llegaba a morir, aún podrían buscar una manera de que ella volviera a su época. Eugenia le aseguró que ahora sabía mucho de cuchillos y que, si sor Benedicta trataba de quitarle al bebé, se llevaría una desagradable sorpresa.

Nena estaba tan panzona que todo el mundo en el convento se daba cuenta de que iba a parir en cualquier momento. En un lapso de dos semanas, Olga y Luna habían tenido a sus bebés en el hospital, al modo higiénico y moderno. A Nena le preocupaba parir en el convento, y que sucediera algo malo. Cuando Olga y Luna estaban embarazadas, ella sentía una emoción enorme al pensar en los bebés antes de que nacieran. La idea de ser tía por partida doble la llenaba de dicha. Cuando volvieron a la casa del hospital, Chuy y Valentina eran diminutos ¡y se veían tan desamparados! Al principio, Nena no tenía sino que cargarlos y abrazarlos cada vez que quería, y los consolaba meciéndose un poco y con unas palmaditas en la espalda. No fue sino hasta después, cuando sus hermanas tuvieron que volver a trabajar, que la carga de la crianza de sus sobrinos recayó sobre ella. Pero para su propio bebé lo haría todo sin resentimientos. No iba a sentir el cansancio. No se quejaría, ni rezaría pidiendo ayuda sobrenatural ni una vida diferente. Simplemente se quedaría.

Nena sabía que no podía depender de la madre Inocenta para volver a su tiempo. Tenía una bolsa ya empacada. Había guardado comida, y a pesar del miedo que le producía salir a El Paso del Norte sin la protección del convento o de los Gálvez, planeaba ser valiente. Si la madre Inocenta moría, ella iría al cruce del río para tomar el chalán hasta el lado norte, y llevaría a su bebé, y cantaría el encantamiento para crear su propia puerta, rogando porque eso le permitiera regresar adonde pertenecía.

El día del parto, Nena se acurrucó en su celda, pujando. Eugenia y Carmela le ponían paños fríos en la frente y le cantaban. Nena se enderezaba, caminaba, se acurrucaba de nuevo, pujaba, gritaba con bastante potencia como para que todo el mundo en el convento la oyera, incluso a través de las gruesas paredes de adobe y estuco, pero a ella no le importó. Tenía un trabajo que hacer. Sentía como si toda ella no fuera más que músculos. Pujó y pujó de nuevo, pujó por una eternidad, durante largas horas, cabalgando en olas de dolor y luego cayendo en lo que venía tras ellas, que no era exactamente alivio sino la euforia de ser capaz de resistirlo, de sentirse fuerte. La enfermería era oscura, pues muy poca luz alcanzaba a entrar por los ventanucos que había muy arriba en la pared.

Cuando nació el bebé, una niña, Carmela la envolvió en una cobija y le entregó a Nena la diminuta criatura que se retorcía con sus piernitas como de rana, un montón de pelo, la carita arrugada y una marca de nacimiento en el hombro derecho. La boquita minúscula era como un botón de rosa a punto de abrir. Ahí estaba su nombre, y Nena quedó prendada, y le susurró "Rosa". La sostuvo, asombrada porque esta personita en miniatura hubiera podido formarse en su interior. La bebé tenía los ojos de Emiliano. Le besó la frente. Rosa lloró con sus pulmones poderosos. Cerró la boquita sobre el pecho de Nena, y tanteó hasta averiguar cómo hacer que el cuerpo de su madre cumpliera con su función.

Nena estaba agotada, pero era joven y fuerte y se sentía muy feliz. Estrechó el cuerpecito de Rosa contra su pecho, acariciándola desde la frente hasta el entrecejo. Tendría que levantarse pronto, ir por su bolsa y salir por la portería, pero al menos durante unos minutos podía reposar.

No supo en qué momento se quedó dormida, pero la despertó algo que brillaba frente a su cara. Abrió los ojos y la cegó una luz más resplandeciente que cualquier otra que hubiera visto, más refulgente que el sol al cual había ido a parar. Levantó la mano para proteger a Rosa del resplandor. Entrecerró los ojos, sorprendida al ver a la madre Inocenta que abría una puerta, un portal a través de las paredes del convento y hacia el cielo.

—Ven conmigo —le dijo la madre.

—Gracias a Dios —contestó Nena, estrechando más a Rosa contra ella.

Caminó hacia la madre Inocenta, apoyándose en el aire para alcanzar el rectángulo de luz. Y entonces, todo se alteró. El tiempo se deformó, y Rosa se le desprendió de los dedos y de los brazos. Al darse vuelta, vio que sor Benedicta tenía cargada a su bebé, y Carmela estaba junto a ella, tratando de tapar el sol con la mano para ver mejor.

—¡Elena! —gritó Carmela, como si no pudiera ver que ella estaba justo allí, alargando el brazo para alcanzar a Rosa.

—Devuélvamela —le gritó Nena a sor Benedicta.

—Ven conmigo ya —dijo la madre Inocenta, tendiéndole la mano, y la luz se volvió cegadoramente brillante.

El tiempo se rasgó, una canción grave sonó a través del desierto, llevando consigo los sonidos de su casa y su época, los bebés llorando y sus hermanas platicando, el ruido del agua que llegaba del río, arrastrándose y arrastrándola lejos de ese momento y hacia su propio tiempo. No importó que Nena rechazara la mano de la madre Inocenta, no importó que se echara al suelo y que llorara y gritara y se aferrara a la tierra con las uñas, tratando de quedarse con su bebé.

La madre Inocenta plegó el tiempo como si fuera un abanico, empalmando un momento con otro, haciendo colapsar el tiempo y el espacio, y después Nena apareció tendida en una calle, en East Paisano Drive, en El Paso, estado de Texas, en los Estados Unidos de América.

# 25

La puerta se abre, el resplandor del sol entra al restaurante, la silueta de dos mujeres se recorta contra la claridad. Una de ellas va con hábito de monja y la otra con un vestido largo de cuello alto. Ambas son ya mayores.

La mujer del vestido corre hacia Nena y abre los brazos y la estrecha con cierta brusquedad. Nena la abraza también, intensamente.

—Mamá —dice la mujer.

Marta observa lo que sucede, asombrada y empequeñecida ante esta reunión. Al ver a esta anciana madre con su hija, algo menos anciana, siente que *la vista* la rodea, espesa, formando remolinos y raudales, con aroma a canela y comino, a fogatas de mezquite y a cenizas, los vientos del oeste, henchidos de lluvia.

Nena y Rosa siguen enlazadas en su abrazo, las cabezas muy juntas, hablando quedo, las voces zumbantes, demasiado bajitas como para que Marta alcance a distinguir las palabras.

No consigue imaginar lo que esto significa para Nena, lo que debe estar sintiendo. Dicha. Dolor por los muchos años que ella y su hija han pasado alejadas, separadas por mil fronteras. Los pensamientos de Rosa deben ser también de confusión… el amor por esa madre que nunca conoció, objeto de añoranza, culpa y dolor. ¿Qué va a saber Marta? Ambas sonríen, con la cara tirante de tamañas sonrisas, y Marta tiene atorado en la garganta el nudo de esa relación.

Se estremece hasta los huesos, sintiendo frío de repente, y se voltea para mirar a sor Benedicta, que a su vez la mira de una forma que ella detesta: un barrido de pies a cabeza que evalúa y desestima todo lo que ve. Puede ser que a Marta no le guste que la traten así, pero también es cierto que hace mucho no la intimidaban de esa manera. Endereza los hombros.

—No se atreva a acercarse a Pablo otra vez —dice.

—Lo hice solo porque no podía llegar a ti. Estabas utilizando *la vista* para tus propios fines, y eso nos impedía alcanzarte. Rosa insistió en que hiciéramos algo para apurarlas a ambas, a Elena y a ti. Ella es una joven muy voluntariosa.

—¿Joven? —pregunta Marta, mirando de reojo a Nena y Rosa.

—No le prestes atención a su apariencia de este momento. Tiene apenas doce años.

—No lo entiendo.

—Aunque parezca que tenemos el cuerpo y la mente que eran los nuestros a la hora de morir, fue Rosa a la edad de doce años la que nos trajo hasta aquí. Carmela le ha estado contando historias sobre Elena desde que nació. Comprenderás que eso iba en contra de mis deseos. No consideré que hubiera razón alguna para contarle a Rosa sobre una madre que nunca llegaría a conocer, una madre que le trajo tantos sinsabores al convento y al aquelarre. Recé porque Rosa no recibiera la maldición de tener *la vista*, pero el Señor no escuchó mis plegarias.

»Un día, hace unos cuantos meses y sin ninguna ayuda, Rosa encontró un encantamiento en la cocina. Antes de eso, nadie le había contado nada sobre encantamientos ni le habían dicho que no fuera a cantar uno así nada más. Todo es mi culpa. Estaban preparando conejos para la cena de esa noche. Los tenían ya limpios y arreglados en la mesa, listos para ensartarlos en el asador. Cuando Rosa cantó el encantamiento, se levantaron sobre sus patas traseras y ejecutaron un bailecito. La servidumbre estaba tan aterrada que mandaron a una de ellas para contarme lo que acababan de presenciar. Para que no fuera a suceder nada peor, decidí que Rosa participara en el aquelarre. Una vez que se unió, lo único que quería era encontrar a su mamá, y ella fue la que halló el encantamiento que te envié.

Rosa y Nena están sentadas una junto a la otra en la banca más cercana a la máquina expendedora de cigarrillos. Se han quitado décadas de encima, y Rosa se ve ahora como si tuviera doce años, y Nena, como una mujer muy joven. Rosa está abrazada a Nena, y su mamá le acaricia el pelo con manos que ya no se ven nudosas y deformadas por la artritis.

—¿Por qué no podía quedarse Nena con Rosa? ¿Por qué la enviaron lejos?

—No sé qué le habrá contado Elena, pero yo no tuve nada que ver con eso. Las dos no pueden existir en la misma época. Rosa es su tátara tátara tátarabuela. Observa con atención —le dice sor Benedicta.

Los contornos del cuerpo y la mente de Marta se desdibujan, y antes de que pueda preocuparse de verdad, *la vista* le deja ver todo. Ahora ella es la que está abrazando a Nena, percibiendo su olor a talco de bebé y su aliento algo agrio. Se siente segura en brazos de Nena.

Ella es Rosa, y le está contando a Nena de su niñez, transmitiéndole sus recuerdos sin necesidad de palabras, un flujo ininterrumpido de imágenes y sensaciones. Está sentada en la cocina con Carmela, comiendo lágrimas de obispo, un dulce de piñón que se lleva a la boca antes de que termine de enfriarse, y que le quema la lengua.

Paloma y Francisca le están enseñando a leer en español, y también latín, griego, y francés e inglés. Abre el libro que tiene al frente, las letras del alfabeto griego le resultan legibles, conocidas.

A menudo, a medida que crece, se despierta en medio de la noche, oyendo a las monjas del aquelarre que andan a tientas por los pasillos, e imagina a su madre haciendo lo mismo.

Se pincha el dedo cuando Eugenia le está enseñando a bordar, y se limpia rápidamente la sangre para no manchar la tela. Eugenia es la hermana vicaria, a cargo de la disciplina, y no se la conoce por su paciencia.

—Pero ella no es cruel contigo, mija, ¿cierto? —pregunta Nena en voz alta.

—Nunca me pega.

—Más le vale —dice Nena—. Cuéntame más. Cuéntame qué te pasa.

Rosa es ella, a los doce años, pero también puede recordar el resto de su larga vida, ya que esto es antes y después de que llegue a suceder. Es una joven madre, casada y con tres hijos, que reciben las noticias de una revolución. Se entera del grito de Dolores, celebrando la independencia de México de la corona española. Se disparan balazos al aire, se asa un cabrito en el patio. En su edad madura, Rosa les da a su nieta y a su marido una bendición, con la señal de la cruz en la frente antes de que partan a colonizar y afincarse en la región de Doña Ana, en una curva del río, en los territorios inhóspitos de Nuevo México, más allá del valle de Mesilla. Esta nieta se convertirá en ciudadana estadounidense tras la adquisición de Gadsden. "Era estadounidense como tú", le dice Rosa a Nena mentalmente. "Ahora es tu turno: Cuéntame lo que te sucedió luego de dejar El Paso del Norte".

Y ahora Marta es Nena, con el pelo largo que le baja por la espalda.

Cuando regresa a El Paso de sus tiempos, las calles están llenas de convoyes que van y vienen del Fuerte Bliss. Un camión del ejército cargado de hombres la rebasa, y los soldados le chiflan y gritan. Camina más deprisa, encorvando los hombros para tratar de pasar desapercibida.

Un carro particular, un Ford, se detiene justo a su lado. El señor Obregón, el de la tienda de la esquina, hace sonar el claxon, y se inclina a un lado para abrirle la puerta del pasajero. Le dice que se suba al carro antes de que la vean, y cuando llegan a la casa la acompaña hasta la puerta principal, donde Luna está plantada. Tiene un traje azul marino muy elegante, un sombrero con velo negro, guantes blancos y una carterita bajo el brazo. Cuando ve a Nena se enfurece.

—¿Dónde te habías metido? ¿Adónde te fuiste esta mañana?

—Luego la mira de arriba a abajo, su tosco vestido, los pies descalzos—. ¿Qué te sucedió?

Luna le prepara un baño, y ayuda a Nena a desvestirse y a meterse a la bañera. El agua se torna rosa. Luna le lava el pelo, y cuando sale del agua, le aplica mercurocromo en los raspones que tiene en los pies. Luna la acuesta, la cubre con una sábana fresca y voltea el ventilador para que apunte hacia ella.

La leche le gotea de los pechos.

—Es una loca —comenta Luna cuando Olga vuelve a casa del hotel esa noche, pero no lo dice en el mismo tono de siempre. Lo dice como si esta vez le preocupara que de verdad haya enloquecido. Los bebés están acostados con Nena, uno a cada lado, Chuy dormido y Valentina chupándose el puño.

Marta se acuerda de quién es ella. Valentina, la bebé, es su madre. Marta trata de enfocar sus pensamientos hacia la cabeza de la bebé. ¿En qué pensaba su madre en ese entonces? Pero no tiene acceso a la mente de la criatura, y vuelve al cuerpo exhausto de Nena, su mente vapuleada. La comodidad de este colchón genuino es una tentación. Pero preferiría estar acostada en las inclementes tablas de las estrechas camas del convento, abrazando a Rosa.

—Cuéntanos qué sucedió —le dice Olga a Nena. Luna se queda en un rincón, fumando un cigarrillo.

Nena les cuenta a sus hermanas sobre el convento, les cuenta de Emiliano, de cómo quedó embarazada y tuvo a Rosa. Cuando termina de hablar, cierra los ojos, más cansada que nunca en la vida, sintiendo como si tuviera arenilla bajo los párpados por la falta de sueño.

Oye a Olga y a Luna que hablan de ella en voz baja. Discuten durante horas o al menos eso parece.

Esa noche la llevan al asilo para enfermos mentales de El Paso. Les ruega que no la dejen allí, las toma de la mano, estrujándoselas, sin querer soltarlas. Los ordenanzas la sujetan, le ponen una inyección y se la llevan. En el hospital, les desea cosas malas a sus hermanas, un castigo por su traición. Si hubieran sufrido como ella, tal vez entenderían, tal vez le creerían su historia, pensarían que ya había pasado suficiente tiempo allí, se disculparían y la llevarían de nuevo a casa.

Cuando al fin se le permite salir, siente como si la hubieran dejado limpia y vacía por dentro. Todo lo que era suyo ha desaparecido. No hay nadie con quien pueda hablar sobre El Paso del Norte. Si llegara a decir algo, la volverían a internar en el asilo. Sería más sencillo si pudiera convencerse de que había soñado todo lo sucedido en ese otro tiempo. O si pudiera aceptar que estaba loca, como creen todos. Pero tiene estrías que prueban lo que pasó entonces, y los pechos le duelen y le pesan. La historia está escrita en su cuerpo. Lo recuerda todo.

"Suficiente", le dice Marta a *la vista*. "No quiero ver más de esto. Quiero volver a mi propio ser".

¿Y dónde está su propio ser?

¿Dónde está su cuerpo?

¿Acaso en su cocina, desmayado en el piso? Marta no quiere quedarse en este lugar donde el tiempo y el espacio han colapsado sobre sí mismos. Siente que sus propios bordes se desdibujan en este lugar intermedio, se desdibujan tanto que parece que no existieran. ¿Cuánto tiempo ha pasado aquí? ¿Cientos de años? No puede controlar nada aquí porque ella no existe para encargarse de nada. A lo mejor es que ella nunca ha existido, y que esos bordes y contornos que pensaba que la definían eran solo su imaginación, una historia elaborada para crear y proteger un yo que en realidad no existe.

De regreso en la casa de la calle Overland, luego de que le dieran de alta del asilo, Nena se hace cargo de los bebés. Se esconde en la casa, sin querer que nadie del vecindario la vea. Un día oye que tocan a la puerta. Se sienta, temerosa, esperando que Luna salga de su cuarto a abrir.

Hay un hombre uniformado en el porche, y lo primero que piensa ella es que Beto ha regresado de la guerra. Parpadea, y Beto desaparece, sustituido por un repartidor de Western Union, delgado y con bigote. Luna recibe con mano temblorosa el telegrama que le entrega.

Cuando el marido de Olga vuelve de la guerra, retoma su trabajo de mecánico en la compañía de los hermanos Montoya. Olga renuncia a su trabajo, se queda en casa para cuidar a los bebés y arregla para que Nena trabaje en el hotel. Allá, en las oficinas, todo el mundo fuma, incluso en las mañanas, las salas están llenas de densas nubes de humo, y los ceniceros se desbordan de colillas. Nena odia todo lo relacionado con la oficina: el olor, la manera en que las secretarias la miran, como con lástima o algo peor, juzgándola por su pelo, por la ropa que no le queda bien, porque le cuesta caminar con tacones. Pero no quiere defraudar a sus hermanas y, para evitar que la manden de vuelta a casa, sabe que debe mantener su tristeza tan profundamente enterrada como Luna mantiene la suya propia. Cualquier encuentro con Dios y el destino y *la vista* tiene que hacerse en privado.

Ni siquiera llega a cumplir una semana en el hotel. Todo por culpa de la presencia de los espíritus. El calvo en el rincón del salón de baile, que se ríe tapándose la boca con las manos. La mujer vestida como una de las damas de la Mansión; mira siempre a la pared, sin volverse jamás, ni moverse, sin la parte de atrás del cráneo.

Sin saber bien qué hacer, Nena acude a ver a doña Hilaria, con la esperanza de que ella le dé consejos sobre cómo vivir su vida. Pero cuando llega al domicilio, encuentra que la maraña de mezquite ha desaparecido, que la casa ya no existe, que el lote está vacío, y entiende que ya no hay quien la ayude en ninguna parte.

Empieza a ir a bares, a cruzar el puente hacia Juárez, para buscar hombres. Una vez, alcanza a vislumbrar su propia imagen en el espejo detrás de la barra en la avenida Benito Juárez. Se ve maciza, casi como un niño, de ojos oscuros y movimientos rápidos. Es capaz de beber bastante, y le gusta reírse de los chistes. Está dispuesta a irse a la cama casi con cualquiera… hombres delgados, gordos, altos, corredores de apuestas, taxistas, médicos, hombres casados. No lo hace por el dinero, aunque si alguien le paga, no lo rechaza. Si llegara a resultar embarazada de nuevo, se quedaría con el bebé. Le ofrecen matrimonio más de una vez, casi siempre en tono de broma, pero una vez sí muy en serio. Todas las veces se niega.

Detesta dormir porque, cuando duerme, sueña. Sueña con un bebé que ha olvidado alimentar. Sueña con una niña que tiene dos narices. Sueña con una criatura que le susurra maldiciones: "Vete al infierno, bruja".

No necesita dormir y soñar para darse cuenta de que está en el infierno.

Pasan los años, y llega un momento en que Nena empieza a pensar que tal vez ya lleva suficiente tiempo perdida y que puede empezar a buscar su camino de regreso a casa.

Siempre hay algo que ha sabido con respecto a sí misma.

No es como las demás personas. Es como un pájaro en el aire, más allá de ríos y bardas, capaz de volar al otro lado y volver. Se convertirá en monja en un aquelarre de solo una persona, para ayudar a los demás de la única forma que puede hacerlo. Si alguien le llega con preguntas sobre el otro lado, ella les dirá cosas que tal vez no quieran oír. *La vista* nunca miente. No sirve de consuelo. La seguridad y la tranquilidad no tienen nada que ver con *la vista*, que es como la vida misma, y meterse en ella es estar despierto y alerta.

Marta logra volver a su ser. Comprende un poco más cómo es que funciona toda esta ficción de "La Sirena". Las paredes no son sólidas, como tampoco lo es todo lo demás. Se encuentra en una burbuja dentro de otra burbuja, flotando en la nada, moviéndose a lo largo de la onda sinusoidal de una historia, un movimiento de rotación que vuelve una y otra vez sobre sí mismo. Así es como funcionan los viajes en el tiempo para Nena: salta de un giro de la historia al siguiente. Para ella era algo semejante a una niña dando volteretas, algo que sale bien si no se piensa demasiado, porque actos como ese se vuelven imposibles si uno los piensa. Es un problema que Marta no haga más que pensar. Nunca ha sido capaz de dar una voltereta.

¿Cómo van a volver a casa?

—¿Voy a permanecer aquí para siempre? —le pregunta a sor Benedicta.

—No. Cuando llegue el momento, cantaremos el encantamiento para llevarte de regreso a casa. Pero antes de que te vayas, quiero que me escuches bien —dice la monja, sujetando con firmeza el brazo de Marta—: Pablo nunca corrió peligro conmigo, pero tuviste razón en sentir miedo.

A Marta le sorprende este apremio repentino, la fuerza con la que se aferra a ella.

—He sido testigo de lo que *la vista* puede hacerle a una persona. A la madre Inocenta la perdió la codicia, su deseo de controlarlo todo, de vivir en ese poder para siempre —continúa diciendo la monja, buscando los ojos de Marta con la mirada—. Pero *la vista* no se pliega a nuestros deseos. ¿Entiendes lo que trato de decirte?

De repente, Marta se siente como una niña pequeña. Se da cuenta de por qué sor Benedicta inspiró tanto miedo en Nena. Asiente, para que la monja deje de mirarla con tal fijeza, pero en realidad no comprende sus advertencias. Marta no es la madre Inocenta. Ha usado *la vista* para ayudar a otros, no para su propio beneficio.

Sor Benedicta se voltea bruscamente cuando Nena y Rosa se levantan de la banca y se acercan adonde están paradas ella y Marta.

Nena tiene una mirada decidida, que refleja una expresión igual en los ojos de Rosa.

—Hemos decidido que iré con ustedes al convento.

—Sabes que no puedes hacer eso —dice sor Benedicta.

—Entonces nos quedaremos aquí.

—Este lugar no es ninguna parte. Desaparecerá en cualquier momento. Rosa tiene toda la vida por delante. Si ella no da origen al resto de la línea, no llegarás a existir. El bebé no nacerá si se quedan aquí. Eso lo sabes. Hay reglas que deben seguirse.

—¿Por qué? ¿Por qué hay reglas que solo se aplican en mi caso? —pregunta Nena.

—Nunca entendiste que lo único que yo quería era proteger a mis niñas.

—Pero no a mí. A mí nunca me quiso proteger.

—No supe que eras una de mis niñas hasta que ya fue demasiado tarde —reconoce sor Benedicta.

Rosa se mira las manos, manos de muchachita. Tiene doce años, está molesta, agobiada. Nena se inclina hacia ella y mete un mechón de pelo desordenado tras la oreja de la niña.

—Yo me ocuparé de tu mamá y la cuidaré —dice Marta, tomando la decisión de no mandar a Nena a "Los Piñones" ni a ningún otro lado a menos que no haya otra alternativa.

Sor Benedicta rodea a Rosa con el brazo, y empieza a cantar la canción del aquelarre. Rosa se une primero al canto, y luego Nena. Marta también canta, y cuando llegan al final, la monja y la niña se han ido, y Nena y Marta se quedan solas en la oscuridad. Avanzan a gatas, una junto a la otra, abriéndose paso entre el barro.

## 26

Cuando recuperan la conciencia, lo primero que Marta nota es que le falta algo en la boca.

—¿Qué le pasó a tu diente? —pregunta Nena.

Marta va hasta el espejo que hay en el pasillo de la entrada. Se levanta el labio y ve un hueco irregular en el lugar donde debía estar su colmillo derecho. Debió de perderlo en el camino de regreso. Ve en su imaginación al coyote que llevaba el calcetín en el hocico la noche de la fiesta de recaudación de fondos. El colmillo viajó de una época a otra, pero ella no quiere perder el tiempo dándole más vueltas a ese misterio. No solo ha perdido el colmillo. *La vista* también se esfumó, y ya no está a su alrededor ni en su interior.

De regreso en la cocina, Nena está sacando a cucharadas el requemado estofado de insectos para guardarlo en un recipiente plástico. Le pone una tapa hermética.

—¿Qué vas a hacer con eso? —pregunta Marta.

—Lo pondré entre mis cosas, para que nadie vaya a probarlo por accidente.

—¿Y alguien lo va a comer intencionalmente? —pregunta Marta, aunque ya sabe la respuesta. Si comiéndolo lograra recuperar *la vista*, sería capaz de devorar todo el contenido.

—La cocina está muy sucia —comenta Nena, y suena alegre, por más raro que parezca. Marta pensó que estaría deshecha tras separarse de Rosa por segunda vez.

—La primera vez que preparaste el brebaje, ¿no había una canción para que todo volviera a su lugar? ¿La canción que te hizo volar? ¿No podemos usarla?

—Hay que sentir la canción. El aquelarre ya está cerrado —dice Nena.

Marta también lo detecta, claro. Ese es el problema. Nena la usó a ella, tal como dijo que haría. Nena debía saber que una vez que hicieran el viaje para ver a su hija, su sobrina nieta perdería *la vista*. Sor Benedicta le advirtió a Marta que no fuera a pensar que podría controlar a *la vista*. Pero lo cruel es que Marta ya no tiene nada que controlar.

—Alejandro y los niños regresarán pronto, y tenemos que limpiar este desastre —dice, sintiendo que la piel se le eriza de rabia y ansiedad.

Saca de la despensa los utensilios de limpieza. Los gabinetes de la cocina, las paredes y el piso están cubiertos de restos de insectos, y huele a huevo podrido. La tabla grande de picar está tan chamuscada que ya no sirve para nada. Marta la levanta, y la furia la ayuda a cargarla contra su cuerpo. La saca al bote de basura que hay a un lado de la casa, y allí cae hasta el fondo con un ruido sordo.

—Buenos días, querida —oye que le dicen. La señora Pride, la vecina, está en el jardín fumando, con una mano metida en un guante amarillo de lavar trastes, y una taza en la otra, en la cual va poniendo la ceniza del cigarro—. ¿Acaso anoche tuvieron un ensayo de coro en tu casa?

—¿Perdón?

—Oí los cantos. ¿Cómo llaman a ese tipo de música?

—Una pérdida de tiempo.

—Ay, perdón —dice la vecina, aplastando el cigarrillo en la taza—. Alguien se levantó con el pie equivocado.

A Marta le tiene sin cuidado que la señora Price piense que es grosera por meterse a la casa sin responderle. Cuando entra, cierra todas las puertas y ventanas y enciende el aire acondicionado.

—Los niños adoptados piensan que los abandonaron. Que nadie los quiso —dice Nena, respondiendo a una pregunta que Marta no ha hecho—. Tenía que ver a Rosa para decirle cuánto la quiero. Que no la dejé atrás por mi voluntad. Y sor Benedicta tenía razón. No podía quedarme allá, porque debo estar aquí, contigo. Tengo que…

—Hiciste todo lo posible para volver con Rosa —contesta Marta, que no quiere oír las justificaciones de Nena.

Su tía abuela abre los ojos desmesuradamente, la amargura en la voz de Marta pende en el aire entre ambas. En medio de un silencio tenso, las dos restriegan el rastro de insectos de pisos y puertas de alacenas. Todas las superficies de la cocina están cubiertas con una capa de cochambre, y da gusto limpiar madera, azulejo y piedra, a pesar de que apeste a amoniaco de tal manera que a Marta le arden los ojos.

—Hay una cosa que me alegra —dice Nena, rompiendo el silencio—. Sor Benedicta no iba a hacerle daño a Pablo. Tanta preocupación innecesaria.

Pero no había sido innecesaria. Si Marta no se hubiera preocupado lo suficiente, no habría enviado lejos a Alejandro con los niños ni habría cantado el encantamiento, y Nena no habría vuelto a ver a Rosa jamás, pero Marta seguiría con *la vista*. El sol del mediodía entra a raudales por las ventanas, y el calor del verano golpea como un puño los cristales.

—No me parece que sor Benedicta fuera el monstruo que creíste que era —dice Marta, provocando a su tía abuela.

—No, no lo es. Estaba en lo cierto cuando advirtió que yo debía volver aquí. Y sé que hizo lo que tenía que hacer para mantenernos a salvo a todas. Nunca me quiso allá, y con buenas razones. De jovencita, yo rezaba porque sucediera algo que me alejara de las tribulaciones de mi vida, y la madre Inocenta me oyó. Envió a sor Benedicta para que me llevara a El Paso del Norte y que allá preparara el brebaje. Una vez que la superiora lo tuvo, ya no le importó lo que me pudiera llegar a suceder. Pagué el precio de su codicia y la mía. Yo creí que podría moldear el poder de *la vista* a mi antojo. ¡Qué ingenua fui!

—¿Pero no fue así como tuviste a Rosa? ¿Usando tu magia?

—Sí, y me alegro de haberlo hecho —sonríe Nena—. Pero ahora sé que *la vista* me estuvo guiando todo el tiempo, y no al revés. No es que quiera que pienses que debes cerrarte a *la vista*, Marta. Sabes tan bien como yo que te encontrará. Lo que quiero decir es lo contrario.

»Cuando regresé del convento, lloré por la vida que tuve allí y que perdí, lloré la pérdida de Emiliano y de Rosa, de Carmela, e incluso la de Eugenia y sor Benedicta. Me prometí que me apartaría para siempre de *la vista*. Traté de cerrar mi mente a ella entregándome a la bebida y los hombres. Pero eso no fue más que una ilusión. Tenía que aprender a vivir en el territorio indómito de *la vista*.

—¿Y no te da curiosidad saber cómo funciona? ¿Cómo es que pasa de una generación a otra? ¿Por qué te llegó en el momento en que lo hizo?

Lo que Marta quiere en realidad es preguntar qué pasa con ella. Por qué las cosas resultan ser como son. Por qué vive en El Paso, por qué con Alejandro. ¿Por qué no Nueva York, con algún otro hombre y otra vida? ¿Cómo fue que recibió la herencia de *la vista* y por qué, y adónde se ha ido? Anhela saber si volverá algún día. Por un breve lapso de tiempo, todo le pareció posible.

—Justamente de eso quiero hablarte, de cómo *la vista* pasa de unos a otros. Tengo que disculparme contigo, mija —dice Nena—. Cuando te conté que estaba dispuesta a hacer lo que fuera con tal de volver a ver a Rosa no exageraba. Vi lo que te estaba sucediendo cuando estuvimos en el mercado Cuauhtémoc, y a pesar de eso te hice ir a Hueco Tanks, y una vez que tuvimos la canción del aquelarre, no te dije nada.

Te hice cantar el encantamiento para el brebaje, y además hice que lo comieras.

—Sabías que *la vista* me dejaría.

—No, lo que te digo es que no te ha dejado. Siempre está ahí, ya sea que te des cuenta o no. Tuviste unos días que pasaste completamente metida en ella, pero todo pasa y todo llega, y así sucesivamente —explica Nena.

Pero a Marta no le interesan los lugares comunes. Quiere recuperar *la vista*. Se alegra al oír el ruido del portón automático del garaje, el de las puertas del carro al cerrarse, el de la puerta de entrada al abrirse.

—Vimos una víbora —grita Rafa cuando entra corriendo. Se quita la mochila y la deja caer el piso.

—Una víbora de cascabel de verdad, con cascabel y todo —dice Pablo, que entra a la cocina detrás de Rafa. Un murciélago de goma se le resbala del bolsillo.

—Aquí apesta. Nena ven a ver las cosas que trajimos de la tienda de recuerdos de las cuevas de Carlsbad. Te trajimos una sudadera con un dibujo de estalagmitas —le cuenta Rafa.

Marta recoge el murciélago y lo deposita sobre el mesón. Los niños huyen de la cocina, y Nena los sigue a su propio ritmo. La puerta de la habitación se cierra. Alejandro entra, con un maletín colgado al hombro.

—¿Qué diabl…? —exclama, y abre mucho los ojos a la vez que deja el maletín en el piso—. ¿Qué te pasó en la boca?

—Perdí un diente —contesta Marta.

—¿Dónde quedó? Tenemos que volverlo a poner en su lugar.

—Ya pasó demasiado tiempo para eso y, además, no lo tengo.

Alejandro atraviesa la cocina a paso rápido. Toma la cara de Marta entre sus manos con firmeza, y le abre la boca para examinarla por dentro. Le recorre los brazos con sus manos, el torso, como si revisara que no hubiera ningún hueso roto. Saca una linternita de un cajón de la cocina, y le examina los ojos a su esposa. A ella le gusta cómo la palpa, con destreza y cuidado, la certeza de su formación en medicina que se transmite en la calidad de su forma de contacto. Ella quisiera que él le diera algo de esa certeza profesional. No cree que sea capaz de ganar el caso de Soto Pecans sin la ayuda de *la vista*.

—Todo está bien, menos el diente que se me cayó —dice Marta.

—Te conozco, y sé que no es así —contesta Alejandro, sosteniéndole los brazos y mirándola atentamente a los ojos.

—Calculo que me rompí el diente cuando veníamos de vuelta.

—¿De vuelta de dónde?

Marta no sabe cómo decirle que tiene miedo de que *la vista* se haya ido, que ellos dos tengan que volver a lo de antes, cuando estaban demasiado atareados con sus vidas, desconectados. Quisiera haberle contado antes sobre *la vista*. Ahora no hay manera de que le explique nada. No puede cantarle ningún encantamiento, ni siquiera la canción del aquelarre. Esa también la abandonó.

—Lo que quiero decir es que me resbalé cuando salía de la alberca. Me caí de cara y me rompí el diente. No se me ocurrió lo de volverlo a poner en su lugar, y lo tiré.

—¡Oh! —contesta Alejandro meneando la cabeza, como si estuviera aturdido igual que Marta, como si quisiera quitarse de encima la resaca de haber estado en *la vista*—. Beth se encargó de mis pacientes ayer, pero tengo que ir al hospital esta noche. Te diría que vinieras conmigo de una vez, pero en urgencias van a opinar que lo mejor es que vayas con un dentista. Probablemente regrese tarde. No hace falta que me esperes para cenar.

Durante la cena, los niños notan el diente faltante. Marta les explica que se le cayó, cosa que ellos aceptan. Ambos han perdido varios dientes.

—Creo que debías tener la boca cerrada hasta que te salga el nuevo —propone Pablo.

Lo primero que hace Marta al día siguiente es pasar por el consultorio de su dentista, justo a la hora en que abre. La doctora se apiada de ella, y le adapta un colmillo postizo provisional que se sostiene con ganchos metálicos sujetados a los dientes vecinos. En el espejo de mano que le ofrecen para verse, su sonrisa parece más o menos normal.

Cuando va llegando a su trabajo, le sorprende encontrar a Jacqui al frente del edificio de oficinas, vapeando un cigarrillo electrónico. Saluda a Marta con un movimiento de la mano, y exhala una nube blanca que huele a limpiador de baños.

—Tenía la esperanza de encontrarte aquí —dice—. Quería darte las gracias por cambiar de parecer con respecto a Benjamín Soto.

—¿Qué quieres decir?

—Va a hacerle una donación enorme al hospital. Dice que es por ti que lo hace. Una suma de seis cifras —le cuenta Jacqui—. Es como para ponerle nombre a una sala del hospital. No es lo suficiente para un ala completa, pero sí para la sala donde ella recibió la quimioterapia. La sala Silvia Soto, ¿qué opinas? O algo así. En San Diego te invitaré a un trago para celebrar.

Marta se mete al elevador para subir al despacho, hirviendo de la furia mientras los pisos van pasando. Sabe que Soto quiere provocarla, igual que ella le hizo a él. Está imponiendo su poder de una manera en la que solo un hombre muy seguro de su posición lo haría.

—Nena me llamó para contarme lo que había sucedido—dice Cristina, justo cuando Marta sale del elevador—. Lo mismo le pasó a Hugo con una muela. Se estuvo quejando tanto tiempo que le di un ultimátum, o se atendía o me iba a casa de mi hermana. Cuando finalmente fue al dentista, la tenía quebrada hasta la raíz. Se la sacaron ahí mismo.

—Sí, fue igual, se rompió hasta la raíz —dice Marta, distraída—. ¿Dónde anda Linda?

Linda sale de la oficina de Jerome. Al ver a Marta, se para y le hace señas para que entre.

—Todavía no he recibido el mensaje de la grabación de audio de Sofía. ¿Te mandó algo a ti? —le pregunta Marta a Linda, mientras la sigue camino a la oficina de Jerome.

—Recibimos una grabación —empieza la otra, y su mirada se mueve entre Jerome y Marta.

—¡Qué bien! —dice ella, pero la atmósfera en la oficina la desconcierta.

Jerome se inclina hacia adelante.

—La grabación es de una conversación contigo.

—¿Conmigo?

—Dices que vas a quitarle el mal de ojo. No entiendo, Marta, eso no parece cosa tuya. No puedes andar amenazando a una clienta así no más. Incluso si lo hiciste de broma, da una mala impresión.

A Marta le hormiguea el cuero cabelludo, y se le acalora la cara de vergüenza. Nunca se había sentido tan abochornada en toda su vida.

—Tienes suerte de que Sofía no hubiera ido con Soto o alguno de sus abogados. Te estarías enfrentando a un reclamo ante la barra por faltar a la ética. En lugar de eso, vino con Linda y, por lo que ella dice, la pobre estaba muy asustada. Te tiene más miedo a ti que al propio Soto. Él le pagó un dinero, pero la ha estado amenazando a ella y a su familia. Sofía es lista. Sabe que Soto va a seguir y seguir con eso. Dijo que volvería a participar en el caso, a condición de que la lengua de plata no apareciera más, aunque no tengo idea de qué significa eso.

Marta siente que le aprieta el cuello de la camisa. Pensó que había entendido todo el numerito de *la vista*, y su racha de triunfos en el trabajo eran prueba de que se había alineado de forma adecuada. Se había dejado deslumbrar por los dones que *la vista* le había dado. Sor Benedicta le había dicho que debía tener cuidado justamente con eso. Ella creyó que *la vista* seguiría de su lado; no comprendió su naturaleza implacable e infinita. Marta no entendió su propia capacidad para la crueldad.

—Estaba fuera de mí cuando amenacé a Sofía. Prometo que no volverá a suceder —dice.

—Qué bien, porque me retiro a finales de año, y tú eres mi candidata para hacerse cargo de dirigir el despacho.

—No creí que llegara el día en que te retiraras.

—Mi jefa me dijo que tenía que hacerlo —explica Jerome—. Patricia quiere que nos vayamos a vivir más cerca de los nietos. ¿Qué le puedo decir? Estoy cansado, Marta. Ha sido una buena carrera, pero ahora *ahí te guacho*.

Jerome ha sido el jefe de Marta durante dieciocho años. Ella ha pasado más horas de su vida despierta con él que con el mismo Alejandro. Este momento es lo que ha anhelado durante varios años, y con todo, no puede imaginarse cómo será el trabajo sin Jerome, su amigo. Creyó que, cuando llegara este día, estaría muy feliz.

# 27

¿Nena? —llama Marta desde la entrada, y va recorriendo la casa. No hay respuesta.

La busca en su cuarto y encuentra la cama tendida, la colcha bien templada. Manojos de hierbas atados con hilo rojo cuelgan de las perillas de los cajones de la cómoda. Sobre esta, hay piedra blanca y unas velas apagadas, entre fotos de la familia, fotos en blanco y negro, polaroids, fotos que Marta ha tomado con su teléfono y que ha mandado a imprimir para ella.

Marta sale al patio de atrás, sin saber bien dónde se habrá podido meter Nena. No está bajo la marquesina, el único lugar con sombra. Su sudadera de las cuevas de Carlsbad está encima de la verja que lleva al camino que se interna en el parque estatal. Marta rodea la alberca y luego cruza la verja. Ve las huellas de las pisadas de Nena en el sendero, parecen recientes en el suelo de tierra. No puede haber salido hace mucho, y se mueve lentamente, pero a pesar de eso, Marta se alcanza a preocupar. Nena no debería irse sola al parque.

Encuentra una liga para el pelo en el bolsillo. Se sujeta el pelo hacia atrás, mientras se mete al camino, pateando la tierra al andar, oliendo el aroma fuerte de la salvia. Desde la ladera puede ver El Paso, allá abajo, y más al sur, México. Los pajaritos del desierto revolotean entre los arbustos, entre gorjeos y aleteos.

—¿Nena? —llama Marta.

—Aquí estoy —contesta Nena.

Marta sube por un caminito empinado que da la vuelta alrededor de una roca gigantesca de granito rojizo.

Halla a Nena sentada en una piedra roja. Tiene puestos los tenis y los jeans de talla de niña, y se ha puesto un labial rosa con brillitos, que bien hubiera podido escoger una niña de diez años.

—¿Qué haces por aquí? —le pregunta Marta, sentándose a su lado.

—Rezar.

—¿Y por qué rezas?

—Por ti.

—¿Por qué?

Nena mira hacia abajo, hacia El Paso y Ciudad Juárez. Marta sigue su mirada. Desde el lugar en que se encuentran, Marta ve las pilas de escombros donde antes estaban las chimeneas de la fundidora de cobre. Más allá, por el valle, está El Chamizal, la isla en medio del cauce seco del río. Detrás de ella, en el lado mexicano, está la escultura roja en forma de una X gigante, visible incluso desde la parte llana de El Paso. Al lado de la escultura, una bandera mexicana descomunal que ondea al viento, y es tan grande que Marta ha oído contar que se necesitan decenas de personas para izarla en su asta. Se ven tres estados, Texas, Nuevo México y Chihuahua, pero todo el panorama es del mismo color, con las mismas piedras, las mismas plantas bajo el mismo cielo azul y el sol inclemente.

Nena señala la cruz en la cima del cerro de Cristo Rey.

—Cuando murió mi mamá, hicimos una peregrinación hasta la punta de ese cerro. Acababan de construir el monumento. Apenas acabábamos de empezar el camino cuando Luna ya se estaba quejando. Decía que sentía como si se le hubieran desprendido los dedos de los pies, y Olga la regañó por llevar tacones.

—Sí —dice Marta. Ha oído muchas veces esa historia.

Nena alarga el brazo y toma la mano derecha de su sobrina.

—¿Quieres que subamos otra vez a la punta del cerro? —pregunta Marta, queriendo disculparse por ser tan brusca con su tía abuela cuando volvieron del otro lado.

—No puedo caminar tanto.

—Podríamos subirte a una carretilla, y los niños podrían tomar las manijas, una cada uno, y empujarla hasta arriba.

—Me parece poco apropiado, y demasiado peligroso hoy en día. ¿Has oído que hay bandidos? Se cruzan desde el lado mexicano. No se puede levantar una barda alrededor del cerro porque es demasiado empinado. Los ladrones te siguen por el camino. Cuando te asaltan, se llevan tus zapatos, de manera que no los puedas perseguir.

—Hice una tontería en el trabajo por culpa de *la vista* y me descubrieron. Ahora pienso que está bien ya no tenerla. Tal vez sea lo mejor.

Nena menea la cabeza, sonriendo.

—Ah, pero *la vista* apenas está empezando contigo. Perdóname por no decirte antes que ella ya viene. Te hubiera podido dar la opción de no probar el brebaje ni ir al otro lado. Pero no lamento que venga en camino. Ella es la razón por la cual te abriste a *la vista*, por la cual te despertaste en medio de la noche, y creo que también fue gracias a ella que pudimos abrir la puerta. Espero que el brebaje no le haya hecho daño. No creo. Hay dos cosas que he deseado mucho: volver a ver a Rosa y conocerla a ella.

—¿Ella? ¿De quién hablas?

—De tu hija. Estás embarazada.

Marta se ríe.

—No, no, cómo crees. Ya sabes todo lo que tuve que pasar para poder tener a los niños. Además, estoy muy vieja ya.

—Eres una niña.

—Tengo cuarenta y cinco.

—Exactamente —dice Nena, y Marta entiende sus náuseas

mañaneras como lo que son, un anuncio, *la vista* zumbando con su poder y su vitalidad.

La niñita de pelo oscuro que ha estado imaginando no es Rosa sino su propia bebé. Marta las ve en su mente ahora: Nena cargando a la bebé, arrullándola, Marta y Nena cantándole la canción del aquelarre a la niña, la que viene después.

# Agradecimientos

Escribí este libro para mis familiares que han vivido en El Paso y alrededores a lo largo de muchas generaciones. Agradezco mucho su orientación, tanto de los que aún viven como los que están del otro lado.

Quisiera agradecer a mi editora Michelle Herrera Mulligan por sus visionarias ideas sobre edición y por el cuidado y la atención que se le dedicó a este libro. A Erica Siudzinski, gracias por sus brillantes propuestas de edición, y también a Norma Pérez-Hernández y al resto del increíble equipo de Atria y Primero Sueño. Gracias al extraordinario Kent Wolf, de la agencia Neon Literary, por compartir sus muchos talentos.

Mi gratitud para Gloria y Frank Rea, Irene Harkey, Albert Jaramillo y Greg Hampshire, y el resto del clan Jaramillo. Gracias a mi hermano Mateo, y a Virginia, Carolina, August y Luis Oscar. Gracias a los Brookshire, a Marsha Hirano-Nakanishi, y a David Kirkpatrick y Pamela Prime.

No habría podido escribir este libro sin la ayuda de Josie y Forrest Brostrom, y David y Sandy Rascon en El Paso. Agradezco la generosidad de los residentes de esa ciudad que compartieron sus historias conmigo: Susana Navarro y Arturo Pacheco; David Dorado Romo; Kathleen Staudt en la UTEP; Kerry Doyle, director del Centro Rubin para las Artes en El Paso; y Melissa López, directora del Centro Diocesano de Servicios para Migrantes y Refugiados. Gracias a Jud Burgess, en Brave Books. Gracias a Estefanía Sansores, Rocío Andazola Rayas, Antonio Ramos Solís y Pablo Montalvo Barajas por llevarme por Ciudad Juárez, compartiendo su vasto conocimiento conmigo.

Mi gratitud para los amigos que me han apoyado en el trayecto para escribir este libro, entre ellos Sara Lamm y Matt, Juno, y Obi Aselton; Matthew Burgess; Annie Sullivan Cobb; Olly Cobb; Meaghan Looram; Conrad Mulcahy; Natasha Chefer; Joel Tompkins; Matthew Sandager; y Erich Nagler.

Gracias a Mira Jacob, Alexander Chee, Julia Phillips, Brittany Allen, Tennessee Jones, y Crystal Hana Kim. Gracias a Heather Abel y Alison Hart, y a Abigail Thomas, siempre. Gracias a Jane Ciabattari.

Quiero agradecer a mis amigos y colegas en The New School, a la decana Mary Watson, a John Reed, Robert Polito, Honor Moore y Helen Schulman, junto con toda la gente sagaz y creativa con la que he tenido el honor de trabajar a lo largo de los años. Gracias a Valentina Sarmiento Cruz. Un inmenso agradecimiento a Leah Iannone, Laura Cronk y Lori Lynn Turner. Y gracias también a mis estudiantes, que tanto me han enseñado.

Cuando no estoy escribiendo o impartiendo mis clases, estoy en el agua. Gracias a la escuela de navegación Hudson River Community Sailing que me cambió la vida.

Gracias a Isa Catto y a Daniel Shaw por acogerme con tanta amabilidad en Woody Creek. Gracias a Adrienne Brodeur, Caroline Tory y Marie Chan de Aspen Words y Aspen Institute. Gracias al Congreso de Escritores Sewanee, en especial a Tony Earley y Alice McDermott, y a los muchos autores increíbles que conocí allí. Mi agradecimiento a Asari Beale y a la comunidad del colectivo Teachers

& Writers Collaborative, y a Eric Banks y al New York Institute for the Humanities. Gracias a Neta Katz por todo su apoyo.

Gracias a mis padres, Ann y Luis Jaramillo, por su apoyo y su amor. Y a Matthew, por todo.

# Acerca del autor

**L**uis Jaramillo es también autor del libro de cuentos *The Doctor's Wife*. Sus escritos se han publicado en medios como *Literary Hub*, *BOMB Magazine* y *Los Angeles Review of Books*, entre otros. Es profesor asistente de Escritura Creativa en The New School. Estudió la licenciatura en Stanford University y una Maestría en Bellas Artes en The New School.